microman

kein fucking superheld

von
Lisa Darling

Bibliografische Information der Deutschen Nationalbibliothek:
Die Deutsche Nationalbibliothek verzeichnet diese Publikation in
der Deutschen Nationalbibliografie; detaillierte bibliografische
Daten sind im Internet über dnb.d-nb.de abrufbar.

TWENTYSIX – Der Self-Publishing-Verlag
Eine Kooperation zwischen der Verlagsgruppe Random House
und BoD – Books on Demand

Herstellung und Verlag:
BoD – Books on Demand, Norderstedt

ISBN: 978-3-7407-2456-6

Prolog

Okay. Also da ist ein großer Raum voller Stühle, Stangen, Tische und Rotlicht. Genauer gesagt ein leerer Stripclub. Es ist Nachmittag. Die roten Lampen tauchen den Raum in ein gedämpftes Licht. Stripmusik läuft im Hintergrund, die Stühle sind zum Teil umgefallen, zum Teil kaputt. Hinter der Bar kauert meine gute Freundin Allie. Mitten in dem verwüsteten Raum steht ein 1,72m großer Typ in knall orangenem Latexanzug. Dunkelblondes, wuscheliges Haar und eine schwarze Zorro-Maske verdeckt seine Augen und Nase. Auf dem Rücken trägt er einen Stock, der fast so groß ist wie er selbst.

Den Anblick kann man sich in etwa vorstellen wie ein riesiges, menschliches Kondom. Mit Orangengeschmack. Und Stock.

Das bin ich, Jasper Black. Eigentlich Jasper White, aber das erzähle ich euch später.

Jedenfalls stehe ich da. In diesem potthässlichen Superheldendress. Zumindest nennen Cora, meine beste Freundin, und Allie ihn so. In meinen Augen ist er einfach nur ein lachhaftes, mir unwürdiges Riesenkondom. Aber auch dazu später mehr.

Also nochmal: Ich stehe da herum, mir gegenüber drei Frauen. Die haben übrigens viel coolere Anzüge als ich.

1

Schwarz und hauteng. Sicher aus Baumwolle, nicht aus Latex. Sie sehen aus wie drei Ninjabräute. Richtig heiße Ninjabräute mit echten Brüsten. Leider ist das ganze hier aber kein Rollenspiel oder gar eine Stripshow. Nein, das hier ist eine Kampfszene. Ja, richtig gelesen, eine richtig, echte Kampfszene. Diese drei heißen Ninjabräute sind nämlich sauer auf mich. Sie sind allesamt Ex-Flammen von mir. Nur damit wir uns nicht falsch verstehen: Ich war nie mit einer von ihnen zusammen. Das waren lediglich Affären. Aber als diese Bräute mehr wollten, bin ich einfach abgehauen. Wie immer.

Wir hatten das alles vorher bequatscht. «Hey du», hab ich gesagt. «Das ist jetzt echt nur was Lockeres mit dir und mir. Nur Sex. Wenn du mehr willst bin ich weg.» Und entweder waren die Bräute dann sofort weg, weil ihnen das nicht passte oder sie sagten «Ja, kein Problem Baby. Ich tick da ganz genauso.» So wie diese drei Miezen hier vor mir. Vielleicht habe ich es das ein oder andere Mal auch vergessen zu erwähnen. Turnt ja auch ab, wenn man so etwas kurz vorm Sex sagt. Aber mit diesen Dreien hatte ich definitiv darüber gesprochen! Und was haben sie getan? Ihr ahnt es vielleicht. Richtig. Sie wollten irgendwann doch mehr. Tja und dann war ich eben weg. Wie vorher angekündigt. Aber das scheinen sie trotzdem nicht verkraftet zu haben. Ihr werdet schon noch merken, dass diese drei Frauen sowieso ein bisschen krasser drauf sind. Alle ein bisschen irre. Ihr versteht?

Na gut. Ihr habt jetzt ein Bild davon, in welche Situation ich hinein geraten bin.

Der Stripclub, die Mädels, unsere Kostümierungen. Das Abgefahrene ist aber, dass manche von uns Superkräfte haben. Ja, wirklich! So richtige Superkräfte wie Superhelden und Superschurken sie in Filmen und Büchern manchmal haben. Nur dass es bei uns echt ist. So mitten im realen Leben. Ich konnte es selbst kaum fassen als ich das herausfand. Total irre! Und meine Ex-Bräute sind übrigens auch noch nicht das Highlight des Tages. Sie arbeiten nämlich alle für den eigentlichen Bösewicht in dieser Geschichte.

Jetzt fange ich aber mal von vorne an. Denn ihr wollt sicher wissen, wie es überhaupt zu dieser Situation kam.

Kapitel 1

«Ich hab ihr jedenfalls gesagt sie soll sich mal heftig ins Knie ficken. Was ich denn mit ihrer hässlichen Michael Kors Tasche soll. Ist doch sowieso nur `ne Fälschung aus der Türkei. Und da ist sie total ausgerastet. Die wäre echt. Ich hätte ja keine Ahnung und ich solle endlich zugeben, dass ich sie verscherbelt habe. Als ich ihr dann erklärt hab, dass das ihr dummer Macker war, der wieder Geld für Drogen brauchte, da ist die sowas von auf mich losgegangen. Die hat total meine Frisur ruiniert. Und die blauen Flecken die du gesehen hast, sind von ihr. Unfassbar, oder?»

Das ist Jean. Ich nenne sie liebevoll die Schlangenfrau. Niemand kann sich im Bett so verbiegen wie sie. Ehrlich, das ist total abnormal. Ich glaube immer noch, dass sie mal im Zirkus gearbeitet hat, auch wenn sie das jedes Mal abstreitet. Angeblich ist sie einfach schon so geboren. Wie diese Verbiegungskünstler bei diesen Talentshows manchmal. Mir soll es recht sein, denn es kommt mir im Bett zu Gute. Wir treffen uns öfter, haben ein bisschen Spaß und gönnen uns danach manchmal noch einen Joint. Wir gehen nie essen, ins Kino oder machen einen DVD-Abend bei ihr zu Hause. Ich muss auch nicht ihre Freunde kennen lernen. Sowas mache ich generell nie mit Frauen. Eine meiner goldenen Regeln seit fast zehn Jahren. Denn Dates führen schneller zu Emotionalität als belangloser, heißer Sex.

Es ist also jedenfalls echt bequem mit ihr. Sie steht nicht auf mich. Sie will nicht mehr. Sie will und steht nur auf den Sex mit mir. Und sie sieht verdammt gut aus. Ihr langes braunes Haar sieht immer aus wie Seide. Ich weiß nicht, ob sie dafür ein bestimmtes Shampoo benutzt oder ob ihre Haare von Natur aus so sind. Aber sie glänzen einfach immer perfekt. Und dazu hat sie große braune Rehaugen. Nicht, dass ich zwingend auf den Typ süße Frau stehe. Aber Jean ist eine echt süße Mieze. Ihr konnte ich einfach nicht wiederstehen, als ich sie das erste Mal sah. Und dann bewies sie sich als alles andere als süß im Bett. Die perfekte Partnerin also für zwischendurch. Ihr einziger Nachteil ist, dass sie labert und labert. Am liebsten von ihren Freundinnen mit denen sie sich ständig verkracht. Ich frage mich manchmal, warum die überhaupt noch Freundinnen sind. Aber das muss so ein Frauending sein.

«Hm», antworte ich noch schnell. Sie schaut mich nämlich schon schief an, weil ich nicht reagiere. Bei sowas kann sie wild werden und zwar nicht auf die schöne Art. Wenn ihr wisst, was ich meine.

«Na jedenfalls hab ich das natürlich nicht auf mir sitzen lassen und-» Ich schalte ab. Stattdessen konzentriere ich mich lieber auf meinen Joint den ich gerade drehe. Und ich schaue

5

hinunter vom Balkon auf Parondon. Das ist die Stadt in der ich lebe. Eine rund fünf Millionen Großstadt mitten in Europa. Ihr könnt ja mal auf der Karte nachgucken wo das ist. Ich mag es hier. Genau das richtige Flair. Man geht in der Masse unter und wird nicht als Individuum wahrgenommen, wenn man es nicht darauf anlegt. Man ist aber in weniger als einer Stunde auch schon am anderen Ende der Stadt mit der Bahn.

Unter mit erstrecken sich die Häuserspitzen der Geschäfte, die sich dort unten dicht an dicht drängen. Dahinter ragen ein paar Wolkenkratzer auf. In einem davon ist auch das Büro meines Dads.

Ich stecke mir den Joint in den Mund und nehme einen tiefen Zug, nachdem ich ihn angezündet habe. Es hat nicht mehr ganz die Wirkung auf mich wie noch vor etlichen Jahren. Damals hat das Zeug sofort geknallt. Mittlerweile entfaltet sich die Wirkung erst so langsam, wenn ich fast aufgeraucht habe. So sehr hat sich mein Körper schon daran gewöhnt. Alkohol brauche ich mittlerweile auch etwas mehr als damals, um den gewünschten Effekt zu erzielen. Das hat auch sein Gutes. Ich gewinne beinahe jedes Trinkspiel.

«Jasper?» Oh fuck! Hat sie eine Frage gestellt? Ich schau zu ihr hinüber. Sie steht neben mir, hat eine Hand ausgestreckt und schaut mich mit hochgezogenen Augenbrauen an.

«Hm?» Normalerweise bin ich gesprächiger. Aber nicht direkt nach dem Sex. Und schon länger vor allem nicht mehr bei Jean. Ich hab auch ohne große Worte ständig ihr Gelaber an der Backe.

«Ob du mir auch mal den Joint reichst», wiederholt sie genervt.

«Achso. Aye.» Ich reiche ihn ihr. Jetzt lächelt sie wieder und schaut auch auf Parondon herunter.

Falls ihr das übrigens gerade Pa-ron-don lest, also so wie man es schreibt und euch denkt «Das klingt ja scheiße», dann lasst euch sagen: Ja, das klingt sogar absolut scheiße. Weil ihr es falsch lest. Pärennden ist richtig. Mit Betonung auf das Pä. Ist Englisch. Ihr versteht? Besonders gefährlich klingt es immer, wenn Russen den Namen der Stadt aussprechen. Mit ihrem geilen Akzent und diesem gerollten R. Und wie sie das O betonen. Parrondon. Eine meiner Ex-Affären zum Beispiel. Wanja. Wow, die war heiß. Nicht nur ihre dunkelblonden, welligen Haare und ihr Akzent haben mich jedes Mal rollig gemacht, auch ihr Charakter. Sie war gefährlich. Kickboxerin. Skrupellos. Und hat jedem auf die Fresse gehauen, der ihr blöd kam. Hat sogar mehrmals gesessen wegen schwerer Körperverletzung. Ich hab zwar zum Glück nur einmal was abbekommen - die hat echt einen heftigen Schlag - aber genau dieses Kribbeln hat mich heiß gemacht. Dass sie mich jeden Moment hätte verprügeln können, wenn sie wollte.

Jean reißt mich aus meinen Gedanken, indem sie sich auf meinen Schoß setzt und mir den Joint zurück reicht. Ihre schlanken Schlangenarme legen sich um meinen Hals und engen mich ein. Ihre zierliche Hand streicht meinen Nacken sanft auf und ab.

«Weißt du», beginnt sie. «Ich bin echt froh, dass wir uns über den Weg gelaufen sind. Sowas wie du rennt hier nicht an jeder Ecke rum.» Ist das jetzt ein Kompliment? Sie krault mir die Kopfhaut. «Gut im Bett, du hörst mir immer zu.» Haha! Sie ist also noch unaufmerksamer als ich. «So gut gebaut.» Na es geht. Ich bin kein Adonis. Aber sehen lassen kann ich mich. «Ich frage mich schon länger, ob wir nicht vielleicht für einander geschaffen sind. Ich meine, so fängt es doch immer an, oder? Zwei Menschen treffen sich, wollen was ganz Unverbindliches und schwören sich, dass es immer so bleiben wird. Aber irgendwann...» Oh, oh. Jetzt wird es brenzlig. «... merkt man halt, dass man doch füreinander geschaffen ist.» Jean fängt an, an meinem Ohrläppchen zu knabbern. Jetzt darf ich mich davon bloß nicht einwickeln lassen. Sie verstößt nämlich gerade gegen eine meiner obersten Regeln. Die da lautet: Bloß nicht mehr mit einer Affäre zulassen. Bloß nicht! Da sind keine Gefühle von meiner Seite und ich hab auch erst recht keinen Bock auf ihre.

«Aber das haben wir doch alles besprochen!», entfährt es meinen Lippen. Ich bin nicht aufgebracht. Eher genervt. Es ist doch immer wieder dasselbe. Zu selten findet man jemanden, mit dem so etwas klappt. Etwas Unverbindliches, pff. Von wegen. Vielleicht sollte ich wieder auf One-Night-Stands umsteigen. Das wäre viel ungefährlicher.

«Ich weiß.» Das ist wieder Jean. Sie krault mich jetzt hinterm Ohr und schaut mir in die Augen. «Aber fühlst du das nicht auch? Immer dieses Kribbeln, wenn wir uns sehen und... ich würde auch total gern mal mit dir Essen gehen. Oder ins Kino. Filme auf der Couch gucken und lachen. Mit Hingabe küssen und dir ins Ohr flüstern...» Sie beugt sich ganz dicht an mein Ohr und flüstert: «Ich liebe dich.»

Das ist mein Zeichen. Ich springe vom Stuhl, ungeachtet dessen, dass Jean noch auf meinem Schoß sitzt und schmeiße sie daher runter. Schnell sprinte ich nach drinnen, klaube meine Klamotten vom Boden zusammen und flüchte ins Treppenhaus. Ehe ich mich versehe, stehe ich schon auf der Treppe. Die Klamotten müssen runter gefallen sein, sie liegen hinter mir auf dem Boden. Seht ihr? So eilig hab ich es! Ich hebe Shorts, Hose und Shirt wieder auf und schlüpfe hinein, während ich eilig die Treppen hinunter springe. Falls sie mir folgt. Ich hab jetzt echt keinen Bock auf eine Szene.

Kapitel 2

«Und wieder mal hat der Mikroheld zu geschlagen!», ruft Cora, reckt die Faust siegesgewiss in die Luft und strahlt mich aus einem grünen und einem blauen Auge an. Wir sitzen in unserem Stammcafé in der Stadt, nachdem ich vor Jean geflüchtet bin. Gerade hab ich ihr den Grund dafür geschildert.

Ihr unendlich langes blondes Haar hat sie heute ausnahmsweise mal zu einem lockeren Knoten auf dem Kopf gebunden. Deshalb sieht man ihren schlanken Hals besser. Die Haare verdecken ihn sonst immer. Ich grinse und zucke mit den Schultern.

«Dieses Mal hab ich eher mir geholfen.»

«Ach was.» Sie winkt ab. «Du hast auch ihr geholfen. bevor sie sich da in irgendetwas verrennt.»

«Dafür war's zu spät.»

«Ja. Du hättest schon früher abhauen sollen, das stimmt. Aber du hast es zumindest getan, bevor sie anfangen konnte, sich Kinder und Eigenheim mit dir vorzustellen oder sogar fest einzuplanen.» Wir schütteln uns beide gleichzeitig bei dem Gedanken. Dann lachen wir.

Immer, wenn Cora lacht, blitzt ihr Zungenpiercing hervor. Eine kleine, silberne Kugel. Ich war dabei, als sie ihn sich mit 18 hat stechen lassen. Zu Beginn hat sie ganz furchtbar gelispelt. Heute hört man das nur noch ganz selten und ganz leicht durch.

«Gruselig!», sage ich.

«Siehst du.» Cora nickt. «Genau deshalb hast du ihr etwas Gutes getan.»

«Und mir. Ich bin schließlich erst 25.»

«Ja, ja. Und dir.»

Ich ziehe meine Kippenschachtel hervor. Sie ist ganz zerdrückt, weil sie immer in meiner Arschtasche steckt und ich sie da mehrere Male am Tag hervor hole. Eigentlich überlebt sie nur einen Tag. Höchstens zwei. Aber an jedem Nachmittag sehen die neuen Packungen uralt aus. Weil sie so zerdrückt sind. Ich hol mir eine Kippe raus, reiche Cora auch eine und stecke die Schachtel zurück in die Tasche. Dabei merke ich, wie sie einen neuen Knick bekommt.

«Danke.» Cora zündet sie sich sofort an und reicht mir ihr Feuerzeug. «Und was sind deine Pläne für heute?» Ich zucke mit den Schultern.

«Eigentlich wollt ich mit Joe ins Killer. Aber meine Mum will mich unbedingt bei diesem Dinner heute Abend dabei haben. Ihre und Dads Kollegen kommen. Sie will unbedingt, dass ich in seine Fußstapfen trete. Drauf geschissen!»

«Akzeptiert sie deinen Job immer noch nicht?»

«Solange du keinen vernünftigen Verdienst aufweisen kannst, ist das kein richtigerJob, den du da machst. Hunderte von Schauspielern verhungern tagtäglich, weil sie daran festhalten, dass Schauspielerei ein Beruf mit echten Chancen ist», äffe ich meine Mum nach. «Sie glaubt nicht an meine Hollywood Qualitäten.» Ich grinse. Cora auch.

Wir nehmen beide einen tiefen Zug von unserer Zigarette und ich lehne mich zurück. Ich betrachte ihre Brüste. Sie sind klein, aber fein. Ich stehe auf jede Art von Brüsten. Klein, groß, schmal, breit. Von mir aus auch unterschiedlich groß. Das Wichtigste ist, dass sie echt sind. Fühlt sich einfach besser an. Was Cora da heute trägt, nennt sich glaube ich Oversizetop. Jedenfalls versteckt es ihre Brüste viel zu sehr.

«Hier ist mein Gesicht, Schätzchen!», grinst sie und tippt sich auf die Nase. Ich hebe meinen Blick wider und sehe ihr grinsend ins Gesicht. «Lass es doch einfach. Tu dir die Scheiße nicht an. Du tust damit keinem von euch beiden einen Gefallen. Du weißt doch genau wie das immer endet.»

«Sie wird sauer und wälzt ihre Hasstiraden auf mich ab. Wie misslungen und undankbar ich bin. Oder auf Dad.» Cora nickt. Ich erkläre mich. «Aye. Aber ich muss. Sie droht wieder damit, mich sonst raus zu schmeißen.»

Leider hat meine Mum ein bisschen Recht. So ungern ich es auch zu gebe, aber ich verdiene einen Scheiß mit der Schauspielerei. Noch! Angefangen hab ich in einem kleinen Theater ein paar Straßen weiter von zu Hause entfernt. Das waren nur fünf Minuten mit dem Bus. Da war ich

Bühnenschauspieler. Hat nicht sehr viel abgeworfen, aber ich hatte immerhin etwas Geld und war sogar schon auf Wohnungssuche. Dann mussten die dicht machen. Bankrott. Seitdem dümple ich umher. Renne von Casting zu Casting. Ich hätte sicher tolle Chancen. Ich bin zum Schauspieler geboren! Hollywood würde mich mit Kusshand nehmen, wenn sie mich erstmal entdeckt haben. Wenn ich nicht so oft zu spät zu den Castings kommen würde. Alles was bisher für mich abgefallen ist, ist ein Werbespot für Schokoladenpudding und eine Rolle als Taubstummer in einer Seifenoper. Besonders für den Pudding Werbespot schämt sich meine Mum. Jeder ihrer Kollegen hat ihn schon im TV gesehen und sie darauf angesprochen. Ich denke allerdings, dass jeder, der groß hinaus will, solche Wege am Anfang gehen muss. Irgendwann werde ich schon den großen Durchbruch haben. Vielleicht entpuppt sich der Puddingspot ja später mal als das ultimative Sprungbrett?

«Dann zieh zu mir. Ich krieg dich schon noch in meine kleine Einraum Bude rein. Hauptsache du musst dir diesen Mist nicht mehr antun.»

Ich schüttele den Kopf. «Ich kann Dad nicht allein mit ihr lassen. Er ist zu soft für sie.»

Sie seufzt. Wir schweigen. Dann grinst sie. «Wir könnten uns mein Bett teilen.» Cora wackelt mit den Augenbrauen und ich bin ganz kurz versucht. Sie ist seit der zehnten Klasse meine beste Freundin und sogar wir hatten schon ein paar Mal Sex miteinander. Es war jedes Mal einfach der Hammer und hier war wirklich nicht mal der Ansatz von romantischen Gefühlen vorhanden. Daher reizt mich der Gedanke schon ein bisschen. Ich befürchte allerdings, dass wir uns zu schnell auf den Sack gehen würden. Uns wie ein altes Ehepaar benehmen könnten, wenn wir zusammen wohnen. Also schüttele ich wieder den Kopf.

«Klingt verführerisch. Ehrlich. Aber dadurch ist Dad leider nicht geholfen.»

Sie seufzt wieder und zieht an ihrer Kippe.

Eine Kellnerin kommt und bringt uns beiden einen Latte Macchiato mit Keks. Aber nicht diese Amaretti. Die hassen wir beide. Und wir sind so oft hier, dass die Kellnerinnen hier das mittlerweile alle wissen. Wir kriegen stattdessen Mini Cookies.

«Und? Musst du dann wieder in so `nem schnieken Anzug rum laufen heute Abend?», fragt Cora grinsend und ascht ab. Ich nehm einen besonders tiefen Zug von meiner Kippe und nicke betroffen.

«Den Dunkelroten. Hörst du Jasper? Der macht dich wenigstens seriös. Und kämm dir bloß ordentlich die Haare!», mache ich meine Mum wieder nach. Cora lacht auf. «Willst du mich begleiten? Du könntest dein dunkelrotes Kleid anziehen. Dann passen wir zusammen. Sieht bestimmt entzückend aus.» Ich grinse.

«Es fällt mir echt schwer, aber ich verzichte», lacht sie.

Meine Mum hasst Cora. Sie zieht mich runter, ist ihre Meinung. Dass ich schon so war wie ich bin, bevor ich Cora kennen lernte, verdrängt sie immer gerne. Eigentlich bin ich nämlich wie mein Dad. früher. Bevor er Mum kennen lernte und sich von ihr umkrempeln ließ. Warum auch immer er das mit sich machen lassen konnte. Mir wird das garantiert nicht passieren. Deshalb verliebe ich mich auch nicht. Damit ich nicht so ende wie er. Auch wenn er sich seit seinem Schlaganfall bemüht, wieder lockerer zu sein. Seitdem verstehen wir uns auch viel besser. Außerdem hab ich mit all dem Gras, Alkohol und meinem gleichgültigen Auftreten nur wegen Mum angefangen. Sie und ihr absolut unmoralisches Verhalten und ihre merkwürdige Art von Erziehung, haben mich damit anfangen lassen. Irgendwie musste ich das ja aus meinem Kopf kriegen. Interessanterweise hat sie nie versucht, mir das abzugewöhnen. Hauptsache ich benehme ich in ihrer Gegenwart, gemeinsam mit Fremden, wie ein wohl erzogener Junge. Hat nicht immer so gut geklappt.

Cora wäre eigentlich die perfekte Frau für mich. Wir stehen beide nicht auf diesen Liebesscheiß. Wir haben die gleichen Vorlieben für Essen, beim Sex und die gleiche Einstellung was Beziehungen angeht. Und wir wollen uns für niemanden verbiegen müssen - für meine Mum muss ich leider manchmal, damit ich mein Dach über dem Kopf nicht verliere.

Eigentlich ist Cora wie ich. Nur mit Brüsten. Und ich bin wie sie. Nur mit Penis. Aber genau das ist es auch, weshalb wir wieder nur perfekt als Freunde sind. Wären wir ein Pärchen, dann würden wir uns sicherlich gegenseitig ins Verderben treiben und irgendwann in einem riesen Zoff trennen. Dafür ist mir meine Freundschaft mit ihr viel zu wichtig. Außerdem gruselt es mich manchmal zu Tode, wenn ich zu Hause alter Bilder von Mum sehe. Aus ihrer Jugendzeit. Und wenn ich dabei dann immer wieder feststellen muss, dass sie Cora sehr ähnlich sah, als sie ihn ihrem Alter war. Wenn wir zusammen wären, wäre das doch ein Mutterkomplex. Und bei der Mutter kann ich mal sowas von darauf verzichten.

«Wollen wir nicht doch nochmal kurz im Killer vorbei nachher?»

«Nope. Geht schon um sieben los dieses Dinner. Schaff ich nicht vorher.»

Cora nickt und wir rauchen stumm unsere Kippen weiter.

«Es gibt also doch Dinge, die der Mikroheld nicht kann.» Sie zwinkert mir zu.

Ihr fragt euch bestimmt, was sie eigentlich mit Mikroheld meint. Das hat jetzt nichts mit dem Däumling oder Ant-Man zu tun. Ihr wisst schon, der coole Typ der sich schrumpfen kann und dann ist da diese super lustige Szene mit der Eisenbahn und so. Aber ich schweife ab. Also das ist jedenfalls Coras Ding. Das hat sie sich mal für mich ausgedacht. Vor Jahren.

Die Defnition bei Wikipedia würde sicher lauten:

«Der **Mikroheld** [*griechisch* μικρός *mikrós* «klein«; althochdeutsch *helido*] ist ein Alltagsheld, der Menschen glücklich macht, indem er ihnen kleine Freuden bereitet. Zum Beispiel in dem er jemandem ein einfaches Lächeln ins Gesicht zaubert oder unvorbereitet Pizza mitbringt.»

Ist nicht so, dass ich da jemals großartig was gemacht hätte. Aber weil ich es anscheinend immer schaffe, Cora mit Kleinigkeiten aufzumuntern, hat sie mich zu ihrem persönlichen Mikrohelden ernannt. Manchmal ist es nur ein einfacher Satz, den ich sage.

«Kannst du mir `nen Gefallen tun?», unterbreche ich die Stille. Cora schaut mich fragend an. «Tritt mir morgen in den Arsch.» Jetzt grinst sie. «Ich hab `n Casting und will endlich mal pünktlich sein.»

«Uuiii. Sag bloß das ist für was richtig Cooles.»

Ich zucke mit den Schultern. «Geht so. Aber könnte mir in meiner Karriere weiter helfen.»

«Sag bloß es geht um `ne Sprechrolle!?» Sie grinst mich an. Ich grinse schief zurück.

«Aye. Stell dir vor. Ich hätte sogar ganze elf Takes.»

«Und dann wirst du ermordet?»

«Kein Plan.» Ich lasse meine Schultern zucken. «Soweit reicht das Probeskript nicht. Die Rolle kommt später aber wohl nochmal ohne Text vor.»

«Klaro. Ich helf dir. Wann geht's los?»

«Eins.»

«Ich schleife dich schon um zwölf aus deiner Bude.» Cora reicht mir ihren kleinen Finger. Ich hake meinen ein und wir machen den Fingerschwur. Dann drücke ich meine Kippe im Aschenbecher aus und mache mich über den Latte her. Der ist jetzt abgekühlt genug. Meine zarte Zunge darf sich nicht verbrennen.

Kapitel 3

Wenn ich etwas noch mehr hasse, als den ganzen Abend bei diesen schnöden Gästen sitzen zu müssen und mir deren oberflächliches Gelaber und geheuchelte Komplimente anhören zu müssen, dann ist es, mich denen anzupassen. Hallo hier. Hallo da. Ach sie sehen aber heute wieder hübsch aus.

Im frisch gebügelten, dunkelroten Anzug sitze ich mit den anderen am großen, runden Mahagonitisch. Den hat Mum extra für ihre Dinner gekauft. Ansonsten wird am kleinen eckigen Birkentisch gegessen. An dem haben wir schon ewig nicht mehr zu dritt für eine Mahlzeit gesessen. Ich bin nicht traurig drum.

Neben mir sitzen meine Eltern: Karen und Larry White. Und ringsherum im Kreis irgendwelche Gesichter, die ich schon mal gesehen habe, deren Namen ich mir aber nie merke. Nur zwei kenne ich.

Was man nicht alles tut, um hier bleiben zu dürfen. So gern würde ich einfach meine sieben Sachen packen und ausziehen. Wenn ich das Geld hätte. Aber dann ist da Dad, um den sich niemand kümmert, außer unserer Haushälterin Chloe und mir, wenn sie Feierabend hat. Chloe ist ein echter Schatz. Seit Jahren bei uns und ein Multitalent. Sie kann nicht nur putzen und waschen, sie kocht auch wie eine Göttin, pflegt meinen Vater wie eine Mutter und hat sich auch um mich gekümmert, wenn ich mal Schwierigkeiten und niemanden zum Reden hatte. Wie eine Mutter.

Ich sehe rüber zu meinem Dad. Wie er da sitzt in seinem Rollstuhl. Halbseitig gelähmt. So hilflos und voll auf meiner Wellenlänge. Mittlerweile. Und total ahnungslos, was seine Frau angeht. Ich wette, dass sie mit der Hälfte der männlichen Gäste am Tisch schon rum gevögelt hat. Genau wissen tu ich es von den beiden Männern hier am Tisch, deren Namen ich ausnahmsweise kenne. Die habe ich mir extra gemerkt. Ich hab Mum immer mal abwechselnd mit einem der beiden erwischt, wenn Dad im Krankenhaus oder mit Chloe spazieren war. Bemerkbar gemacht hab ich mich aber nie. Ich hatte genug damit zu tun, diese Bilder wieder aus meinem Kopf zu kriegen. Fotos habe ich trotzdem heimlich gemacht und auf meiner Festplatte gespeichert. Man weiß ja nie, wozu man die nochmal gebrauchen kann.

Mum mit Dads Kollege und Firmenmitbegründer Al Jackson auf dem Wohnzimmerteppich. Und Mum mit ihrem Chef Titus Kent am Waschbecken m Gästebad. Beide Männer verheiratet und Väter. Noch so ein Grund, weshalb ich mich nicht verlieben möchte. Meine Mum und diese zwei alten widerwärtigen Säcke sind der beste Beweis dafür, dass es Liebe und Treue nicht gibt. Verkackst du es einmal, ist dein Partner in einem anderen Bett. So wie Dad es in Mums Augen verkackt hat, als er den Schlaganfall hatte. Da kann man gleich Single bleiben.

Meine Mum behandelt ihn wie den letzten Dreck. Wie auch mich oft. Ich verstehe weder dass sie noch bei ihm ist noch dass er noch bei ihr ist. Sie behandelt ihn wie ein kleines, behindertes Kind. Nur beschissen. Und abhängig von seinem Geld ist sie auch nicht.

Und er? Hat Chloe, die sich ihm zusätzlich zu ihrem Haushaltsjob angenommen hat, weil Mum keinen Finger für ihn rührt. Und lieben tut zumindest sie ihn nicht mehr. Warum also tun sie sich das an?

«Jasper, Liebling, würdest du mir bitte den Kaviar reichen?»

Mum holt mich aus meinen Gedanken zurück. Eine ihrer perfekt manikürten Hände - ich glaube zumindest, dass es

20

perfekt ist - streckt sich mir entgegen. Ihre Fingernägel sind knallrot lackiert. Kein schönes Rot. Sie trägt diesen Ton sehr oft und sehr gern. Ich habe ihn früher mal Augenkrebsrot getauft. Denn so hässlich und penetrant wie er ist, könnte er glatt Augenkrebs erzeugen.

Mit einem fordernden Blick schaut sie mich aus ihren überschminkten Augen intensiv an. Was so viel heißt wie «Du strengst dich gefälligst an, hier einen guten Eindruck zu hinterlassen. Sonst war es das mit dem sicheren Dach über dem Kopf.»

Mum will mir kein Geld geben, um mir eine Bude zu suchen. Ich soll selbst auf mein Leben klar kommen und solange ich mir nichts Eigenes leisten kann, hab ich auch keine Unterstützung verdient. Sagt sie. Dad hingegen möchte, dass ich lerne auf eigenen Füßen zu stehen und das wunderbare Gefühl erlebe wie es ist, sich seine ganz eigene Existenz aufzubauen. Dann wüsste ich das alles viel mehr zu schätzen und das Gefühl beim Geld Ausgeben sei viel schöner. Die werden schon noch sehen. Wenn ich erstmal fett Kohle verdiene in Hollywood, dann lege ich mir eine ordentliche, eigene Bude zu und hol Dad hier raus. Er kriegt dann irgendetwas, wo man sich so richtig um ihn kümmert. Ein Platz in einer pompösen Seniorenresidenz oder so. Da kann er alte Damen aufreißen und Mum endlich in den Wind schießen. Von allein macht er das ja nicht. Obwohl er die

Kohle dazu hätte. Er ist zu verbissen. Wenn ich es ihm schenken würde, müsste er Ja sagen. Geschenke seiner Kinder lehnt man schließlich nicht ab. Oder? Vielleicht schmeiße ich dann aber auch einfach Mum raus und verwandle das Haus in Dads ganz eigene Privatresidenz. Mit ganz vielen Angestellten. Dann kann er sich junge Edelprostituierte ins Haus holen. Das wäre um einiges stilvoller als verwitwete, alte Ladies.

«Natürlich. Gerne.» Ich reiche Mum den Teller mit dem Kaviar. Und als ich ihr Gesicht sehe, mühe ich mir ein Lächeln ab.

«Euer Jasper sieht so entzückend aus. Wie Larry früher. Ein richtig netter, flotter Bursche.», verkündet irgendeine hässliche, fette Frau mir gegenüber und lächelt mich an. Zwischen ihren Zähnen hängt etwas Grünes. Ihr Hals verschwindet im Nirgendwo und ihr penetranter lilafarbener Lidschatten sticht mir direkt ins Auge. Alles was ich bei ihrem Anblick denken kann ist: Bäh!

«Der Bursche mag es nicht, wenn man in der dritten Person über ihn redet», lasse ich tonlos verlauten. Von Mum ernte ich einen Todesblick. Dad und ein paar andere am Tisch lachen verlegen. Ebenso die hässliche, fette Frau. Das Grünzeug zwischen ihren Schneidezähnen wackelt dabei.

Ich lache ein bisschen mit. Um die Stimmung zu lockern.

«Jasper, wie läuft es denn im Schauspiel Business?», fragt Al und ich sehe, wie Mum die Augen verdreht. Alle Augen legen sich neugierig auf mich. Jetzt wollen sie tolle Stories hören von meinen großen Rollen und meinem bevorstehender Aufstieg nach Hollywood.

Nur leider hab ich da noch nicht viel vorzuweisen. Also heißt es entweder lügen und dick auftragen. Oder lügen und schocken. Da ersteres eher auffallen würde, da man mich demnächst nicht auf größeren Leinwänden sehen können wird, kommt das Zweite in Frage. Lügen und schocken. Mum hin oder her.

«Klasse», sage ich also. «Das Pornogeschäft boomt, vor allem in der Schwulenszene. Einfach jeder reißt sich geradezu um mich. Neulich erst hab ich Cockpool gespielt. Und morgen startet der Dreh für Bridge of Cocks. Total spannend.»

Die Titel sind natürlich an den Haaren herbei gezogen. Ich gehe aber davon aus, dass niemand danach suchen wird, da mir hier am Tisch hoffentlich keiner beim Sex zuschauen will. Na gut. Bei Fetti im Speckmantel bin ich mir nicht ganz sicher. Die schaut mich schon die ganze Zeit so gierig an.

Neben mir höre ich Mum nach Luft schnappen. Dann versucht sie das Ganze zu retten und fängt an gekünzelt zu lachen. «Ist er nicht amüsant? Er sollte Comedy Schauspieler werden.»

«Unbedingt», meint Al trocken und schaut mich wieder aus seinen eingefallenen Augen an. «Jetzt aber mal im Ernst Jasper. Dein Dad wird bald zurück treten, so wie ich. Und du weißt ja, dass immer geplant war, dass ihr die Firma mal übernehmt. Du und mein Sohn.»

Ich wusste, dass das kommen würde. Hatte Mum ja angekündigt. Mehr oder weniger ist das sogar der Anlass dieses Dinners.

«Die Schauspielerei ist meine Leidenschaft», erkläre ich. «Anlaufschwierigkeiten gibt's in jedem Job. Ihr werdet schon sehen. In wenigen Jahren bin ich der neue Star in Hollywood und kann die Firma nebenbei gerne mit Zuschüssen versorgen. Aber zum Manager bin ich einfach nicht geboren. Ich kenne mich doch gar nicht mit Pflegeprodukten aus.» Habe ich schon erwähnt, dass Al und mein Dad die Chefs der größten Pflegeprodukt-Firma im ganzen Land sind? Haben sie Ende der achtziger Jahre gegründet und seit der Jahrtausendwende gibt es sogar eine eine kleine Ladenkette, die nur ihre Produkte verkauft. Shampoos, Duschgels, Hautcremes, Peelings und so weiter. Als Mann wäre ich nie auf so eine Idee gekommen. Ich hab einfach nicht den Geschäftssinn meines Vaters geerbt.

«Musst du auch nicht. In das Wichtigste würden wir euch vorher schon noch gediegen und intensiv einweisen. Und natürlich würden wir euch ein Jahr lang begleitend in euren

Job einarbeiten. Eure Hauptaufgabe ist die Verwaltung der verschiedenen Abteilungen und die Kundenneugewinnungen. Das macht einen riesen Spaß, glaub mir, Jasper. Gutes Essen auf Firmenkosten und mit den neuen Partnern auf die künftige Zusammenarbeit trinken. Champagner bis zum Abwinken!» Lachend stößt er meinem Vater mit dem Ellenbogen in die gelähmte Seite und der stimmt mit ein. Genau wie ein paar andere Leute am Tisch. Wahnsinnig lustig. Saufen kann ich auch so. Dazu brauche ich keinen Geschäftsabschluss.

«Außerdem ist das ein viel sicheres und stabileres Einkommen. Die Pflegeprodukt-Industrie boomt wie nie! Aber die Schauspielerei... Darauf solltest du dich nicht verlassen.»

«Ganz genau!», stimmt meine Mutter zu. Ich reiße mich zusammen, nicht die Augen zu verdrehen. Um keinen Streit vor den Gästen anzuzetteln lächle ich und sage: «Ich denke nochmal drüber nach.»

«Tu das, mein Junge. Tu das. Aber lass dir nicht mehr allzu viel Zeit. Und jetzt lasst uns alle anstoßen.» Al erhebt sein Champagnerglas und kurz darauf klirrt es überall am Tisch.

Das Abendessen hat euch gelangweilt? Willkommen in meiner Welt.

«Du hättest Al und mir ja ruhig mal helfen können!», schimpft meine Mum und schaut Dad wütend an. In der Zeit räumt Chloe die große Tafel ab. Um mich abzulenken und helfe ich ihr ein wenig. Im Schneckentempo. Damit ich nicht zu viel machen muss.

«Wenn ich doch aber nicht mit euch übereinstimme, Liebling. Da muss ich den Jungen doch nicht zu etwas drängen, was er gar nicht möchte.»

«Ach ja auf einmal. Vor ein paar Jahren sah das noch ganz anders aus. Da hast du Jasper immer schön eingebläut, dass er mal deinen Platz in der Firma übernimmt und wir haben ihm den sicheren Job schmackhaft gemacht. Aber auf einmal ist der werte Herr dafür, dass unser Sohn eigene Wege geht. Wer war denn damals dagegen, dass unser Sohn zur Schauspielschule geht?» Wirbelnd wirft sie ihre Hände in die Luft. Ihr geschminktes Gesicht bekommt rote Flecken. Das macht sie richtig alt.

«Nicht plötzlich, Karen. Ich habe in der Zwischenzeit lediglich darüber nachgedacht und wünsche mir für meinem Sohn, dass er den Job macht, der ihm Spaß macht. Nicht den, der ihm aufgezwungen wird. Warum sollte er nicht frei wählen dürfen, so wie wir? Leistung kommt durch Vergnügen bei der Arbeit. Außerdem hätte ich ihm doch sonst auch nicht die Ausbildung finanziert», erklärt Dad sanft. Das stimmt. Er hat damals rum geflucht, ich solle was Anständiges lernen und doch in die Firma gehen. Aber als er merkte, dass ich das wirklich möchte, dass es das ist, wozu ich geboren bin, da hat er es mir dann doch finanziert.

«Der Junge-»

«Der Junge hört jedes Wort. Und er hasst es immer noch, wenn man über ihn in der dritten Person spricht, als wäre er gar nicht anwesend», werfe ich ein und werfe Mum einen verächtlichen Blick zu. «Und Dad hat Recht. Leistung kommt durch Vergnügen an der Arbeit. Du bist doch auch nur so gut in deinem Job, weil er dir so großen Spaß macht. Und nicht weil du dich hoch geschlafen hast. Oder?» Ich lächele sie feindselig an. Sie schnappt nach Luft, wirft die Serviette, die sind in ihrer Hand zerknüllt hat, zu Boden und flüchtet mit einem Geräusch der unterdrückten Wut. Chloe eilt herbei und hebt die Serviette wieder auf. Dad und ich schauen Mum hinterher. Dann blicken wir einander an und fangen an zu grinsen.

«Du überraschst mich immer wieder aufs Neue, Dad.»

«Ich bin in der letzten Zeit einfach nur zur Besinnung gekommen, mein Junge.» Er zwinkert mir zu.

«Du Dad. Mein Spruch eben... ich will dir echt nicht wehtun oder so, aber langsam muss es mal raus. Mum und Al-»

«Ich weiß, mein Sohn.»

«Du weißt es?» Ziemlich überrascht ziehe ich beide Augenbrauen hoch. Er nickt.

«Schon lange.»

«Und warum verdammte Scheiße bleibst du dann noch bei ihr? Ich dachte immer-»

27

«Ich liebe sie noch. Sie war für mich da als mein Vater gestorben ist.»

«Was? Ey, Dad ich check's nicht. Ich dachte immer du hängst an ihr und bist total ahnungslos und jetzt erzählst du, dass du das ewig weißt und sie trotzdem noch liebst?»

Er streckt den Arm aus und tätschelt meine Schulter. «Irgendwann wirst du es verstehen. Irgendwann.» Sein Blick wirkt seltsam traurig und verklärt.

«Dad, die gibt 'nen verdammten Scheiß auf dich. Sie vögelt mit deinem Kollegen und ihrem Chef ungeniert rum, sobald du mal aus dem Haus bist. Sie behandelt dich wie der letzte Dreck. Sie kümmert sich nicht um dich. Deinen Sohn behandelt sie, wie man nicht mal fremde, pöbelnde Straßenkinder behandeln sollte. Und sie schläft seit Jahren in einem anderen Zimmer als du und hüpft durch fremde Betten. Was willst du noch von ihr?»

«Sie ist immer noch bei mir, oder? Obwohl sie es nicht sein müsste. Das hat doch etwas zu bedeuten»

Das bringt mich zum Schweigen. Was nicht heißt, dass ich es verstehe. Mir gehen nur die Argumente aus. Wiederholen brauche ich mich nicht. Dadurch werden es nicht mehr.

Verständnislos schüttele ich den Kopf und gehe zur Treppe.

«Gute Nacht, Dad.»

«Gute Nacht, Jasper.»

Kapitel 4

«Jas! Du bist ja doch noch gekommen!», begrüßt mich mein Kumpel Joe und schlägt mit mir ein. Wir haben uns vor einem Jahr beim Dreh zum Pudding Werbespot kennen gelernt. Einer der wenigen guten Nebeneffekte an diesem Job. Er war Redakteur der Werbefirma, die den Puddingspot umgesetzt haben und für den Inhalt verantwortlich. Dafür könnte ich ihn manchmal verfluchen, aber abgesehen davon ist er echt total super. Seit dem Dreh treffen wir uns regelmäßig. In der Stadt, in einer Kneipe, am liebsten aber im Killer, um uns dort gemeinsam die heißen Ladies an der Stange anzusehen. Wir sind sogar ziemlich gute Freunde geworden. Um ehrlich zu sein, ist er sogar mein Bester männlicher Freund.

«Aye. Ich musste da raus. Das Dinner war die Hölle.»

«Das deiner Mum?»

Ich nicke und lasse mit auf einem Hocker neben ihm wieder.

«Cora wird dich dafür verfluchen, dass du ihr abgesagt hast und nun doch da bist.»

Er blickt mich grinsend durch seine Hipsterbrille hindurch an und streicht sich eine seiner schwarzen Locken aus dem Gesicht. Seine Haare sind nicht lang, aber lang genug, um ihm ständig vor den Augen zu hängen. Manchmal hat er Ähnlichkeit mit Jon Snow.

Ich wende mich an die heiße Mieze hinter der Theke. Allie Wonder. Sie sieht so aus, wie sie sich nennt. Lange schlanke Beine, die immer nur in knall enge Hotpants gekleidet sind. Langes, glattes schwarzes Haar, blutrote Lippen. Wie Schneewittchen in heiß.

Heute trägt sie ein pinkfarbenes, bauchfreies Top, das ihre Brüste unverschämt stark betont. Sie kellnert hier erst seit Kurzem, aber ich mag sie jetzt schon am Liebsten von allen. Sie ist einfach am lockersten drauf und flirtet gerne mal zurück.

«Allie, mein Täubchen. Schiebst du mir `nen Whsikey rüber?»

«Natürlich, Jas. Alles was du willst.» Mit einem flirtenden Blick dreht sie sich zum Flaschenregal um und holt den Tullamore Dew raus.

«Alles.» Mein Mundwinkel zieht sich hoch und ich mustere ihren Hintern. «Da wüsste ich schon so einiges.» Allie dreht sich um und grinst mich Kopf schüttelnd an.

«Danke übrigens», grinst Joe von der Seite. Fragend sehe ich zu ihm rüber. «Du hast mir 20 Piepen beschert.»

«Wieso das?» Ich friemel die zerquetschte Kippenschachtel aus meiner Arschtasche heraus. Darin befindet sich die letzte Zigarette, deshalb lasse ich die leere Schachtel gleich auf dem

Tresen liegen. Die Kippe landet zwischen meinen Lippen, wo ich sie anzünde.

«Ich hab mit Cora gewettet. Sie dachte allen Ernstes du schießt Jean schon viel eher ab. Ich hab gesagt: Never, man. Wer sich so verbiegen kann, hält länger durch.» Er lacht. Ich grinse.

«Jean abgeschossen? Heißt das, du bist wieder zu haben?», grinst Allie mich an und schiebt mir den Drink rüber. Ich lege ihr einen PD Schein auf den Tresen und grinse. PDs sind übrigens Parondon Dollar. Und falls ich es mal erwähnen sollte, PCs sind die Cents.

«Ich bin immer zu haben, Süße.»

«Hätte ich das mal eher gewusst.» Allie zwinkert mir zu und bedient den nächste Kunden. Mein Blick ruht eine Weile auf ihrem Arsch, bevor ich mich wieder Joe zuwende.

«Ihr setzt also Wetten auf mich ab. Seit wann das denn?»

«Ist das ein Problem?»

«Nope. Ich find's bloß interessant», erkläre ich grinsend und ziehe mir einen Aschenbecher ran.

«Sollen wir dir beim nächsten Mal Bescheid geben?», grinst Joe.

Ich zucke mit den Schultern. «Is' okay. So kann ich eure Wetten wenigstens nicht unbewusst manipulieren.» Ich nicke ihm zu und ziehe nochmal an der Kippe.

«Oder bewusst!»

«Oder bewusst», bestätige ich grinsend.

Schweigend sitzen wir nebeneinander und rauchen unsere Zigaretten auf. Danach gibt's den Whiskey auf Ex. Während Joe für uns Neue ordert, verschwinde ich auf dem Klo.

Dort sollte es gleich das erste Mal passieren. Das erste Mal, dass ich es bewusst mitkriege.

Ich stehe jedenfalls vor dem Waschbecken und schaue beim Händewaschen in den Spiegel. Dadurch sehe ich die Fliesen hinter mir, die ganz klischeehaft bekritzelt sind. Penisbildchen, irgendwelche unleserlichen möchtegern Graffiti-Tags und ein sporadischer Frauenkörper, der aus einem Y entstanden ist. Der Klassiker halt. Und ein paar Namen der Damen, die hier arbeiten. Darunter auch Gigi, eine der heißesten Gogo Tänzerinnen hier. Und Allie. Dafür, dass sie so neu ist, hat sie es recht schnell auf die Fliesen geschafft. Aber sie ist auch wirklich eine echt heiße Schnitte. Würde sie sich mir an den Hals werfen, ich würde nicht zögern. Keine Sekunde. Meine Mundwinkel kräuseln sich bei dem Gedanken daran, wie wir uns schwitzend im Bett wälzen. Ja, die wäre wirklich keine schlechte Partie.

Ich greife nach den Tüchern neben dem Waschbecken, um meine Hände abzutrocknen und da passiert es. Das Papierhandtuch ist weg. Der Spiegel ist weg. Ebenso das Waschbecken und überhaupt der ganze Raum. Nur für den Bruchteil einer Sekunde scheine ich im Nirgendwo zu sein.

Alles ist schwarz. Bevor ich irgendetwas begreifen kann, finde ich mich hinter dem Tresen wieder. Neben Allie, die mich erst irritiert anschaut, dann jedoch an mir runter sieht und zu grinsen beginnt. Fast gleichzeitig höre ich Joe hinter mir lachen und ein paar andere um die Bar drum herum jubeln und klatschen vereinzelt. Wie ein mieser Applaus, eines besonders schlechten Clowns oder Zauberers. Es dauert einen Moment bis ich checke, was da gerade eben passiert ist. Oder auch nicht checke. Wie kann ich jetzt schon einen Filmriss haben? Ich habe daheim nur ein Glas Champagner getrunken und das ist schon eine Stunde her. Und hier im Killer einen kleinen Whiskey. Ich vertrage weitaus mehr! Verwirrt reibe ich mir die Stirn.

«Süßer Pimmel», reißt mich Allie aus meinen Gedanken zurück und ich blicke an mir herunter. Wow! Ich bin nackt. Splitterfasernackt!

Kapitel 5

Völlig erschöpft sacke ich auf dem nackten Körper unter mir zusammen. Irgendeine Blondine gehört dazu. Ich hab mir ihren Namen nicht gemerkt. Wichtig war mir an dem Abend nur nochmal meinen ganzen Stress abzubauen. Und nach einer Abfuhr bei einer hübschen Brünette, hat sich diese Blondine hier freiwillig gemeldet. Meine unvorhergesehene Nacktaktion hat sie imponiert. Wer sagt da schon nein?

Heute Mittag ging es auch gleich weiter. Nachdem wir irgendwann mal wach geworden waren. Frühstück esse ich nicht bei anderen Frauen. Nur mit ganz wenigen Ausnahmen wie Cora. Hab ich ihr auch gleich gesagt.

Die Blondine muss zur Arbeit und macht sich fertig. Da fällt mir ein, dass heute das Casting ist. Der Wecker sagt mir, dass wir es kurz vor zwölf haben und pünktlich auf die Minute klingelt mein Handy. Cora. Steht auf dem Display. Ich nehme ab.

«Hm?»

«Wo bist du denn? Deine Mum hat mich wieder mit ihren Blicken gekillt als ich gerade vor eurer Tür stand.» Sie lacht.

«Oh. Ja, ähm… ich bin bei so 'ner Braut.»

«Aha. Und die wohnt wo?»

«Parondon.»

«Witzbold. Jetzt sag schon. Wo kann ich dich abholen?»

«Ich schaff das schon. Hast mich ja jetzt erinnert.»

«Ich vertrau dir nicht, bis ich dich da nicht selbst hingeschleppt habe.»

«Aye. Is' ja gut. Oh und bring mir Casting fähige Klamotten mit, ja?» Ich lasse mir die Adresse geben und leite sie an Cora weiter. Dann lege ich auf, quäle mich aus dem Bett und werfe mir Klamotten über, um unten beim Bäcker noch schnell ein belegtes Brötchen zu kaufen, bevor Cora da ist.

Mit meinem Schnitzelbrötchen in der Hand setze ich mich auf eine Bank vor die Eingangstür der Blondine und warte. Endlich finde ich ein bisschen Zeit, über gestern Abend nachzudenken.

Nicht, dass ich ein Problem mit Nacktheit hätte. Ich bin gerne nackt. Aber es hat mich doch ein wenig überrumpelt, plötzlich sogar ohne Unterhose hinter der Bar zu stehen. Vor allem ohne zu wissen, wie das passieren konnte. Meine einzige Erklärung dafür war, dass ich irgendeinen Aussetzer gehabt haben muss. Immerhin hat niemand nachgefragt, wie ich so plötzlich hinter die Bar kam. Vielleicht entwickle ich ja eine psychische Störung

«Nicht der, du Dummie», hatte Allie neben mir gelacht, während ich auf meinen entblößten Schwanz hinunter gestarrt hatte. Sie schob mein Kinn mit dem Zeigefinger hoch und tippte mir auf die rechte Brust. «Der hier.» Mein Blick folgte ihrem Finger auf meine Brust. Stimmt. Da ist mein winziges Pimmeltattoo.

Vor einigen Wochen hatte ich betrunken mit Joe und einem seiner Kumpels gewettet, dass ich die gestresste und nie lächelnde rothaarige Dame an der Pallmart-Kasse rum kriege. Ich sage mal so viel: Es endete damit, dass mich die Security nach draußen zerrte. Am nächsten Tag haben die Jungs den Wetteinsatz eingelöst, mich zu einem bekannten Tättowierer gebracht und kurz darauf hatte ich diesen winzigen Pimmel auf meiner Brust. Joe hat ihn eigenhändig für den Tättowierer vorgezeichnet. Seitdem gibt es immer kurzen Gesprächsstoff, wenn ich wen Neues abschleppe.

Ich habe dann gestern im Killer das Einzige gemacht, was Sinn ergibt und eine kleine Show abgezogen. Dass ich ein paar Zaubertricks übe und dass das ein Probedurchlauf war. Joe hat mich für die Zaubertricknummer ausgelacht und Allie hat mir ein paar Klamotten aus dem Backstage besorgt. Eine Hose eines männlichen Strippers, dessen Seiten zum zuknöpfen sind und eine geblümte Bluse eines der Gogo Girls. Sie saß ein bisschen eng und ich bekam sie auch nicht zu. Ich rede mir ein, dass das der Grund für meine Abfuhr bei der Brünetten war. Aber darauf hatte ich schon die Blondine an der Backe. Danach brauchte ich die Klamotten eh nicht mehr lange.

«Robért möchte, dass du heute bitte etwas höflicher bist und die Bewerber wenigstens ein paar Texte vortragen lässt. Beim letzten Mal gab es einige Beschwerden. Das spricht sich rum. Außerdem möchte er gerne mitentscheiden. Er ist immerhin der Regisseur.»

«Ja, ja. Wenn es denn sein muss.»

Zwei Frauen laufen an mir vorbei und unterhalten sich leise. Ich kann sie trotzdem hören, weil sie so nahe sind.

Die, die zuerst gesprochen hat, sieht aus wie eine Praktikantin. Jung, hübsch, die Haare zusammen gebunden, gekleidet in Chinos, Oversize Top und Chucks. Die andere sieht älter aus. Wichtiger. Die Haare trägt sie offen, dazu einen grauen Hosenanzug. Die Brille auf ihrer Nase lässt sie seriöser aussehen als sie vermutlich ohne gewirkt hätte. Außerdem sieht sie etwas genervt aus. Kurz darauf verschwinden sie beide hinter einer Tür.

«Ich habe gehört sie erkennt Schauspieltalente auf nur einen Blick», erzählt eine weibliche Stimme neben mir. Ich drehe mich um. Sie unterhält sich mit einem langhaarigen Kerl. Beide sind in etwa in meinem Alter. Entweder haben die das Geschlecht für die Rolle auf die ich mich bewerben will noch nicht festgelegt oder sie casten heute mehrere Rollen.

Schnaufend ziehe ich meine Augenbraue hoch und ernte einen bösen Blick von dem Mädchen, dass ihren Zopf neu macht.

«Ich weiß. Das klingt wie ein Märchen. Aber jeder, den sie bisher raus gesucht hat, hat es nach ganz oben geschafft!»

«Oder haben die, die es zufällig geschafft haben, einfach zufällig mal `n Casting bei ihr gehabt?», frage ich zurück. «Ist doch wahrscheinlicher.» Sie überlegt einen Moment. Der Langhaarige neben ihr schüttelt den Kopf.

«Nee, mann, sie hat recht. Nicht jeder ist jetzt Hollywood Star geworden oder so, aber alle spielen in ganz großen Filmen mit und haben zumindest eine größere Nebenrolle dort.»

Wir schweigen alle drei einen Moment lang. Jeder denkt vermutlich nach, wie das alles zusammen hängen könnte und ob es nicht doch Zufall ist.

«Jackie Lee, Jim Parsen, Caleb Hassler Junior», fängt die Kleine dann aufzuzählen.

«Jennifer Lorenz, Kit Heringon», fährt der Typ fort.

«Is' ja gut.» Ich winke ab. Die Namen sagen mir alle etwas. Ich blicke zur Tür hinter der die beiden Frauen von eben verschwunden sind. Ergibt schon irgendwie ein kleines bisschen Sinn muss ich zugeben. Zumindest passen ihre Worte: Lass sie dieses Mal wenigstens etwas Text sprechen. Trotzdem will ich nicht an so einen Rotz glauben.

Mit ist warm. Also öffne ich einen Knopf meines Hemdes, das Cora mir mitgebracht hat. Als sie meint Outfit vorhin sah, dass Allie mir gestern zusammen gestellt hat, hat meine beste

Freundin herzhaft gelacht und ein Foto mit ihrem Handy geschossen.

«Und wie macht sie das?», wende ich mich dem Mädchen wieder zu. Die zuckt mit den Schultern. «Kann die hellsehen oder was?» Ich lache kurz. Sie verdreht die Augen, antwortet aber trotzdem.

«Ich hab keine Ahnung. Eine Freundin von mir war vor ein paar Wochen bei einem Casting mit ihr. Sie meint das wäre total merkwürdig gewesen. Sie kam rein, wurde angeguckt und als sie fragte, ob sie anfangen könne, wurde sie wortlos wieder raus geschickt.»

«Und? Hast sie's geschafft?», frage ich. Weniger aus ehrlichem Interesse. Der langhaarige Typ schaut erwartungsvoll. Sie schüttelt den Kopf.

«Nein. Aber es waren wohl auch alle so schnell wieder raus aus dem Casting. Niemand war da drin länger als eine halbe Minute hat sie gesagt.»

«Und was berechtigt sie zur Auswahl? Ist sie die Regisseurin? Ich dachte das ist ein Kerl? Robért Irgendwas oder so?»

«Sie ist die Produzentin. Und weil sie so ein gutes Händchen mit Schauspielern hat, legen die Regisseure wohl großen Wert auf ihre Meinung.»

«Muss ja 'ne fette Meinung sein, wenn die nicht mal Text vortragen müssen», sage ich.

Wir schweigen wieder. Dann wird eine Mathilda Biffington aufgerufen und das Mädchen neben mir springt auf.

«Das bin ich!»

«Viel Erfolg!», ruft der Typ ihr hinterher. Ich sehe zu ihm.

«Glaubst du den Mist?»

Er zuckt mit den Schultern. «Keine Ahnung, mann. Aber immerhin gibt es echt genug Beweise. Wirklich jeder der von ihr gecastet wurde-»

«Ja, ja ich hab's ja verstanden», unterbreche ich ihn. Dann setze ich mich auf einen der freien Stühle und warte, während ich mir mit der Hand Luft zu fächere..

Nach und nach verschwinden die Leute nach drinnen und es wird immer leerer. Richtig lange ist niemand dort drin. Aber es ist auf jeden Fall länger als eine halbe Minute. Weit aus mehr.

«Heey, du bist doch der Pudding Typ!», höre ich plötzlich jemanden Rufen. Dieser jemand klatscht in die Hände und setzt ein Lachen hinten dran. «Ich erkenne dich doch. Hahaa! Puddipreme!» So heißt die Puddingfirma. Ich bin mal freundlich und grinse. Zwar muss ich mir diesen Satz oft anhören und nicht immer lässt jemand ein gutes Haar daran, aber immerhin kennen mich die Leute. Und das ist, wie ich finde, ein wichtiger Anfang.

«Aye. Der bin ich», bestätige ich und weil er mich abklatschen will, lasse ich mich darauf ein.

«Mach den Puddingtanz, ja?»

«Nein, mann.»

«Ach komm schon!»

Der Kerl weckt so langsam die Aufmerksamkeit der Verbliebenen. Alle schauen nun neugierig rüber. Ich seufze und schüttle den Kopf. Der Typ schmollt.

«Dann sag wenigstens deinen Satz», ruft ein Mädchen.

Das wollen sie alle. Entweder den Puddingtanz oder meinen Werbesatz. Wochenlang hingen in ganz Parondon Plakate mit meinem Gesicht darauf und diesem Schriftzug darüber.

«Okay, okay», lasse ich mich drauf ein. Seine Fans soll man ja nicht enttäuschen.

«Klein und fein. Puddipreme muss es sein», sage ich wie in der Werbung und grinse breit.

Die Firma hat sich echt einen doofen Tanz dazu ausgedacht. Das waren nur drei Moves. Die macht man angeblich vor lauter Geschmacksexplosion, wenn man den Pudding isst. Ziemlich erbärmlich kam ich mir dabei vor. Aber ich durfte ihn nicht weg lassen. Joe hat die ganze Zeit neben der Kamera gelacht und sich die Hand vor den Mund gepresst. Das war echt mies. Er hat sich den Mist nämlich auch noch ausgedacht und war nicht gerade unschuldig, was die Choreo angeht. Und ich musste mich so zusammen reißen. Manchmal zieht er mich noch damit auf. Aber es ist schon weniger geworden.

Dann werde ich aufgerufen. Also stehe ich auf und bemühe mich hinein. Der Typ von eben klopft mir auf den Rücken. Ich lächele ihm dafür zu.

Den Text hab ich auf dem Weg hier her noch mit Cora einstudiert. Sie hat meinen Gegenpart übernommen. War nicht so viel. Das ging schon. Vielleicht muss ich ja eh nichts sagen, nachdem was dieses Mädchen gerade so erzählt hat.

«Sie sind Jason White?», fragt die Praktikantin.

«Black», korrigiere ich.

«Hier steht aber White.» Sie wirkt verwirrt.

«Is' richtig.» Jetzt schaut sie noch verwirrter.

«Na was denn jetzt? Black oder White?»

«White auf der Geburtsurkunde. Black als Künstlername. Und der Vorname ist Jasper.»

Die Praktikantin nickt. Sie sitzt neben der Frau mit der Brille, der Produzentin. Daneben ein Typ mit kariertem Schal, Baskenmütze und Weste. Ich tippe mal auf Robért, den Regisseur. Wie Klischee.

Während das Mädchen irgendetwas auf einen Zettel kritzelt, schauen mich Robért und die Frau mit der Brille an. Wow. Von ihrem Blick fühle ich mich richtig durchgevögelt. Die will mich doch! So intensiv wie die guckt. Ich lockere meinen Shirtkragen, der eigentlich locker sitzt.

«Bitte anfangen», lächelt mich die vermutliche Praktikantin an.

Ich räuspere mich kurz und trage meinen Text vor. Die Praktikantin liest meinen Gegenpart. Nach nur drei Sätzen will mich die Produzentin unterbrechen, aber der Regisseur winkt ab und gibt mir ein Zeichen fortzufahren. Also mache ich das. Die ganze Szene schaffe wir trotzdem nicht. Denn da unterbricht mich die Frau mit der Brille.

«Danke, Sie dürfen gehen.»

«Ähm. Okay.» Ich kratze mich kurz verwirrt am Hinterkopf und sehe in alle drei Gesichter. Vielleicht lässt sich ja eine Art Feedback ablesen.

Die Praktikantin lächelt mich aufmunternd an. Der Regisseur nickt mir zu. Und die Produzentin vögelt mich wieder. Ich denke ich hab den Job.

Kapitel 6

Nach Coras Foto Job für die Parondon Times treffen wir uns wieder in unserem Stammcafé. Vom Anfang vorhin. Ihr erinnert euch? Das nennt sich übrigens «Stiles' Bakery». Kurz: Das Stiles'. Dort erzähle ich Cora vom Casting und diesem Mythos um die Produzentin. Sie findet das Ganze genauso schräg wie ich. Will da aber mal spaßenshalber nachforschen, um meine Chancen zu errechnen. Noch diese Woche werden wir benachrichtigt, ob wir drin sind oder nicht.

«Freitag ist Party bei Noel», verkündet Cora.

«Snowel Noel?», hake ich nach. Cora nickt. Er heißt Snowel Noel, weil er immer das feinste Koks bei jeder Party vertickt. Deshalb schmeißt er überhaupt erst Partys. Um sein Zeug los zu werden. Und sie finden immer woanders statt. Am Tag selbst wird die Location erst verkündet. Sehr oft sucht er sich dafür illegale Plätze aus. Wie leer stehende Häuser oder alte Garagen. Im Sommer finden sie auch oft im Freien statt. In kleinen Parks oder Wäldern am Stadtrand. Da der Sommer gerade seinen Lauf nimmt, tippe ich sogar auf eine offene Location. Kennen gelernt hat Cora ihn bei einer Hausparty eines gemeinsamen Freundes, als sie über ihren mittlerweile Ex-Dieler Rudy ins Gespräch kamen.

«Scheiße, mann.» Ich lasse mich genervt nach hinten in die Lehne der gepolsterten Bank fallen. «Dann ist Jean auch da.

Die wird mich festnageln.» Jean habe ich nämlich auf einer dieser Partys kennen gelernt. Sie meinte sie wäre regelmäßig dort.

Ohne Worte schiebt mir Cora eine Kippe rüber. Sie weiß, wie sie mich aufmuntert. Dafür schenke ich ihr ein flüchtiges Lächeln und zünde mir die Zigarette an.

«Deine Klamotten hättest du ja wenigstens noch mitnehmen können, du Zauberer.»

Wir drehen uns beide um. Hinter uns steht Allie mit einem Jutebeutel in der Hand, den sie neben mich auf die Bank legt.

«Allie!», grüße ich verdutzt, grinse aber gleich danach. «Hast du mich so vermisst?»

«Ein bisschen. Aber eigentlich war das eher eine willkommene Ausrede um Cora zu sehen.» Sie zwinkert und Cora pustet ihr einen Handkuss zu, den Allie grinsend imaginär aus der Luft weg schnappt.

«Soll mir ganz recht sein. Ein Dreier mit euch beiden steht noch auf meiner To-Do-Liste.»

Beide schauen mich lachend an.

«Ist er nicht süß», fragt Cora. Allie nickt lachend und lässt sich neben meiner blonden Freundin nieder. Ich schaue unterdessen in den Jutebeutel. Da sind tatsächlich meine Klamotten vom Vorabend drin.

«Die lagen beim Männerklo. Vor dem Waschbecken. Jemand hat sie mit raus gebracht, kurz nachdem du weg warst. Das mit der Zauberei musst du wohl noch ein bisschen üben, was?» Allie lacht. «Auch wenn ich echt beeindruckt war wie du da so plötzlich aufgetaucht bist.»

Cora blickt fragend zwischen uns umher. Wir klären sie kurz auf, was Cora zum Lachen bringt. Dass ich aber anscheinend einen Aussetzer hatte, verrate ich beiden erstmal nicht.

Während sich die beiden Mädels unterhalten, schweife ich mit den Gedanken ab. Ich sehe die zwei Mädels vor mir. Ja, ich weiß. Sie sitzen direkt vor mir. Aber ich sehe sie in Gedanken mit mir in meinem Bett. Nackt. Und sie sehen verdammt gut aus nackt! Von Cora weiß ich es ja. Allies Outfits versprechen aber auch viel. Die Zwei mit mir im Bett. Das wäre wie ein Hauptgewinn im Lotto. Vor meinem geistigen Augen küssen sich die Beiden sinnlich und befummeln sich gegenseitig. Allein dabei wird mir schon kalt und heiß gleichzeitig vor Erregung.

«Jasper?», holt Cora mich mahnend aus meiner kaum begonnenen Fantasie zurück. «Was denkst du gerade?» Sie mustert mich eindringlich. Sie kennt mich einfach zu gut.

«Dass Schokolade gut schmeckt.» Allie lacht. Cora schüttelt den Kopf.

«Lügner. Du hast doch schon wieder diesen Sexblick drauf.» Sie klingt misstrauisch.

Erst will ich verneinen. Aber eigentlich bringt das nichts. Also nicke ich.

«Hab mir vorgestellt, wie ein Dreier mit euch wäre. Aber bevor es richtig los gehen konnte, hast du mich gestört.»

«Vielleicht sollten wir ihm seinen Wunsch mal erfüllen.» Allie wirft Cora einen neckischen Blick zu. Diese holt ihr Portemonnaie heraus und schüttelt den Kopf.

«Aber nicht jetzt. Wir gehen. Hättest du vermutlich gehört, wenn du dich uns nicht nackt vorgestellt hättest.» Cora zwinkert mir zu und legt Geld auf den Tisch. «Wir sehen uns morgen?»

«Aye.» Dann hauen die beiden schnatternd ab und ich schaue ihnen leicht wehmütig hinterher.

Kapitel 7

Als ich wieder zu Hause ankomme ist alles ruhig. Das Haus liegt im Schweigen. Manchmal kommt es mir vor wie eine dieser Riesenvillen. Die so ruhig sind, weil es einfach zu viele Räume gibt und zu wenige Menschen, die sie füllen könnten. Dabei ist unser Haus ein ganz normaler Altbau und hat gerade mal fünf Zimmer. Neben der Küche und zwei Bädern. Verteilt auf zwei Etagen. Aber hier wird halt fast nur geschwiegen. Mum und Dad reden kaum miteinander, wenn doch mal beide gleichzeitig zu Hause sein sollten. Und Chloe ist sowieso sehr schweigsam. Auf eine freundliche Art zwar, sodass sie nicht gruselig und verbittert wirkt. Aber manchmal würde ich mir ein bisschen mehr Action hier wünschen. Einfach um zu sehen, dass das Leben noch nicht tot ist. Vielleicht hab ich deshalb meinen exzessiven Lebensstil gewählt. Ich hab viel probiert. Drogen, Alkohol, viel Sex. Irgendwie bin ich auch bei allem hängen geblieben.

Damit etwas Action in die Bude kommt, schmeiße ich in meinem Zimmer die Stereoanlage an. Es liegt noch eine Platte der Babyshambles drin. Das wird schön laut gedreht. Dann setze ich mich ins Fenster und drehe mir einen Joint.

Kurz versetzt mich der Moment zurück in die Zeit als ich fünfzehn war. Vor zehn Jahren. Mum und Dad haben damals schon seit über drei Jahren nicht mehr richtig miteinander geredet. Oder miteinander geschlafen. Ist in Dads Zustand vielleicht auch etwas schwerer geworden. Allerdings bin ich mir sicher, dass es nicht unmöglich ist.

Jedenfalls war das einer dieser Tage an denen ich mich auf mein Zimmer zurück gezogen habe, um mir einen Joint zu drehen. Die Babyshambles hatte ich gerade erst für mich entdeckt. Mum war kurz zuvor richtig ausgerastet und ich hatte einen dicken Schädel. Von ihrem Gehabe. Es kotzte mich einfach an. Tut es heute noch. Sie hatte mal wieder eins ihrer saulangweiligen Dinner gegeben. Und Teenager wie ich war, hatte ich alles andere als Bock mich zu fügen und heile Welt und den lieben, perfekten Sohn zu mimen. Dementsprechend gelangweilt hatte ich am Tisch gesessen. Jedem einen dummen Spruch rein gedrückt, der mich irgendwie genervt hat. Und mich hat jeder genervt. Mit seiner puren Anwesenheit. Dafür sollte ich hinterher büßen. Mum war so sauer auf mich, dass ich mir eine Tracht Prügel eingeholt habe, nachdem Dad im Bett lag. Danach hat sie mich im Schrank eingesperrt. Und dort vergessen. Das war ziemlich uncool. Fast die ganze Nacht habe ich da drin gehockt. Rufen und hämmern hat nichts gebracht. Ich weiß, dass Chloe mich gehört hat. Sicher hat sie mich auch raus lassen wollen. Aber Mum hat es ihr verboten. Sie droht immer gerne damit, sie zu feuern und ein mieses Arbeitszeugnis aufzusetzen. Also hat sie sich gefügt. Ich nehme es ihr aber nicht übel. Dad konnte mir auch nicht helfen. Denn der lag ja schon selig schlafend im Bett. Er hatte an dem Abend mit den Männern am Tisch so viel getrunken, dass er sofort einschlief, nachdem er mit dem nachträglich eingebauten Fahrtstuhl hinauf in sein Zimmer gefahren war.

Tja und Mum hatte mich halt vergessen. Irgendwann mitten in der Nacht hat sie dann doch endlich die Tür geöffnet.

«Hab dich vergessen», war ihr einziger Kommentar. Kein «Es tut mir leid.» Kein «Geht's dir gut?» Die halbe Nacht habe ich wütend auf meinen Boxsack eingedroschen. Keine Ahnung wie Mum es geschafft hat, so eine abgebrühte Frau zu werden. Und noch weniger verstehe ich, was Dad noch bei ihr hält. Muss so ein Liebesding sein, das ich nicht verstehe.

Ich erinnere mich, dass sie nicht immer so war. Als ich ein kleiner Junge war, haben wir ganz normale Familiensachen unternommen und waren auch eine ganz normale, glückliche Familie. Irgendwann kurz vor Dads Schlaganfall hat das mit einem Mal aufgehört. Da war ich sieben oder acht. Mum hat Dad sehr oft angegiftet. Er hat zurück geschossen. Irgendwann hat Dad nachgegeben und sie bloß noch reden lassen. Und nach dem Schlaganfall ist Mum in eines der Gästezimmer gezogen. Dort wohnt sie noch heute.

Irgendetwas holt mich zurück in die Gegenwart. Ich halte inne und spitze die Ohren. Ruft jemand? Schnell mache ich die Musik etwas leiser. Klingt wie ein Streit. Ich seufze genervt auf. Mum ist zurück. Natürlich hat sie nichts Besseres zu tun als zu streiten. Schweigen und Streiten. Das ist alles was sie kann. Und vor anderen Leuten heile Welt spielen. Das kann sie auch sehr gut. Gerade will ich die Musik wieder aufdrehen, da schnappe ich ein paar Wortfetzen auf.

«... mir geschickt! ... will er?» Das war Mum. Sie klingt sehr aufgebracht.

«... dachte er sei... nicht geahnt!» Das war Dad. Ich drücke meinen halbaufgerauchten Joint vorsichtig aus, dann kann ich ihn später weiter rauchen. Dann springe im vom Fensterbrett und gehe zur Tür, die ich einen Spalt breit auf mache. Jetzt höre ich besser.

«Dann mach, dass er verschwindet!»

«Wie denn? Mir sind die Hände gebunden, Karen!»

«Das ist nicht mein Problem. Du und dein Vater seid schuld an diesem Schlamassel. Also lass dir gefälligst etwas einfallen.» Grandpa? Ich frage mich womit er bitte jetzt etwas zu tun haben könnte. Er ist schon vor meiner Geburt gestorben.

«Ach, Schuld nennst du das?» Jetzt wird Dad wütend. Aber nicht laut. Er ist eher der ruhige, wütende Typ, sodass es gefährlich klingt, statt aufgebracht.

Irgendetwas rumpelt. «Mein Vater hat bloß seine Pflicht getan und uns gerettet! Für diesen kleinen Bastard können wir rein gar nichts! Ich dachte er hätte sich das Leben genommen!»

«Dann musst du beim nächsten Mal eben besser recherchieren! Ich will dass dieser Kerl verschwindet. Sofort! Sonst verschwinde ich.» Ohja bitte. Du bist eh überflüssig geworden. Beide schweigen. Gerade will ich mich zurück ziehen, da sagt mein Vater leiser: «Jasper muss bald soweit sein. Vermutlich ist er deshalb jetzt wieder aufgetaucht.»

«Wenn Jasper jetzt auch noch damit anfängt, dann-»

«Es ist seine Bestimmung, Karen!», unterbricht mein Vater sie eindringlich. «Das liegt in seinen Genen. Dagegen kann er gar nichts tun! Wir können nur hoffen, dass es nie ausbricht.»

«Ich will doch nur in einer normalen Familie leben! Ist das denn so schwer zu verstehen?»

«Normal?» Dad lacht. «Diese Familie ist schon lange nicht mehr normal. Weil du sie kaputt gemacht hast, Karen. Mit deiner egoistischen, selbsteingenommenen Art.» Ich bin total überrascht von Dad. So redet er selten mit ihr.

Mum lacht empört auf und schnappt nach Luft. «Ich? Ich bin nicht diejenige, die hier abnormal ist! Und weshalb hast du mich dann nicht längst verlassen, wenn du mich so schrecklich findest?»

«Weil ich die Hoffnung noch nicht aufgegeben habe.» Mein Vater redet wieder leise und legt eine kurze Sprechpause ein. «Weil ich hoffe, dass wir wieder die Familie sein können, die wir einmal waren.» Schweigen. Dann stürmt Mum aus seinem Zimmer und ich schließe schnell und leise meine Zimmertür. Sie muss nicht wissen, dass ich gelauscht habe.

Etwas erschöpft lasse ich mich wieder auf die Fensterbank sinken und zünde meinen halben Joint an. Das muss ich erstmal verdauen. Vor allem aber verstehen. Was hat Dad damit gemeint? Für was werde ich bald soweit sein? Und warum kann ich dagegen nichts tun? Was bricht aus? Wozu bin ich bestimmt?

Kapitel 8

«Darauf hab ich gewartet, seit ich dich das erste Mal im Killer gesehen habe», raunt Allie mir ins Ohr, bevor sie daran knabbert. Sie liegt nackt auf mir und reitet mich. Ihre weichen Brüste streicheln meinen nackten Oberkörper. Selig lächelnd und vollkommen zufrieden liege ich unter ihr. Geiles Gefühl. Und ihre Möpse erst. Richtig prall und rund und weich. Größer als ich sie in Erinnerung hatte. Aber ganz sicher werde ich mich darüber nicht beschweren.

«Ich könnte es den ganzen Tag mit dir treiben», nuschelt Cora, während sie meinen Hals küsst. Allie reibt sich auf mir und bewegt sich schnell und rhythmisch. Ich spüre wie ich mir meinem Höhepunkt nähere, während Cora sich jetzt an meinen Lippen zu schaffen macht. Als ich komme wird alles nass im Schritt. Das lässt mich aufwachen. Blinzelnd schlage ich die Augen auf und werde voll von der Sonne geblendet. Krass. Augenkrebs.

Ich reibe mir die Augen und spüre wieder die feuchten Shorts im Schritt. Oh. Kacke. Alles nass. Ich muss im Schlaf gekommen sein. War aber auch ein echt heißer Traum. In echt wäre es noch besser. Dämlich grinsend stehe ich auf und gehe ins Bad, mich frisch machen. Dabei nehme ich gleich das Bettzeug mit und haue es in die Wäscheklappe. Dann kann Chloe nachher neu beziehen.

Wenig später sitze ich mit Dad am Frühstückstisch. Wir schweigen uns die ganze Zeit an. Über seine Worte habe ich bisher noch keinen Aufschluss gefunden.

«Worüber haben Mum und du gestern gestritten?», unterbreche ich schließlich die Stille. Daran, dass ihm die Gabel runterfällt, merke ich, dass er etwas überrannt ist. Er blickt zu mir rüber und lächelt nervös.

«Ach, das war nur das Übliche.»

Ich ziehe ungläubig eine Augenbraue hoch. «Klang aber nicht so. Es ging um mich.»

Dad schweigt. Sieht so aus als müsse er überlegen, ob er es mir erzählt oder nicht. Als hätte er mit sich selbst eine Übereinstimmung gefunden, schüttelt er schließlich den Kopf.

«Nicht jetzt, Jasper. Wir reden später, ja?»

«Und wann is` später? Wenn ich soweit bin?» Ich betone das Soweit. «Was steht mir bevor? Ein Schlaganfall? So wie dir? Sag`s mir doch einfach, wenn's so ist. Dann kann ich vorher wenigstens noch ordentlich, exzessiv leben.» Dad lacht ein bisschen.

«Machst du doch schon.»

«Klär' mich doch einfach auf. Das mit dem Schlaganfall steck ich schon irgendwie weg. Ich verdränge den Gedanken einfach. Aber wen meinte Mum mit *Er*? Wen hat sie gesehen? Wer ist wieder zurück? Ist Grandpa gar nicht tot?»

56

Das sind alles Dinge die mir gestern durch den Kopf geschossen sind. Was Plausibleres fiel mir bisher einfach nicht ein. Mein Vater schüttelt wieder den Kopf.

«Wir reden später, ja? Ich muss erstmal ein paar Infos einholen, bevor ich dir hier etwas erzähle, was gar nicht stimmt.»

Okay. Das wirft gerade meine Gedanken wieder durcheinander.

«Manchmal seid ihr zwei echt ätzend», stöhne ich. Mein Vater lächelt. Finde ich nicht witzig. Deshalb lasse ich mein Frühstück liegen und stehe auf. «Hab noch `n Termin. Ich komm zu spät», murmle ich genervt und verlasse den Esstisch.

Gerade wollte ich nur weg von hier. Und wie ich im Flur ankomme, bin ich plötzlich wieder im Nichts. Wie neulich. Im Killer. Ehe ich das richtig realisieren kann bin ich auch schon irgendwo anders. Es dauert einen Moment bis ich feststelle wo. Zumindest halbwegs. Irgendeine Seitenstraße. What the fuck? Ich steuere das Ende der Gott verlassenen Seitenstraße an und als etwas gegen meinen Oberschenkel klatscht, merke ich, dass ich wieder nackt bin. Genervt stöhne ich auf. Was soll der Scheiß? Was hab ich jetzt schon wieder nicht mitbekommen? Vielleicht bin ich ja gar nicht für einen Schlaganfall vorbestimmt, sondern habe wirklich irgendeine Art Krankheit mit Aussetzern. Ob Dad mir das verschweigt?

Ach scheiße. Ist doch alles zum verrückt werden. Wie kann ich so verdammt lange Aussetzer haben? Ich war nicht mal betrunken als mir schwarz vor Augen wurde und jetzt wache ich irgendwo in der Pampa auf. Keine Ahnung wie weit weg von zu Hause, wo der Filmriss beginnt. Irgendetwas läuft hier verdammt schief und ich muss so bald wie möglich heraus finden, was es ist!

Jetzt muss ich jedoch erstmal schauen wo ich bin und wie ich wieder Heim komme, um Klamotten zu holen. Geld habe ich ja auch nicht dabei. Nachher werde ich noch wegen Exhibitionismus fest genommen. Nicht, dass ich gerade Besseres zu tun hätte, aber...

Kurz schaue ich aus der Gasse auf die nächste Straße hinraus - ja, Gasse trifft es viel mehr als Seitenstraße -, um mir einen Überblick zu verschaffen. Die Straße ist nicht leer, aber anscheinend auch keine Hauptader. Na, dann mal los. Wie Gott mich schuf, betrete ich die Straße und laufe sie entlang. Zum Glück ist heute schon so ein richtiger Sommertag. Ich schwitze auch ohne Klamotten.

Ich hab immer noch keinen Plan, wo ich eigentlich bin. Seit 25 Jahren lebe ich in Parondon. Aber man kann einfach nicht jede einzelne, verdammte Ecke kennen. Als eine alte Dame erschrocken aufkreischt, halte ich überrascht meine Hände vor mein bestes Stück.

«Na?» grinse ich sie an, als ich mich sofort erholt habe. «Überwältigt von so viel geballter Männlichkeit?» Ich zwinkere ihr zu. Sie wedelt sich Luft zu. Dann spaziere ich weiter, mich nach Anhaltspunkten umsehend. Dabei merke ich, wie immer mehr Leute zu mir sehen. Die Frau an der Bushaltestelle. Der Mann am Hotdog Stand. Die Leute im anhaltenden Bus. Mehr sind hier gerade aber auch nicht.

Ein paar Straße weiter ist schon weitaus mehr los. Aber ich weiß auch endlich wo ich bin. Von hier aus sind es nur noch drei Blocks zu Fuß. Eigentlich wollte ich unterwegs in einen der Busse einsteigen. Habe dann aber wieder gemerkt, dass ich ja gar kein Geld bei mir habe. Demnach auch keinen Haustürschlüssel. Oder ein Handy mit dem ich Cora benachrichtigen könnte. Unsere alte Chloe wird sicher ohnmächtig, wenn sie beim Türöffnen mein mächtiges Gehänge sieht. Bei dem Gedanken muss ich grinsen.

Ein bisschen genieße ich die Aufmerksamkeit, auch wenn ich sonst eigentlich gerne meine Ruhe habe, um unbekannt durch die Straßen zu ziehen. Als ich um die nächste Ecke biege, ertönt auf einmal ein Höllenlärm hinter mir, der mir fast die Ohren weg fetzt. Eine Polizeisirene. Mist.

Das Auto hält direkt neben mir auf dem Bürgersteig und war so clever, erst kurz vorher die Sirene anzuschalten. Damit ich ja höre, dass sie da sind, aber auch nicht mehr die Chance habe, in irgendeine Seitengasse zu verschwinden.

Eine bullige mittvierziger Lady in blauer Polizeiuniform steigt aus dem Wagen und betrachtet mich von oben bis unten. Ihre Daumen hängt sie lässig in ihre Gürtelschlaufen. Vermutlich findet sie sich damit mega cool. Ich finde es albern. Alle, die das machen, sind in meinen Augen Loser. Ehrlich mal? Habt ihr euch das mal angeschaut? Wie das aussieht? Soll locker wirken und dennoch schaffen es die Menschen, damit total versteift auszusehen.

«Gefällt Ihnen, was sie da sehen?», frage ich grinsend, da sie immer noch nichts sagt und nur guckt.

«Hab schon Beeindruckenderes gesehen», kontert sie. Ich verziehe gespielt verletzt das Gesicht und ziehe scharf die Luft ein.

«Au. Das hat weh getan.»

«Dann warten Sie mal ab, bis ich Ihnen die Handschellen anlege.»

«Wow, wir machen Fesselspielchen?» Neben mir blitzt es. Jemand hat uns mit seinem Smartphone fotografiert. Dabei fällt mir auf, dass mich jemand filmt. Puh. Hoffentlich sieht das das Fräulein Produzentin nicht. Wobei... Vielleicht gibt sie mir den Job dann erst recht. Weil sie so beeindruckt ist von meiner Männlichkeit.

Die bullige Polizistin lenkt mich wieder ab.

«Nein, wir spielen: Die Polizistin verhaftet den nackten Mann mit dem Penis auf der Brust.»

«Klingt spannend.» Ich schaue auf meine Brust hinunter, auf der das winzige Tattoo prangt.

«Sparen Sie sich Ihre Späßchen. Hände her.»

Widerwillig strecke ich meine Hände zu ihr vor und entblöße damit meinen Schwanz. Tja. Sie wollte es so. Neben mir räuspert sich jemand abfällig und lässt eine Beleidigung fallen. Verstehe ich gar nicht. Gleich darauf drückt mich die bullige Polizistin in den Wagen.

Kapitel 9

Neugierig sehe ich mich in diesem langweilig weißen Raum um, in den mich die bullige Polizistin gesteckt hat. Vermutlich einer dieser Verhörräume. Zumindest ist eine der Wände nicht weiß, sondern verspiegelt. Klassiker. Ein bisschen hoffe ich auf ein guter Bulle, böser Bulle Spielchen mit zwei heißen Polizistinnen. Aber die Mühe werden sie sich für einen einfachen, mutmaßlichen Exhibitionisten wohl nicht machen.

Die Tür geht auf und ein junger Mann bringt mir schlichte Jogging-Klamotten mit. Und einen Zettel. Er legt sie auf den Tisch und macht sich an meinen Handschellen zu schaffen. Jetzt, wo sie wieder ab sind, weiß ich was die Polizistin vorhin mit ihrem Spruch gemeint hat. Es tut nämlich wirklich ganz schön weh. Meine Handgelenke jucken und es hat ein bisschen gescheuert.

«Anziehen», fordert der junge Polizist mich freundlich auf und ich gehorche. So schön nackt sein ist, langsam reicht es ja auch. Hier drin ist es außerdem erstaunlich frisch.

«Krieg ich danach wieder die Dinger um?» Ich deute auf die Handschellen. Der Mann scheint kurz zu überlegen, dann schüttelt er den Kopf.

«Ich denke, das wird nicht nötig sein.»

Er bleibt zur Sicherheit lieber bei mir. Immer wieder sieht er zu mir hinüber. Bestimmt, damit ich mich nicht heimlich wieder ausziehe. In der Zeit fülle ich den Zettel mit meinen Daten aus, den er mitgebracht hat. Kurz darauf kommt die bullige Polizisten dazu und schließt die Tür. *Officer Tyrel* lese ich jetzt auf dem Schild auf ihrer Bluse.

Tyrel setzt sich, nimmt den ausgefüllten Bogen in die Hand und überfliegt ihn kurz.

«So Mr White.» Man kennt mich hier schon. Ich war hier schon einmal. Oder auch zwei.

«Black!» Das sage ich auch immer wieder.

«Hier steht White.» Sie schaut mich mit erhobener Braue an.

«Aye, das ist mein Name.»

«Keine Spielchen jetzt hier!» Sie wirkt etwas gereizt. Ich hebe schnell den Finger und werfe ein: «Aber Black ist mein Künstlername.» Unbeeindruckt schaut sie mich an. Dann schaut sie wieder auf das Blatt und reicht es ihrem Kollegen. Dieser verschwindet daraufhin damit nach draußen.

«Oh, schade. Kein Good Cop, bad Cop?»

Sie ignoriert das. «Mr. White. Wir haben in den letzten zwanzig Minuten drei Anrufe erhalten, dass ein nackter Mann unterwegs ist und die Leute mit seiner Freizügigkeit belästigt.»

«Kann ich ja nichts dafür, wenn sich jemand an meinem Prachtkörper stört. Das ist eindeutige Geschmacksverirrung. Das ist doch die eigentliche Straftat.»

«Sie haben ein ganzes schönes Stück zurück gelegt. Von Townten Hall bis Waight Station.»

«Ach, Townten Hall war das vorhin also.»

«Macht es sie an, wenn sie sich der ganzen Welt nackt präsentieren können?», fragt sie sachlich. Ich meine aber dennoch etwas Verachtung heraus zu hören.

«Also bitte. Parandon ist nicht die ganze Welt», korrigiere ich. Sie fixiert mich mit ihrem strengen Blick. «Nein. Macht es nicht», lasse ich also locker und antworte vernünftig.

«Was treibt sie dann dazu an?»

Kurz bin ich versucht, etwas über eine verlorene Wette zu erzählen. Vielleicht wäre das Glaubhafter als meine eigentliche Geschichte. Dann entscheide ich mich aber doch für die Wahrheit. Vielleicht stimmt sie meine Geschichte mit der Krankheit ja mitleidig.

«Es ist einfach passiert. In dem einen Moment war ich zu Hause. Angezogen! Und im nächsten Moment saß ich in Townten Hall. Nackt.»

«Witzig.» Tyrel klingt nicht so als fände sie es witzig. «Und jetzt nochmal.»

«Es ist einfach passiert. In dem einen Moment war ich zu Hause. Angezogen! Und im nächsten Moment saß ich in Townten Hall. Nackt.»

«Nicht ihre Aussage noch einmal. Die Wahrheit, bitte.»

«Das ist die Wahrheit. Wirklich!»

«Aha.» Sie kritzelt etwas auf ein leeres Papier, dass sie mitgebracht hat. *Betrunken?* Lese ich kopfüber.

«Ich bin nicht betrunken! Ich hauche sie auch gerne an!»

«Danke. Ich verzichte.» Sie greift nach ihrer Funke und lässt ein Röhrchen schicken.

Seufzend verschränke ich die Arme vor der Brust und schaue zum Spiegelglas. Erotisch lege ich meinen Finger an die Unterlippe und lasse ihn langsam über meine Brust fahren, während ich den Spiegel anflirte. Vielleicht sitzt ja eine hübsche unifmorierte Politesse dahinter, die Dienstschluss hat, wenn ich wieder gehen darf. Mir gegenüber räuspert sich Tyrel und schaut mich leicht gereizt an.

«Fertig?»

«Klar.» Ich wende mich wieder ihr zu.

«Sie behaupten also nicht zu wissen, wie sie nackt dort gelandet sind. Waren aber angeblich auch nicht betrunken», fasst sie zusammen. Ich nicke. «Wie erklären Sie es sich dann?»

«Ich hab da so `ne Krankheit», fange ich an zu erklären. Man sieht ihr an, dass sie mir jetzt schon nicht glaubt. War wohl doch kein guter Plan. Die Schiene mit dem armen, kranken, jungen Mann. «Da hab ich manchmal so Aussetzer. Und wenn ich wieder zu mir komme, bin ich woanders als zuvor. Nackt.» Stumm und unbeeindruckt sieht sie mir ins Gesicht. «Wirklich!», versichere ich ihr.

«Waren Sie deshalb schon beim Arzt?»

«Was? Nein.»

«Und warum nicht?»

«Weil das erst das zweite Mal passiert ist.»

«Erzählen sie mir vom ersten Mal.»

Da werden wir unterbrochen. Der junge Mann von vorhin kommt rein und bringt das Formular und ein Pusteröhrchen. Erstes bekommt sie, zweites ich. Während Tyrel das Formluar überfliegt puste ich.

«Bisher keine auffälligen Verhaltensmerkmale», fasst sie zusammen und blickt auf mein Röhrchen, dass 0,0 Promille anzeigt.

«Haha!», rufe ich triumphierend und deute auf sie. Tyrel rollt mit den Augen und vermerkt meine Nüchternheit.

«Na gut», sagt sie schließlich und erhebt sich. «Sie dürfen gehen. Ihre Kaution wurde so eben hinterlegt.» Erstaunt runzle ich die Stirn. Das ging ziemlich schnell. «Außerdem sind sie bisher clean.» Haha. Wenn die wüsste. Zum Glück hat sie keinen Drogentest gemacht. «Aber gehen Sie mal zum Arzt. Versprochen?» Tyrel schaut mich so ernst an, dass ich brav nicke. Dann verlässt sie den Raum und der junge Polizist bringt mich nach draußen. Im Flur steckt er mir Zettel und Papier entgegen.

«Sie sind doch der von Puddipreme, oder? Kann ich ein Autogramm haben für meine Tochter? Sie liebt Puddipreme und tanzt immer mit, wenn sie im Fernsehen sind.» Er lächelt mit so treudoof an, dass ich nicht anders kann. Cool. Mein erstes Autogramm. Für 'ne Puddingwerbung!

Ich lasse mir den Namen geben und kritzle was Nettes drauf. Dann knippst er sich noch schnell mit mir. Im Eingangsbereich des Reviers nimmt Cora mich in Empfang. Bevor ich jedoch endlich gehen darf, fängt mich Officer Tyrel nochmal ab. Sie drückt mir eine Karte in die Hand und schaut mich eindringlich an. «Sie sollten dort dringend mal vorbei schauen.»

Auf dem Weg nach draußen drehe ich die Karte um.

Dr. Willhelmina Klyde

Psychologin

6th Paddertree Drive

Parondon 9-78348

Die landet gleich mal im nächsten Mülleimer.

«Was machst du denn für einen Scheiß?», lacht Cora als wir die Straße vor der Wache betreten. «Ich dachte ich hör nicht richtig! Du Mikroheld hast echt schon wieder meine Laune für heute gerettet! Arbeit war nämlich echt kacke. Verwöhnte Models.»

«Wie hast du überhaupt davon erfahren?»

«Die haben wohl deinen Dad angerufen, der wiederum rief mich an und sagte, ich solle dich abholen. Ich hab dann schnell `nen Scheck bei ihm abgeholt für deine Kaution und bin in meinem Auto her gedüst.»

«Nett von ihm.» Sie boxt mich grinsend. «Und von dir!», füge ich deshalb hinzu und zwinkere ihr zu. «Hat er noch was gesagt, außer dass ich nackt auf der Wache hocke?» Vielleicht weiß er, wie das passieren konnte und hat Cora was erzählt. Enttäuschenderweise schüttelt sie den Kopf. Dann runzle ich irritiert meine Stirn. «Moment mal. Woher hat er überhaupt deine Nummer?»

Cora grinst. «Hab ich ihm mal gegeben. Für unser Jasper-Care-Project.»

«Jasper-- what?»

«Er sorgt sich bloß um dich. Er hat mal Nummern mit mir getauscht, damit wir uns immer anrufen können, wenn du mal in Schwierigkeiten steckst.» Sie zuckt mit den Schultern. «Ich fand's albern. Aber jetzt war's ja doch zu was gut.» Cora zwinkert und reicht mir eine Zigarette rüber.

Bei einer gemütlichen Kippe und einem Coffee to go hakt sie dann doch nochmal nach. Wie ich denn nun nackt dahin gekommen sei. Warum ich das gemacht habe. Vor allem ohne ihr Bescheid zu sagen! Viel erklären kann ich nicht. Denn ich weiß ja selbst nicht viel mehr dazu. Nach kurzem Zögern erzähle ich ihr allerdings auch noch von dem Gespräch, das ich am vergangenen Abend belauscht habe. Cora ist genauso ahnungslos wie ich, tippt aber auch darauf, dass es mit meinen Aussetzern zusammen hängen muss.

«Klingt ein bisschen abgefahren. Als wärst du der Held einer Geschichte oder so. Du, voll ahnungslos, mit einem geheimnisvollen Fluch einer Krankheit auf dir, von dem dir niemand was verraten will», grinst sie. «Vielleicht bist du ja der nächste Harry Potter und deine Krankheit ist eigentlich Zauberkraft. Und deine Mum ist die Dursleys.»

«Und mein Vater Hagrid oder was?» Cora lacht. Ich schubse sie mit der Schulter. «Ich werde Dad morgen nochmal nerven. Scheiß doch auf diese Infos die er noch einholen will.»

Cora stimmt mir zu. Mein Handy brummt und als ich drauf schaue leuchtet Joes Name auf. «Oh fuck...» murmle ich.

«Was denn?» Cora beugt sich neugierig über mein Handy und fängt an zu lachen. «Jetzt wirst du doch noch berühmt!» Dieses Mal schubst sie meine Schulter und brennt mir dabei fast ein Loch ins Shirt mit ihrer Kippe.

«Bin mir noch nicht sicher, ob das gute oder schlechte Auswirkungen hat.»

Joe hat mir einen vor lachen heulenden Smiley geschickt. Dazu einen Link. Jetzt läuft gerade ein Video, zu dem der Link führt. «Nackter Irrer in Waight Station, Parondon.» Tyrel und ich stehen vorm Polizeiwagen und diskutieren. Hinter der

Kamera kichern ein paar Mädchen. Das am Handy muss der Typ gewesen sein, den ich filmend entdeckt habe.

«Willst du ihn verklagen?», fragt Cora.

«Nur, wenn die ganze Aktion für mich nach hinten los geht», grinse ich. Cora grinst mit.

«Ich finde die haben dein Pimmeltattoo voll gut eingefangen.»

Unter «ähnliche Videos ansehen» oder «Videos, die dir auch gefallen könnten» befinden sich noch zwei weitere Videos. Wir gucken beide an. In einem winke ich gerade ein paar Leuten in einem Bus zu. In dem anderen laufe ich einfach nur nackt durch die Stadt. Die Hand schützend vor mein Gemächt gelegt. Alle drei Videos haben schon mindestens tausend Klicks. Das erste sogar weitaus mehr. Faszinierend diese Technik und das Internet. Vor einer Stunde stand ich noch nackt auf der Straße. Jetzt haben das schon über tausend Leute gesehen, die gar nicht dabei waren.

Ich stecke mein Handy wieder weg und wir wechseln das Thema. Cora erzählt mir, was sie letzte Nacht mit Allie angestellt hat und mir wird schon wieder ganz heiß. Zwischendurch muss ich mir in den Schritt greifen um meine Erektion zu richten. Nicht, dass gleich wieder jemand die Polizei ruft, weil er sich dadurch belästigt fühlt. Von meinem Traum erzähle ich Cora nichts. Der gehört mir.

«Und seid ihr jetzt durch miteinander? Oder werdet ihr jetzt so ein wir-sind-nur-gute-Freundinnen-aber-haben-Sex-Pärchen?»

Cora lacht auf. «Wenn dann eher das Zweite.» Ich finde das richtig heiß.

«Du, ich muss jetzt auch erstmal wieder los. Hab in `ner halben Stunde nochmal ein Shooting. Ich darf hübsche Männer ablichten. Wir sehen uns heute Abend?» Sie tritt ihr Kippe auf dem Boden aus und gibt mir einen Kuss auf die Wange.

«Aye. Steht die Location schon?»

«Nope. Ich schreib dir wenn`s soweit ist. Also dann, wir sehen uns!» Cora winkt und dreht sich auf halben Wege nochmal um. «Stay dressed!» Dann verschwindet sie in Richtung Parkplatz.

Während ich ihr noch hinterher schaue, entdecke ich plötzlich in einer Fensterscheibe ein Gesicht, das mich anstarrt. Das blasse Spiegelbild eines Mannes. Ein Schauer läuft mir den Nacken runter, weil er mich so intensiv anstarrt. Aber als ich mich umdrehe ist da dort Niemand. Und das Spiegelbild ist auch verschwunden.

Kapitel 10

Schon von Weitem höre ich das Wummern der Bässe. Ich hatte Recht. Snowel Noel hat dieses Mal eine Outdoor Location gewählt. Spring Summer hat er die Party getauft. Auch das Gejohle von Menschen ist auf große Entfernung zu hören.

Noel war so clever die Party draußen im Wald steigen zu lassen. Hier wohnt kein Schwein weit und breit. Und die Bullen machen hier auch keine Runden. Zumindest vermute ich das.

Ich hab Joe überredet heute mit auf die Party zu kommen. Viele Überredungskünste waren eigentlich nicht nötig gewesen. Das war eher so:

«Lust auf Party?»

«Wo?»

«Im Wald. Mit fetter Musik, chicks, Gras und Koks.»

Dann war das Ding im Kasten. «Aber ich möchte kein Koks», hat Joe noch angemerkt. Das sei okay, habe ich gesagt. Ich weiß ja, dass er außer Gras nicht auf Betäubungsmittel steht. Seit einiger Zeit stehe ich auch nicht mehr so darauf. Auf andere Drogen als Gras. Eine meiner besseren Entscheidungen im Leben.

Nun sind wir also auf dem Weg zur Party und haben schon unterwegs ein bisschen vorgebechert. Eine halbe Stunde von der Location entfernt ist eine Bushaltestelle. Seitdem sind wir gelaufen und haben eine halbe Flasche Vodka leer gemacht. Ich bin ja viel gewöhnt. Aber er fängt schon an zu wirken. Ich hätte vielleicht doch mehr essen sollen vorher.

«Sind die Mädels schon da?»

Ich schüttle den Kopf. «Lass mal hier warten. Die müssten ja auch aus der Richtung kommen.» Es kommen viele aus der Richtung aus der wir kamen. Mit uns sind sieben Mann ausgestiegen. Hinter uns kommt schon die nächste Gruppe angerückt. Vom nächsten Bus. Schön, dass Noel seine Locations nur mit guter Anbindung auswählt. Das sollte ich ihm mal sagen. Freut ihn bestimmt.

«Wooow, der Pudding-Dude!», brüllt jemand Besoffenes und stolpert über den nächsten Ast auf mich zu. Ich fange ihn auf und stelle grinsend fest, dass ich das Gesicht kenne. Keine Ahnung woher, aber ich klatsche ihn höflich ab, bevor er mit seinen Kumpels weiter zieht und erklärt, dass ich der Typ aus der Puddipreme Werbung bin. Joe neben mir grinst fett und klopft mir auf die Schulter.

«Keine Sorge. Nach der Aktion von heute wirst du dein Pudding Image bald los sein.»

Schief grinse ich meinen Kumpel an, der gerade seine Brille zurecht rückt, und entdecke auch schon Cora und Allie im Dunkeln hinter uns. Als sie da sind, begrüßen sie uns mit Küsschen und wir steuern die Party an. Je näher wir kommen, desto bewusster wird uns das Ausmaß dieser Party. Noels

Feiern sind immer gut besucht, aber ich würde meinen, dass heute sein neuer Rekord aufgestellt wird. Die meisten kommen auch eher weniger wegen des Koks. Sondern wegen der geilen Partys an sich. In den Bäumen hängen Lichterketten- und Schläuche. Zum Teil an Stromgeneratoren angeschlossen, sowie die Boxen. Zum Teil aber auch Batterie betrieben. Man erkennt den Unterschied ganz einfach. Die mit Batterie betriebenen leuchten jetzt schon schwächer als die anderen. Boxen gibt es gefühlt zehn Stück an mehreren, selbst errichteten Stages. Oder Floors. Von links wummert uns Dubstep entgegen. Von rechts Pop. Irgendwo weiter weg höre ich ganz leise noch etwas anderes, was es aber nicht durch die fetten Dubstep Beats hindurch schafft. Obwohl das ein riesiger Waldfleck ist und man nicht durch Wände eingeengt wird, kommen wir nur zäh durch die ganzen Massen. Ständig hat man einen Ellenbogen im Rücken oder eine Hand am Arsch. Ich finde es toll. Macht mir gleich noch mehr Stimmung. Ich trinke noch etwas aus der Vodkaflasche und reiche sie an Joe weiter, der sich gleich etwas rein kippt. Cora und Allie brüllen sich irgendetwas zu. Da sie aber vor mir laufen verstehe ich kein Wort. Dort wo sich die Massen an Menschen wieder etwas auflösen, sind aufblasbare Planschbecken verteilt. Auf den ersten Blick zähle ich vier. Sicher sind weiter weg noch mehr. Darin tummeln sich neben gekühltem Alkohol teilweise auch halbnackte Menschen. Manche wenige auch ganz nackt.

Zwischendurch sehe ich, wie ein paar Tütchen und Scheine getauscht werden. Das müssen welche von Noels Schergen sein. Vielleicht auch Selbstständige. Aber wie ich Noel kenne gibt es richtig Stress, sollte er das heraus finden. Manche nutzen das auch zum Gras dealen.

Wir gehen etwas an den Rand, wo man mehr Bewegungsfreiheit hat. Dort ziehe ich eine neue, aber bereits zerknitterte Schachtel Kippen hervor und schmeiße eine Runde an meine Leute.

Rauchend tanzen wir auf der Wiese. Cora und Allie barfuß. Joe und ich Oberkörperfrei. Die Shirts stecken in den Arschtaschen unserer Shorts. Obwohl es schon so spät ist und die Sonne gerade anfängt unterzugehen, steht die Hitze. Man sollte meinen hier im Wald hat sich genug Schatten angesammelt. Aber der Fleck, den Noel sich ausgesucht hat, besteht zum Teil aus einer riesigen Lichtung mitten im Wald, die tagsüber die volle Breitseite Sonne abbekommen hat. Und heute ist ein richtig geiler, sonniger, heißer Tag gewesen.

Um uns herum sehe ich Bier, Schnaps und halb nackte Menschen. Rieche Gras und Schweiß. Zwischendurch habe ich schweißnasse Haare im Gesicht von den tanzenden Leuten um uns herum. Neben mir zuckt Joe beim Tanzen mit dem Kopf.

«Was sind das denn für Dancemoves?», ziehe ich ihn lachend auf und brülle gegen die Bässe und das Gejohle an. «Ein neuer Pudding-Tanz?»

Joe und ich lachen.

«Hab `ne Mücke oder sowas in die Nase bekommen», brüllt er zurück. Ich verziehe angewidert das Gesicht und grinse. Cora und Allie neben uns machen Joes Moves lachend nach und schließlich stehen wir alle vier da und zucken apathisch und lachend mit unseren Köpfen beim Tanzen. Irgendwann währenddessen tauschen wir unsere Kippen gegen einen Joint aus.

Dann wird Joe von einer Braut angetanzt. Mir zu zwinkernd verschwindet er kurz darauf mit ihr in der Menge. Ich folge den beiden mit einem grinsenden Blick und bleibe dabei an einem der Bäume an der Waldlichtung hängen.

«Ey, wollen wir auf die Bäume klettern?», schreie ich die tanzenden Mädels neben mir an.

«Was?», brüllt Cora zurück. Ihre Augen sind schon ganz glasig vom vielen Alkohol und dem Gras. Vielleicht sollte ich ihr auf den Baum helfen. Oder sie gar nicht erst hoch lassen.

«Baum!», brülle ich lauter und deute auf den, den ich mir ausgesucht habe. «Hochklettern.» Vielleicht schafft sie es ja doch. So hoch sind die ersten Äste nicht. Cora nickt und tippt Allie an. Die nickt. Also gehen wir zu dritt zum Baum.

Das schaffen sie auf jeden Fall. Der Ast hängt nur wenige Zentimeter über meinem Kopf. Und ich bin nicht gerade ein Riese. Ich fasse den Mädels an den Po, um sie von unten hinauf zu schieben, während sie hoch klettern. Mir wird etwas schwindlig beim rauf Schauen. Nicht wegen der Höhe. Wegen des Grases und des Alkohols. Alles dreht sich ein bisschen. Ich senke den Blick wieder und starre kurz auf den Boden, bis ich mich wieder gefangen habe.

«Alles okay?», brüllt Cora hinunter. Hier drüben verstehe ich sie schon ein bisschen besser als mitten im Gedränge.

«Aye. Macht Platz da oben, Sugardaddy kommt.» Die Mädchen lachen und robben umständlich zur Seite. Ich klemme meinen Joint zwischen die Lippen, um beide Hände frei zu haben und wünschte, ich wäre nicht auf die Idee gekommen. Wie der Baum so vor meinen Augen hin und her schwimmt bin ich mir nicht mehr so sicher, ob ich das schaffe. Aber ich will mich auch nicht bloß stellen. Wenn die Zwei es geschafft haben, dann-

Und da war es wieder. Das Nichts. Nicht weiß. Nicht schwarz. Nicht bunt. Einfach nur nichts. Und in der nächsten Sekunde sitze ich zwischen Cora und Allie.

«Alter», murmle ich und halte mir den Schädel. Mein Joint ist weg und meine Klamotten auch. Seufzend lege ich den Kopf in den Nacken. Danach schaue ich erst nach links, dann nach rechts. «Ihr ward dabei. Ihr habt alles gesehen. Oder? Was ist passiert?»

Beide schauen mich von der Seite her amüsiert an. Oder eher gesagt mein bestes Stück.

«Langsam glaube ich, dass du doch Exhibitionist bist», lacht Cora.

«Oder wirklich ein Zauberer!», wendet Allie grinsend ein.

«Und was hab ich jetzt gemacht?», frage ich. Beide zucken mit den Schultern. Sie sind zu dicht, um wirklich ernst zu bleiben.

«Du bis' appariert!», kichert Cora und hickst. Schief grinsend schaue ich sie an.

«Nee, jetz` mal im Ernst. Wie hab ich das gemacht? Bin ich geflogen? War ich kurz ohnmächtig? Sowas wie schlafwandeln?» Beide schütteln neben mir dem Kopf.

«Du bis' wirklich appariert!», erklärt mir Allie und ich glaube, sie versucht seriös zu gucken.

«Ich stand also da unten und ganz plötzlich war ich hier oben?»

«Genau.»

«Un' zwar nackt!» Beide lachen sie neben mir und ihre Hände fummeln an meinem nackten Oberkörper herum. Allies Finger umrundet mein Pimmel Tattoo. Weiter weg erblicke ich Joe, der mit dem Mädel von vorhin knutscht.

«Krasse Scheiße!», murmle ich.

«Was?», brüllt Cora.

«Krasse Scheiße!», brülle ich nochmal.

«Du bis' jetzt Harry Potter!», lacht Allie laut. «Apparier-Held Harry Potter. Jetzt bissu `n absoluter Zauberer oder Superheld oder so.»

«Nein. Wenn schon Held, dann is' er `n Mikroheld!», brüllt Cora über mich hinweg zurück.

«Mikro-was?»

«Held!»

Ich halte mir die Ohren zu, während Cora über mich hinweg lauthals erklärt, was das bedeutet. Allie ist begeistert und klatscht lachend in ihre Hände. Unterdessen klaue ich Cora ihren Joint aus der Hand und ziehe selbst daran. Meiner ist ja weg. Ich blicke unter mich und entdecke meine Klamotten. Anscheinend bleiben sie dort liegen, von wo aus ich... appariere. Oder teleportiere. Das klingt irgendwie cooler.

«Ich würd's teleportieren nennen», werfe ich ein. Die Mädels beraten sich kurz und stimmen mir dann zu.

Das ist doch alles vollkommen irre. Teleportieren. Als ob es das wirklich gäbe. Ich schiebe unser ganzes dummes Geschwätz einfach darauf, dass wir alle drei komplett stoned und betrunken sind. Wenn ich morgen wieder nüchtern bin denke ich nochmal darüber nach. Wenn ich mit meinem Dad geredet habe.

«Jasper!» Ich sehe mich um und oh nein! Da steht Jean unterm Baum und schaut zu mir hinauf. Sie sieht wütend aus. Verdammt wütend. Ups. Irgendwie hab ich das alles schon wieder verdrängt. Dass sie vermutlich auch hier sein würde.

«Komm runter, du verfickter, elender Feigling!»

«Ähm, danke, nein», rufe ich zurück. Die Mädels neben mir kichern und Cora klärt Allie kurz über Jean auf. Diese wiederum stiert die beiden neben mir nur wütend an. «Kaum eine abserviert, da vögelst du schon wieder die Nächsten oder was?»

«Genau!», brüllt Cora zurück. «Wir sind nämlich besser im Bett als du!»

Ich bin mir nicht ganz sicher, weil ich sie hier oben so schlecht verstehe, wenn sie so leise ist, aber ich glaube Jean schnauft wütend. «Was sollte der Scheiß? Verpisst dich einfach, wo ich dir meine Liebe gestehe? Du hast mir alles kaputt gemacht!» Wütend funkelt sie Allie an. Dann Cora. «Entschuldige dich wenigstens du Bastard!»

«Was?», brülle ich und halte mein Ohr in ihre Richtung. «Ich verstehe dich so schlecht.» Natürlich verstehe ich fast jedes Wort, solange sie schreit. Wenn auch etwas leise.

«Du sollst dich gefälligst für dein mieses Verhalten bei mir entschuldigen! Du hast mir alles ruiniert! Ich brauchte dich!»

«Was? Ich hör dich einfach nich`. Is' so laut hier!» Unschuldig zucke ich mit den Schultern. Meine Mädels lachen.

Jean zeigt mit den Stinkefinger. «Fick dich, Jasper. Echt, fick dich einfach! Schmor doch in der Hölle, du Arsch!» Und weg ist sie.

Wir amüsieren uns noch ein wenig auf dem Baum über Jeans Auftritt. Und Allie macht sie immer wieder lachend nach. Wir sind alle so breit.

Trotzdem schaffen wir es irgendwie heile wieder vom Baum herunter. Unten angekommen bücke ich mich nach meinen Klamotten. Da spüre ich auch schon große Hände, die von hinten an meine Hüfte packen.

«Der Mann der ständig Aufmerksamkeit braucht!», dringt Snowel Noels Stimme lachend an meine Ohren. Er stößt mir noch einmal mit seinem angezogenen Schritt gegen den entblößten Arsch. Fühlt sich komisch an, wenn man dabei nackt ist. Ich grinse aber trotzdem und richte mich wieder auf.

«Noel, mann!», rufe ich und drehe mich um, um ihn zu umarmen. Aber er hält mich jetzt grinsend auf Abstand und blickt halb an mir herunter,

«Hab ja schon gehört, dass du unter die Exhibitionisten gegangen bist, aber zieh dir erstmal was an Junge. Von vorn muss ich dich nicht unbedingt nackt sehen.»

«Schade. Dabei fand ich dich schon immer so süß. Ich dachte das mit uns könne was werden», grinse ich und zwinkere ihm zu. Dann ziehe ich mich aber endlich an. Cora und ich waren bis vor einem Jahr Partyanlassbedingte Kunden bei Noel. Bis Cora eines Abends ins Krankenhaus musste. Seit dem haben wir beide arg zurück geschraubt und passen gegenseitig darauf auf, dass niemand von uns wieder an das weiße Zeug geht. Lieber Gras.

«Hast du mir eine neue Kundin mitgebracht? Oder eine von Rudys Ganovinnen?» Er legt grinsend den Arm um mich, als ich wieder etwas anhabe und deutet neugierig auf Allie.

«Weder noch. Allie ist als Coras Begleitung hier.»

Grinsend pfeift Noel durch die Zähne und lässt mich wieder los. «Dann feiert mal noch ordentlich und macht den Leuten meinen Stoff schmackhaft.» Mit einem Schulterklopfen mischt er sich wieder unter die Menge.

«Du hast dein Handy beim Anziehen verloren» Cora hält es mir grinsend unter die Nase. «Hab deine Nachricht gelesen.»

«Nachricht?», frage ich irritiert, während ich das Handy wieder an mich nehme.

«Lies!», fordert sie mich grinsend auf. Ich leiste Folge und bam! Ich könnte platzen vor Freude.

«Scheiße, ich hab den Job!», juble ich und springe in die Luft. Allie scheint zu wissen worum es geht. Vermutlich hat Cora in ihren vielen zweisamen Stunden davon berichtet, dass ich diese Woche bei einem Casting war.

«Glückwuuunsch Microman!», brüllt Allie.

«Mikroheld!», korrigiert Cora lauthals. «Und ja: Glückwunsch mein Mikroheld!»

Beide fallen mir nacheinander um den Hals. «Das sollten wir feiern!»

Gesagt, getan. Wir suchen uns den nächst gelegenen aufblasbaren Pool und haben Glück. Es sind noch genau drei Bierflaschen drin. Und zwei Frauen im Bikini.

«Sagt mal Bescheid, wenn ihr Joe seht. Ich muss mit ihm anstoßen!»

Mittlerweile ist es dunkel und die feierwütige Meute um uns herum hat sich drastisch reduziert. Viele sind gegangen, viele hängen aber auch einfach nur kotzend oder völlig stoned über irgendeinem Baumstamm. Oder liegen im Gras. Joe scheint sich richtig zu amüsieren. Habe ihn länger nicht mehr gesehen. Vielleicht hat er mich aber auch einfach nicht mehr wieder gefunden in der Masse und ist auch schon mit seiner neuen Flamme abgehauen. Ich halte trotzdem immer wieder Ausschau nach ihm. Gegen fünf Uhr morgens beschließen wir, uns langsam zurück zu ziehen. Die Busse fahren jetzt auch wieder.

Die Mädels im Schlepptau steigen wir über Alkoholleichen, leere Flaschen und einen Haufen Müll. Keine Ahnung, wie Noel das alles wieder sauber bekommen will. Falls er das überhaupt vor hat. Taumelnd bewegen wir uns vorwärts. Die Luft ist schon etwas abgekühlt und die Mädels haben ihre Schuhe seit ein paar Stunden wieder an. Sie sind ruhiger geworden, weil sie müde sind. Von all den Floors ist nur noch einer in Betrieb. Es läuft irgendetwas Psychodelisches. Klingt wie The Doors.

Neben uns kreischt ein Mädchen in einem der aufblasbaren Pools. Es ist der Pool, der neben dem Baum steht, auf dem wir vorhin saßen. Ich nehme das Mädchen kaum wahr, bis Cora an meinem Shirt zerrt.

«Jas.» Sie klingt gar nicht mehr müde. Deshalb bleibe ich stehen und drehe mich zu ihr um.

«Hm?» Ich folge ihrem Fingerzeig in Richtung des Mädels, das gekrischen hat. Jetzt höre ich auch Allie neben mir erstickt aufquieken. Das Mädel hockt über einem Kerl in einem roten Shirt. Mit dunklen Locken, die verdächtig nach Joes Locken aussehen.

«Wir haben ihn gefunden!», juble ich. Aber niemand jubelt mit. Als ich näher trete bemerke ich erst, dass sein Kopf vornüber im Wasser liegt und das Mädchen versucht, ihn an den Schulter raus zu ziehen. Aber sie ist zu schwach.

Mit eine Satz bin ich bei den beiden und hocke mich hin. Nach zwei Anläufen habe ich Joe aus dem Wasser gezogen und ohrfeige ihn. Die Brille hängt nur noch auf einem Ohr. Ich nehme sie ihm ab. Seine Haut ist kalt, nass und etwas aufgedunsen. So wie Finger aufquellen, wenn man zu lange in der Badewanne liegt. Mir wird schlecht.

«Joe?», rufe ich, bemüht einen ruhigen Ton anzuschlagen. Ich fühle mich mit einem Schlag wieder nüchtern. «Hey, mann. Joe, keine Witze jetzt, ja? Wir nehmen dich mit Heim. Komm.» Mühevoll versuche ich mich mit ihm aufzurichten. Ein Fremder eilt mir zur Hilfe und hievt den scheinbar leblosen Körper auf seine und meine Schulter.

«Der's ganz schön zu, was?», fragt der Typ grinsend. Guckt aber genauso unsicher, wie ich mich fühle.

«Hm», mache ich nur und ohrfeige Joe wieder. Sein Gesicht sieht wirklich nicht gut aus. Kreidebleich. Die Augen rot unterlaufen. Mit meinen Fingern taste ich nach seinem Arm, der um meine Schulter hängt, um seinen Puls zu fühlen. Nur zur Sicherheit. Aber ich finde nichts. Dabei sind seine Arme nicht aufgequollen. Scheiße. Ich werde hektischer und als der Fremde sieht, was ich mache, macht er es mir nach. Mit Joes anderer Hand.

«Ich glaub, ich hab schlechte Nachrichten», wendet er sich an mich und ich befürchte schon, was die Nachrichten sind. «Der Junge hat keinen Puls mehr.»

«Scheiße. Er ist tot», beende ich seinen Satz. Ein paar Meter neben uns übergibt sich Cora.

Kapitel 11

«Alle weg hier. Los Leute, Abflug, die Party ist vorbei!»,
brüllt Noel antreibend und läuft durch die verbliebene Masse.
Ein paar stöhnen und buhen. Andere fügen sich wortlos.
Überall werden alkoholisierte Freunde aufgepickt und
mitgeschleppt.

Auch wenn es eine gefühlte Ewigkeit dauert bis alle endlich
weg sind, läuft die ganze Sache recht zivilisiert ab. Kein
Chaos. Kein ängstliches Gebrüll. Die Meisten sind einfach zu
breit um zu schnallen, dass sie an einer Leiche vorbei laufen.
Der Fremde, der sich als einer von Noels Handlangern
entpuppt hat, und ich schirmen die Leiche allerdings auch ein
wenig ab.

Allie hat den Krankenwagen angerufen. Cora hat derweil
Noel aufgesucht und Bescheid gegeben, sodass der sofort
hier aufgeschlagen ist und für Ordnung gesorgt hat. Zur
Sicherheit hat auch er nochmal Joes Puls gefühlt. Konnte aber
auch nur dasselbe feststellen wie wir bereits. Mit einem Mal
war ich auch wieder gefühlt stocknüchtern. Muss das
Adrenalin sein.

Noel hat beschlossen die Party aufzulösen und alle Heim
zu schicken. Zum einen damit keine Panik ausbricht, wenn
sich das mit Joe herum spricht. Zum anderen damit alle weg

sind, wenn Krankenwagen und Polizei hier auftauchen. Immerhin ist die Party illegal.

Während sein Handlanger und ich den toten Joe abschirmen, zieht Allie ihn aus, um unsere Fingerabdrücke auf den Klamotten zu vernichten. Auf die Idee wäre ich gar nicht gekommen. Aber sie hat Recht. Lieber eine nackte Leiche, statt uns als Verdächtige, falls die da irgendetwas ablesen können. Cora steht währenddessen etwas abseits, hat die Arme um ihren frierenden Körper geschlungen. Sie sieht fertig aus. Ich werde sie hier weg bringen, sobald das alles vorbei ist.

«Los, mann. Nichts wie weg hier jetzt.» Das war Noel. Fragend schaue ich ihn an. «Na, haut ab!», fordert er uns erneut auf.

«Ich kann ihn doch nicht einfach allein hier liegen lassen», erwidere ich mit gerunzelter Stirn. Joe war immerhin mein Freund.

«Du kannst ihn hier liegen lassen und fein raus sein aus der Sache», setzt Noel an «oder du bleibst hier und bist der einzige Zeuge und Verdächtige, wenn die Bullen und Sanis hier eintreffen, euch mit aufs Revier nehmen und ausquetschen werden. Und dann seid nicht nur ihr am Arsch, weil ihr auf einer illegalen Koksparty mit Todesfall ward, sondern auch ich und alle, die hier waren. Die werden euch nämlich so richtig in die Mangel nehmen, bei dem Ausmaß.»

Er deutet einmal um uns herum. Der Wald sieht aus wie ein Schlachtfeld. «Und weißt du was?» Ich blicke zu ihm auf. «Ich kann Ärger gar nicht leiden. Und wer mir Ärger macht, der kriegt`s mit mir zu tun. Egal ob ich ihn mag oder nicht.» Er sieht mich ernst an. «Auch wenn es um deinen Freund geht und ich dich irgendwie verstehen kann.» Jetzt klingt er wieder ein bisschen freundlicher. «Haut lieber ab.»

Noel hat recht. Wir müssen verschwinden. Ich werfe Joe noch einen letzten Blick zu und hole mir seinen Ausweis aus den Klamotten, die Allie noch hält. Natürlich nicht mit bloßen Händen. Aber sie sollen wenigstens wissen, wer er ist. Damit seine Familie nicht zu lange leiden muss, weil er als vermisst gilt.

Wir legen die Klamotten neben die Leiche. Dann hebe ich die Hand zum Abschied. «Tut mir leid, mann. Ich hab dich echt gemocht.»

Dann schnappe ich mir Cora und Allie und verschwinde mit ihnen und den restlichen Leuten vom Ort des Geschehens.

Als wir im Bus sitzen, kommen uns die ersten Blaulichter entgegen. Zum Glück rast die Polizei direkt zum Ort des Geschehens und hält die Busse nicht an. Noch vermuten sie wohl nicht, dass die Partymeute vereinzelt hier drin sitzen könnte.

Wir haben uns nach ganzen hinten gesetzt, um zusammen sitzen zu können. Ich am Rand, die Mädels neben mir. Mein Kopf lehnt an der kühlen Fensterscheibe. Coras Kopf an meiner Schulter. An ihrer Schulter der Kopf von Allie. Jetzt wo der Adrenalinkick langsam nachlässt, realisiere ich erst was eigentlich passiert ist. Was genau das eben Geschehene wirklich bedeutet.

Joe ist tot. Mein Kumpel Joe. Einfach nicht mehr da.

Gemeinsam laufen wir zu Cora. Unterwegs verabschiedet sich Allie. Das Angebot sie Heim zu bringen schlägt sie aus.

«Ich glaube Cora sollte jetzt schneller nach Hause als ich.» Mit einem besorgten Blick auf Cora macht sie sich auf den Weg. Ich bringe meine beste Freundin nach Hause und halte sie die Nacht über fest im Arm.

Völlig fertig komme ich am nächsten Tag nach Hause. Es ist Samstag. Das heißt, dass Mum und Dad beide zu Hause sind. Ich nehme mir vor, möglichst heimlich rein zu schleichen und mich auf mein Zimmer zu verziehen.

Als ich jetzt die Tür aufschließe kommt mir Chloe entgegen.

«Hallo Jasper.» Sie lächelt wie immer freundlich und schließt die Tür hinter mir. «Dein Vater erwartet dich bereits. Du sollst bitte ins Wohnzimmer kommen.» Etwas überrascht bin ich schon über diese Information, aber bitte, ganz wie er möchte. Dann komme ich vielleicht auch früher als gedacht an meine Informationen. Ich werfe also meinen Plan, mich fort zu schleichen, über Bord und ziehe den, meinen Vater zur Rede zu stellen, vor.

«Hey Dad», grüße ich erschöpft lasse mich auf den Sessel fallen. «Wo ist Mum?»

«Besichtigungstermin», erklärt er knapp.

An einem Samstagnachmittag? Das glaubt er doch selbst nicht.

«Ich muss mit dir reden», sagen Dad und ich gleichzeitig. Wir schmunzeln ein bisschen. Hinter ihm läuft der Fernseher auf mute. Das lenkt mich kurz ab. Denn Joes Gesicht wird neben der Nachrichtensprecherin eingeblendet, bevor ein Video vom leer gefegten Trümmerfeld gezeigt wird, dass gestern um die Zeit noch eine normale Lichtung in einem Wald war. Das Video wird wieder ausgeblendet und gegen Joes Bild ausgetauscht.

Dad scheint meinem Blick gefolgt zu sein, denn er fragt, ob ich ihn kannte. Ich nicke und fahre mir mit den Händen durchs Gesicht und durch das chaotische Haar.

«Das tut mir leid, Jasper.» Ich spüre seine Hand auf meiner Schulter, die mich leicht drückt.

«Ist okay. Ich kannte ihn nicht besonders gut», lüge ich und wende mich ab, damit mein Vater mein Gesicht nicht sieht. «Also. Worüber wolltest du reden?»

«Steh auf mein Junge und bring mich raus. Wir gehen eine Runde spazieren.»

Leicht genervt seufze ich auf. «Ich will nicht spazieren, sondern reden, Dad! Und wenn du nicht anfangen willst, dann fange ich an. Ich vermute aber, dass es bei uns beiden um das selbe Thema geht.»

Leicht provokativ schaue ich ihn an. Er nickt unbeeindruckt und deutet zur Tür.

«Deshalb gehen wir jetzt raus. Ich möchte dir etwas zeigen.»

Eine halbe Stunde später betreten wir den Friedhof in unserem Viertel. Ob er mir mein zukünftiges Grab zeigen will? Eine Familiengrotte? Das würde aber nicht erklären, warum wir unterwegs noch Gestrüpp kaufen mussten.

Meine Hände stecken tief in den Hosentaschen meiner Shorts und ich unterdrücke den Drang nach einer Zigarette. Fühlt sich irgendwie falsch an auf dem Friedhof.

«Danke übrigens.» Dad schaut mich fragend an. «Für die Kaution gestern. Ich weiß, ich schlage öfter mal über die Strenge. Aber das gestern war eigentlich nicht beabsichtigt. Ich glaub ich bin irgendwie krank oder so. Ist es das, was du mir gleich erzählen wirst?»

Bis eben habe ich gar nicht mehr an meinen erneuten Aussetzer von gestern gedacht. Als ich appariert bin, wie die

Mädels es genannt haben. Sicher hat das Gras ihr Gehirn benebelt.

«So etwas in der Art, mein Sohn. Aber mache dir keine Sorgen. Krank bist du nicht.» Er lächelt mich an und biegt in einen Gang mit Grabsteinen ab. Ich frage nicht, folge nur stumm. Das wird schon alles seinen Sinn haben. Irgendwie.

«Ich habe eigentlich gehofft, dass es sich noch eine Weile hinzieht oder gar nicht ausbricht. Aber nachdem Chloe gestern deine Klamotten im Flur fand und ich kurz darauf den Anruf erhielt, da war mir leider alles klar. Zum Glück hat mein alter Freund bei der Polizei dich sofort erkannt, als du eingeliefert wurdest und mich umgehend benachrichtigt.» Ich bin verwirrt, schweige aber. Dad wird schon weiter reden. «Es ist ausgebrochen. Dein Gen.»

«Gen?» Okay, jetzt hake ich doch nach.

«Es mag nun merkwürdig für dich klingen, aber bitte glaube deinem alten Vater. Auch wenn ich vielleicht manchmal wie ein alter Greis wirke.»

«Du bist 53, keine 83!»

«Das hast du nett gesagt.» Er lacht etwas und biegt in den nächsten Gang ab. «Es gibt Menschen auf der Welt, die haben besondere Fähigkeiten.»

«Wie Superhelden oder was?», frage ich eher scherzend uns schnaube etwas lachend. Vielleicht wird Dad doch langsam etwas alt und verrückt.

«Zieh das nicht so ins Lächerliche, Jasper. Dann fühle ich mich nicht ernst genommen.»

«Okay, okay. Erzähl weiter.»

«Um deine Frage zu beantworten: Ja. Wie Superhelden. Nur das die wenigsten wie Superhelden damit agieren. Manche können fliegen, sich unsichtbar machen, Telekinese, Gedankenmanipulation. Du kennst das ja außer deinen ganzen Comics und Filmen.» Ich nicke langsam. «Das alles gibt es wirklich. Im Laufe der Zeit hat es immer mehr Menschen erwischt. Manche nutzen ihre Kräfte für den Haushalt, den Alltag. Wieder andere für verbotene Dinge, wie kleinere Überfälle, Erpressungen. Manche nutzen sie wiederum gegen die, die Verbotenes damit anstellen. Oder auch gar nicht. Es gibt sogar Leute, die werden es nie erfahren.»

«Aha», reagiere ich ungläubig und ziehe zweifelnd meine Augenbraue nach oben. Besorgt betrachte ich Dad. «Geht's dir gut?», hake ich mal lieber nach. Natürlich würde diese Erklärung meine plötzlichen Aussetzer irgendwie erklären können, aber es klingt einfach zu bizarr. Kurz muss ich auflachen und schüttle wieder meinen Kopf.

«Ich weiß, dass es sich furchtbar konfus anhören mag, Jasper. Aber bitte glaube mir: Es entspricht der Wahrheit. Ich bin nicht verrückt.» Mein Vater schaut mich so durchdringend an, dass ich tief durchatme und beschließe, mir erstmal anzuhören, was er noch zu erzählen hat. Auch wenn die ganze Story gerade total an den Haaren herbeigezogen klingt. Unwirklich.

«Na gut, dann red nicht so um den heißen Brei herum und mach klare Ansagen.»

«Unsere Familie trägt das Gen der Teleportation in sich.»

Eigentlich hab ich das gestern nur im Spaß gemeint. Im Rausch! Jetzt klingt es merkwürdig fremdartig in meinen Ohren.

«Ich kann... teleportieren?», frage ich trocken. Immer noch etwas ungläubig. Mein Vater nickt. «Aha. Und wenn dem wirklich so ist, warum erzählst du mir das jetzt erst?»

«Weil ich gehofft habe, dass es nie ausbrechen wird.»

«Und wovon ist das abhängig?»

«Bei jedem Genträger bricht es zu völlig unterschiedlichen Zeiten aus. Frühstens aber nach der Pubertät. Je sittsamer der Lebenstil, desto früher entfaltet es sich. Viel Alkohol und Drogen verzögern den Prozess. Ist es mit ungefähr 30 Jahren nicht ausgebrochen, wird es nie ausbrechen. Zumindest ist es bei den wenigstens ab diesem Alter noch zum Vorschein getreten. Deshalb habe ich dich dein Leben so leben lassen, wie du es wolltest. In der Hoffnung, dass es sich bis zu deinem 30. nicht zeigt.»

«Aber warum?» Ich verstehe nur Bahnhof. Nicht, dass ich schon so richtig überzeugt bin, dass es das wirklich gibt.

«Deshalb.» Wir bleiben stehen. Mein Dad deutet auf einen Grabstein.

«William White», lese ich vor. «Wegen Grandpa?» Mein Vater nickt und beugt sich vor, um das blumige Gestrüpp auf den Grabstein zu legen. Da er nicht richtig runter kommt, helfe ich ihm dabei.

«Er ist nicht an Herzversagen gestorben, wie wir dir immer erzählt haben. Er ist für einen guten Zweck gestorben.»

«Superheld?», frage ich vorsichtig und kann einen zweifelnden Unterton nicht verbergen. Mein Vater lächelt seicht und zuckt mit den Schultern.

«Ein bisschen schon. Du musst wissen, dass alle Genträger versuchen, ihre Fähigkeiten heutzutage möglichst geheim zu halten. Die normalen Menschen sollen davon nichts erfahren. Als sich vor vielen Jahren herum sprach, dass es Menschen mit Fähigkeiten gibt, wurden viele für Experimente oder das Militär missbraucht. Viele andere wiederum landeten in psychiatrischen Anstalten und wurden für verrückt und gefährlich erklärt, auch wenn sie es gar nicht waren. Das hat damals zu Kriegen geführt, bis ein Bündnis geschlossen wurde, dass wir uns gegenseitig aus unserem Leben raus halten. Es hat ein bisschen Anlaufzeit gebraucht, da nicht alle sofort eingesehen haben, warum das etwas nützen soll und manche gar gezweifelt haben, dass das funktionieren würde. Aber irgendwann tat es das und dadurch gerieten unsere Kräfte mit der Zeit unter den normalen Bürgern in Vergessenheit und bis heute hat es sehr gut geklappt. Natürlich gab es immer wieder Querschläger. Aber die wurden recht schnell unter Kontrolle gebracht. Bis der Pirat kam.»

«So `n richtiger Pirat?» Ich krümme meine Hand und kneife ein Auge zu. «Arrr!»

Dad schüttelt den Kopf. «Nein. Er nannte sich nur so auf Grund seiner Fähigkeiten. Der Pirat war übrigens einmal der beste Freund deines Großvaters. Moving Bill.»

Ich ziehe meine Augenbrauen hoch.

«Warum müssen immer alle so beschissene Namen haben?»

«Der Anonymität wegen, Jasper. Deshalb die Namen und die Maskeraden. Falls dich doch einmal jemand dabei erwischt, dann ist dir dadurch Anonymität gesichert. Außerdem…» Er schmunzelt ein bisschen und zwinkert mir zu. «… gehört das doch irgendwie dazu, oder? Deine Helden haben doch auch alle Namen.» Widerwillig brummelnd muss ich zustimmen. Hatte Allie mich nicht gestern aus Versehen Microman genannt? Ich sehe es schon kommen: Das wird mein Name. Wieder schnaufe ich etwas, als ich bemerke, dass ich tatsächlich beginne, diese Geschichte zu glauben.

«Und was war nun mit dem Piraten und meinem Großvater?»

«Wie ich bereits erwähnte, waren sie früher einmal Freunde. Durch ihre Väter wussten sie schon, dass sie irgendwann vielleicht selbst Fähigkeiten bekommen würden und auch welche es sein würden. Eigentlich hat das nie ein Problem dargestellt. Bis das Gen dann tatsächlich ausbrach. Der Pirat wurde machthungrig.»

«Der Klassiker also.»

«Genau.»

«Welche Kraft hatte der eigentlich?» Ich gehe zwei Gräber weiter und klaue frische Blumen von einem, um sie zu meinem Großvater zu legen. Die sehen frischer aus als unsere. Ich hocke mich hin und buddle sie ein bisschen ein, während mein Dad weiter erzählt.

«Er konnte anderen Genträgern die Kräfte rauben, in denen er ihnen das Gen entzieht.»

«Mies!»

«Oh ja. Er konnte bis zu drei Kräfte gleichzeitig in sich tragen und nutzen. Und dabei muss man vorsichtig sein. Denn wenn Kräfteräuber zu stark saugen, stirbt das Opfer.»

«Saugen?» Ich hebe beide Augenbrauen und stelle mir vor, wie ein piratig verkleideter Mann, meinem Opa... ah, nein. Lieber doch nicht.

«Er muss die Kraft aus einem heraus saugen. Dein Großvater hat erzählt, dass der Pirat dies getan hat, in dem er die Münder anderer öffnete und die Kräfte heraus sog. Wenn er das tat, kam eine Art roter Schleier heraus und wanderte in den Piraten hinein. Sozusagen das Gen. Wenn er es aber übertrieb, wurde aus dem Schleier Blut, bis das Opfer schließlich tot war.» Ich schüttle mich.

«Das ist ja brutal.»

«Ja, allerdings. Zu Beginn war er umsichtig. Er hat nur Menschen die Kräfte genommen, die sie nicht mehr haben wollten.»

«Ich denke er kann nur drei behalten?»

«Das ist richtig. Die, die er für andere Kräfte aufgibt, gehen verloren.»

«Krasse Sache.»

«Irgendwann hat ihm das nicht mehr gereicht. Er wollte die Kräfte benutzen. Und er wollte die besonderen Kräfte dafür. Nicht so etwas wie Wachsen oder Schrumpfen oder eine hypnotisierende Gesangsstimme. Er wollte das Feuer beherrschen, unermessliche Kraft und... Teleportation.»

Wir blicken schweigend zu Grandpas Grab. Alles was Dad mir erzählt, erscheint so unwirklich. Als würde er mir bloß eine Geschichte erzählen. Irgendwie kann ich mir aber nicht vorstellen, dass er sich das aus den Fingern saugt. Und senil ist er auch noch lange nicht. Nur gelähmt. Das schränkt aber nicht sein Gehirn ein.

«Lass mich raten. Die beiden haben sich auf Leben und Tod bekämpft?»

«Richtig. Dein Großvater wollte seinen ehemaligen Freund davon abhalten. Es war nicht nur böse, anderen Genträgern ihre Kräfte zu stehlen, der Pirat war auch nicht mehr vorsichtig. Er ging über Leichen. Jeder, den er seiner Kraft beraubte, musste sterben. Und wenn jemand im Weg stand, dann mussten auch diejenigen Sterben. Nachdem ich das alles erfahren hatte, wollte ich meine Kräfte niemals bekommen, nicht in so etwas hinein rutschen. Deshalb habe ich so gelebt wie du. In der Hoffnung, dass das Gen bei mir nie ausbricht. Als es doch passierte, lernte ich sie zu beherrschen, damit ich nicht mehr unkontrolliert springe. So wie du gestern.» Er schmunzelt. «Und dann habe ich sie unterdrückt. Nicht mehr benutzt.»

«Weiß Mum von den Kräften?» Ich erinnere mich an das Gespräch. Es hatte sich so angehört als wisse sie etwas.

«Ja. Du warst gerade geboren als mein Gen ausbrach und ich musste es ihr natürlich erklären. Das hat ihr gar nicht gefallen. Deine Mum wollte einfach immer nur normal sein. Und Teleportation war nicht normal.» Ich schüttle den Kopf. Das passt zu Mum.

«Sie hat mir sogar verboten, die Kräfte anzuwenden. Sie würde mich sonst wieder verlassen. Dass ich allerdings nie vor hatte sie anzuwenden, glaubte sie mir nicht. Mein Schlaganfall war eine Erleichterung für sie, denn damit verlor ich die Kräfte.» Ich ziehe beide Augenbrauen in die Höhe.

«Toll, dass für Mum dabei sowas *Gutes* raus gesprungen ist», sage ich ironisch.

«Sprich nicht so über deine Mutter.» Ich will etwas sagen, aber Dad hebt die Hand und bringt mich zum Schweigen. So stehen wir eine Weile da.

«Hat sie deshalb nie versucht, mich vom Alkohol und den Drogen weg zu kriegen? Damit mein Gen nicht ausbricht?», unterbreche ich irgendwann die Stille.

«Genau. Es fiel ihr sehr schwer, weil sie eine perfekte Vorzeigefamilie wollte. Deine Mum hatte es nicht leicht.»

Ich schnaube aufgebracht. «Natürlich. MUM hatte es nicht leicht», sage ich sarkastisch und schüttle den Kopf. Gerade wird mir Mum noch unsympathischer. Wenn das überhaupt möglich ist. «Nochmal zurück. Grandpa ist also gestorben beim Versuch diesen Piraten auszuschalten? Richtig?»

«Richtig. Sie sind alle beide dabei gestorben. Moving-Bill hat sich mit dem Piraten in die Luft teleportiert, um niemand anderen beim Kampf zu beschädigen. Im Fall hat der Pirat versucht, deinem Großvater die Kräfte auszusaugen, bis er fast tot war. Dadurch verlor er seine Teleportations-Kräfte und bevor sein Feind fertig wurde, sind sie beide aus großer Höhe auf dem Boden aufgeschlagen. Ich war dabei. Die Überreste der beiden... am Boden klebend, sahen nicht schön aus...» Er wird leiser und starrt auf das Grab. Eine Träne rinnt über seine Wange. Liebevoll drücke ich seine Schulter und stimme in die

Schweigeminute ein. Ich glaube mein Vater hat erstmal genug erzählt.

«Komm, Dad. Ich bring dich wieder nach Hause. Danke, dass du mir das erzählt hast.»

Auch wenn ich das alles erstmal verdauen muss. Erst das Teleportieren. Dann Joe. Jetzt diese Story. Das ist alles ein bisschen viel für zwei Tage. Dad drückt meine Hand und lächelt mich an.

Kapitel 12

Einen Tag später, am Sonntag, ist auch schon Joes Beerdigung. Das ging wahnsinnig schnell. Joes Schwester hat uns am Telefon dazu eingeladen und erklärt, dass nur noch dieser Tag frei war oder erst wieder ein Termin in vier Wochen. So lange wollten sie nicht warten. Was für ein heftiges Wochenende.

Ganz in schwarz, in Anzug und Kleid, betreten Cora und ich den Friedhof. Den aus unserem Viertel, auf dem auch mein Großvater liegt. Allie ist nicht mitgekommen. Sie kannte Joe zu wenig und meinte, sie würde sich irgendwie Fehl am Platz fühlen.

Weiter hinten auf dem Friedhof ist bereits das offene Grab zu sehen. Dort ist ein Sarg aufgebahrt und ein kleines Pult aufgestellt. Vermutlich wird dort später der Pastor stehen und seine Grabrede halten. Ein kleiner Kloß bildet sich in meinem Hals. Die arme Familie. Sie hatte bisher kaum Zeit gehabt zum Trauern. Das hat alles furchtbar schnell gehen müssen, wenn jetzt schon alles fertig für die Beerdigung ist.

Wir bleiben vor dem Grab stehen und Schuldgefühle steigen in mir auf. So etwas kenne ich eigentlich kaum. Die hatte ich selten bisher. So etwas hab ich schnell abgelegt, weil meine Mutter mich immer für alles verantwortlich gemacht hat. Ich wäre daran kaputt gegangen, hätte ich mir das jedes Mal zu Herzen genommen. Irgendwann hab ich das auch mit anderen Dingen gemacht. Keine Schuldgefühle aufgebaut. Wenn man so eine Mutter hat und in der Schule regelmäßig verprügelt wird, baut man schnell eine Schutzmauer um sich herum auf.

Aber wenn ich jetzt daran denke, wie ich Joe einfach einsam und tot zurückgelassen habe am Freitagabend, da ist plötzlich dieses Gefühl einfach da. Aber was hätte ich tun können, ohne mich selbst in die Scheiße zu reiten? Ich bin sehr egoistisch geworden, stelle ich gerade mal wieder fest.

Um mich herum nehme ich leises Geschniefe wahr. Wir sind am Grab angekommen. Viele Leute haben sich versammelt. Ich kenne eigentlich niemanden. Joe und ich haben uns hauptsächlich zu zweit oder mit Cora getroffen. Und unsere Familien haben wir sowieso nie kennen gelernt. Außer Joes Schwester Mary. Einmal haben wir sie gemeinsam besucht. Joe hatte ihr etwas vorbei bringen müssen, als wir gemeinsam unterwegs waren. Sie hat uns auf einen kleinen Drink eingeladen. Deshalb erkenne ich sie, als ich meinen Blick durch die Gruppe von Leuten schweifen lasse. Sie steht ganz dicht am Grab und schaut verheult auf Joes Bild, dass jemand auf den Sarg gestellt hat. Wie sie da steht. In einem sexy, schwarzen Kleid. Ihre Möpse kommen darin richtig gut zur Geltung. Ja, ich weiß. So etwas gehört sich nicht auf einer Beerdigung. Aber hey. Sie hat dieses Kleid ausgewählt. Nicht ich!

Und das dort müssen seine Eltern sein. Ein älteres Pärchen, dass hinter Mary stehen bleibt. Der Mann legt seine Arme um ihre Schulten. Die Frau heult hemmungslos. Hinter ihnen kommen langsam die anderen Menschen näher.

«Gehen wir Ihnen unser Beileid aussprechen», murmelt Cora, die ebenfalls eine Träne vergießt. Wir gehen also langsam hinüber, um uns dem Trott der Beileidsbekundungen anzuschließen. Eigentlich bringt das gar nichts. Ich hoffe mir wird so etwas nie jemand sagen. Was hat man davon? Man ist am Boden und möchte trauern. Und dann kommen da so viele Leute zu einem. Leute die man kennt oder nicht kennt. Und jeder stört einen in seiner Trauer. Spricht sein Beileid aus, ohne dass man weiß, wer von Ihnen wirklich mit dem Herzen dabei ist. Und dann soll man sich noch dafür bedanken.

Ich lenke ab und ziehe Cora mit mir mit. Fragend schaut sie mich an, ich schüttle nur den Kopf. Gerade habe ich mich umentschieden. Ich werde mich nicht diesem gedankenlosen Trott anschließen. Egal, ob es sich angeblich so gehört oder nicht.

Die Beerdigung die folgt ist furchtbar traurig. Es ist meine Erste, die ich bewusst wahrnehme. Als Baby waren wir auf der Beerdigung meines anderen Großvaters. Daran erinnere ich mich genauso gut wie an jedes einzelne Mal, das ich in die Windel geschissen habe. Nämlich gar nicht.

Ich hab mir so eine Beerdigung immer furchtbar langweilig vorgestellt. Zumindest als jemand, der nicht unmittelbar zum engsten Familienkreis gehört. Soviel zu meiner Emotionalität. Dass ich sowas denke, obwohl Joe mittlerweile mein bester Freund geworden ist... war.

Aber es ist tatsächlich und wirklich traurig. Der Pastor erzählt Anekdoten aus Joes Leben. Sowohl lustige als auch traurige und belanglose. Als er ein Kind war, haben seine Eltern ihn zum Beispiel bei einem Stadtfest aus den Augen verloren. Der kleine Lockenkopf sei ganz allein auf Erkundungstour gegangen, während seine Eltern und Mary krank vor Sorge waren. Sie haben mehr gesucht als das Fest zu genießen. Und als sie ihn eine Stunde später endlich fanden, saß er quietschfidel auf einer Biergarniturbank und hat gemalt und Pommes gegessen. Der Pommesbudenbesitzer hat festgestellt, dass der kleine ohne Eltern herum rennt und ihm was zu Essen zum Malen gegeben. In der Hoffnung, dass seine Familie auf der Suche nach ihm irgendwann dort vorbei kam.

Er redet weiter. Über seine Eltern Marc und Olivia und seine Schwester Mary. Und über Joes Job als Redakteur seiner Werbefilm Firma. Wie er sie mit seinen Ideen bereichert hat und jeder seine Spots im Fernsehen bewundern konnte.

Ich kann da nur an Puddipreme denken. Zwischendurch laufen seine Lieblingslieder. Eines davon ist *I like birds* von den Eels. Da muss ich kurz grinsen. Die Band habe ich ihm gezeigt, kurz nachdem wir uns kennengelernt haben. Er war ihr daraufhin sofort verfallen.

Und die ganze Zeit lächelt uns Joe unentwegt von diesem Foto aus an. Ich kann da einfach nicht hinsehen. Das ist irrwitzig. Daher bin ich froh, als es endlich vorbei ist. Still und leise kapseln Cora und ich uns ab, während die anderen Blüten auf den Sarg werfen. Ihr Gesicht ist ganz nass und ihre Augen rot.

«Jetzt hat er's geschafft», versuche ich sie zu trösten und klopfe ihr sanft auf den Rücken. «Jetzt kommt er in den Himmel. Zu Gott und den Engeln.»

Cora lacht verheult und boxt mich. «Hör auf mit dem Scheiß. Du glaubst dir doch selbst nicht.» Jetzt grinse ich auch ein bisschen. «Apropos Scheiß. Erinnerst du dich an mein angebliches Apparieren am Freitag?» Fragend sieht sie mich an und nickt. «Ich muss dir da was ganz Abgefahrenes erzählen.»

«Freak!», kommentiert Cora meine Geschichte. Nun lacht sie wieder. Mittlerweile sind wir auch wieder in der Stadt angekommen und rauchen. «Glaubst du diese Story denn echt?»

«Keine Ahnung.» Ich zucke mit den Schultern. «Ich würde mich echt gern dagegen wehren. Aber dieses Teleportieren ist mir jetzt schon drei Mal passiert. Und wenn ich näher darüber nachdenke, sogar schon mal davor. Als ich vor Jean abgehauen bin. Da hab ich's nur nich` wahrgenommen, da ich eh nackt war. Und der Sprung so kurz.»

«Krasse Geschichte», murmelt Cora. Da kann ich ihr allerdings nur zustimmen. «Aber da sind noch so viele offene Fragen. Was es mit diesem Kerl auf sich hat, der angeblich wieder da ist. Oder Warum du zum Beispiel jedes Mal nackt bist.» Beim letzten Satz lacht sie.

«Allerdings. Ich wollte Dad nur nicht weiter löchern. Er sah echt fertig aus. Muss heftig sein, wenn man seinem Dad auf diese Weise beim Sterben zu sieht. Ich werd ihn morgen oder so nochmal drauf ansprechen.»

«Und weißt du schon alles, was du fragen willst?»

«Aye. Ich hab `ne ganze Liste voll.»

«Hast du die dabei?»

«Aye.» Ich ziehe einen zerknitterten Zettel aus meiner Hosentasche hervor und schiebe ihn ihr rüber. Cora beugt sich sofort darüber.

«Darf ich auch was hinzufügen?»

«Klar. Mach halt.»

Cora friemelt einen Kuli aus den Tiefen ihrer Handtasche hervor und setzt ihre Frage unter meine Liste. Dann schiebt sie mir den Zettel wieder zu.

«Hoffentlich lande ich in der Zeit nicht wieder nackt in der Pampa.», sage ich, während ich die Liste wieder verstaue. «Noch `ne Verhaftung wegen Exhibitionismus kommt dann vielleicht doch nicht so gut an bei der Polizei. Und auf meinem Lebenslauf.»

Kapitel 13

«Ich verspreche es dir, Larry, lange bin ich nicht mehr hier!», fliegt mir die ach so liebliche Stimme meiner Mutter entgegen, als ich am nächsten Tag zum verspäteten Frühstück in die Küche komme.

«Jetzt beruhige dich doch, Karen. Wir haben nichts tun können, außer den Dingen ihren Lauf zu lassen und nun ist es eben geschehen.»

«Was ist geschehen?», mische ich mich ein und gehe zum Kühlschrank. Als ich ihn öffne erstreckt sich mit eine gähnende Leere. «Hier drin sah's auch schon mal besser aus.»

«Entschuldigung. Ich wollte aber heute Nachmittag noch einkaufen!», entschuldigt sich Chloe und schiebt mir einen Zettel hin. «Solltest du noch etwas Bestimmtes benötigen, schreibe es einfach auf.»

Ich nehme den Zettel an mich und überfliege ihn, während ich mit einem Ohr meinen Eltern beim Streiten zu höre. Wie immer, wenn sie mal den Mund öffnen.

«Guten Morgen», grüßt mein Vater. Mum sagt nichts. Sie fingert nervös an ihrer Kaffeetasse herum. «Ich hab deiner Mutter gerade von deinen Kräften erzählt und sie ist nicht begeistert.»

«Nicht begeistert ist schwer untertrieben», murmelt sie säuerlich.

«Ey, ich kann da auch nichts für, okay?», fahre ich sie genervt an. Sie straft mich mit einem bösen Blick.

«Sprich nicht so mit mir. Ich bin deine Mutter!»

«Du hast mich aus deiner Vagina gepresst. Das ist alles.»

«Ist gut jetzt!», mischt Dad sich ein.

«Nichts ist gut, Larry!», giftet Mum. «Wie ich bereits sagte: Wenn ihr diesem Mann nicht Einhalt gebietet, dann bin ich weg!»

«Lieber Gott, bitte lass diesen besagte Mann in Ruhe», bete ich und schaue nach oben als wäre da ein Gott, der mich hört. Von Chloe höre ich ein Glucksen und sie rennt schnell raus, damit sie keinen Ärger von Karen bekommt. Mum und Dad schauen mich finster an. Daher beuge ich mich lieber über den Einkaufszettel und setze Bier, Whisky, Kippen und Donuts drauf.

«Jasper, das ist nicht lustig», sagt mein Vater sehr ernst und blickt mich direkt an, als ich aufschaue. «Dieser Mann hat es auf dich abgesehen.»

War ja klar. Da sind noch so viele Fragen offen und das ist eine der Antworten darauf. Als wäre etwas Erfreuliches zu langweilig. Ich starre meinen Vater fragend an. In der Hoffnung, dass er mit mehr Infos heraus rückt. Aber nichts. Auch Mum schweigt und meidet meinen Blick.

«Kümmere dich um ihn», sagt sie schließlich schnippisch und verschwindet aus der Küche. Chloe kommt zurück und steckt den Einkaufszettel ein.

«Wir müssen jetzt zum Arzt, Mr White», verkündet sie.

Mein Vater nickt und schaut wieder zu mir.

«Sei heute Abend zu Hause. Ich werde dir dann den Rest erzählen und all deine offenen Fragen beantworten. Es kommt noch eine Menge auf dich zu.»

«Jippie», antworte ich trocken, nicke aber. «Ich werde da sein.»

Kaum dass Chloe meinen Dad aus der Küche gerollt hat, klingelt mein Handy. Es ist die Praktikantin vom Casting neulich. Wie ich jetzt erfahre, heißt sie Trini. Schrecklicher Name. Sie gratuliert mir nochmal zur Rolle und erklärt mir ein paar Einzelheiten zum Dreh. Heute noch wird ein Kurier vorbei kommen und das Drehbuch bringen, sowie eine Kontaktliste und die Dispo. Der Drehtag mit mir findet übernächste Woche statt. Aber ich hab ja nicht so viel Text und sei ja Profi. Das kriege ich schon hin. Ich fühle mich ein wenig geschmeichelt wegen des Profis. Natürlich hat sie Recht. Ich sei in einem Tag abgedreht, wäre also auch schon ganz schnell durch und könne mich dann auf meine nächsten Projekte stürzen. Dass das mein Erstes seit mehreren Monaten ist, erwähne ich selbstverständlich nicht. Bevor sie auflegt, verkündet sie mir noch, wie begeistert Barbara - ich vermute, dass das die

Produzentin ist - übrigens von mir gewesen wäre. Sie wollte mich schon nach den ersten Sätzen. Vielleicht hat sie ja doch ein Gespür für Talente und dieses Mädchen beim Casting hat gar kein Märchen erzählt. Vielleicht hat sie aber auch eine von diesen Genkräften, geht mir ein Licht auf. Zumindest ergäbe das Sinn, wenn die Geschichte über ihr Talent wahr wäre. Nach ungefähr zehn Minuten legen wir endlich auf und ich steuere das Wohnzimmer an, um mich ein bisschen vor den Fernseher zu hauen. Wenn das Haus schon mal leer ist und mich keiner mit seinem Geschrei stört, dann muss ich das mal ausnutzen.

Ich stoppe beim Durchzappen als ich mich sehe. Wie ich splitterfaser nackt durch Parondon laufe. Eigentlich dachte ich, das hat sich nach ein paar Tagen wieder gelegt. Immerhin ist das schon vier Tage her. Aber hier scheint so wenig Action zu sein im Moment, dass ich wieder eine Nachricht wert bin. Immerhin haben sie mein Gesicht verpixelt.

Es wird berichtet, dass ich von der Polizeiwache wieder entlassen wurde und das vermutlich keine Gefahr von mir ausgeht. Man sei sich sicher, der junge Mann werde ich Zukunft nur noch angezogen durch die Straßen laufen. Da bin ich mir allerdings nicht so sicher. Wer weiß. Vielleicht lande ich in nur wenigen Minuten wieder am Ende der Stadt?

«Im Fall des toten Mannes im Wald, Joe Gaspard, gibt es von der Polizei nun neue Erkenntnisse.» Bitte? Joe wurde beerdigt! Können die ihn nicht ruhen lassen? «Vor seiner Beisetzung konnte dem jungen Mann Blut entnommen werden und wie bereits vermutet, ergab der Bluttest, dass es sich hierbei um ein Drogenopfer der illegalen Festivität im Wald handelt. Wer diese Feierlichkeit am Stadtrand von Parondon veranstaltete, ist bisher nicht bekannt. Weitere Opfer scheint es keine zu geben.»

Drogenopfer. Joe und ein Drogenopfer? Das ergibt keinen Sinn. Joe hat nie harte Drogen genommen. Nur ganz selten mal Gras mit uns geraucht und das war das Höchste der Gefühle!

Ich kann mir einfach nicht vorstellen, dass er seine Meinung so kurzfristig doch noch geändert hat. Selbst wenn er betrunken war. Mir kommt der schreckliche Gedanke, dass ihm vielleicht jemand was in den Drink gemischt hat. Diese Vorstellung macht mich ziemlich sauer. Aber den Verantwortlichen unter all diesen Hunderten von Gästen zu finden, ist aussichtslos.

Dann kommt eine neue Nachricht. Eigentlich will ich umschalten, aber dann höre ich ihren Namen. Wanja Wolkowa.

«Polizeiberichten zu Folge hat die stadtbekannte Schlägerin Wanja Wolkowa ihre Strafe abgesessen und ist nun wieder auf freiem Fuße. Vor drei Jahren wurde Wolkowa in Gewahrsam genommen, nachdem sie drei Männer brutal krankenhausreif geschlagen hatte. Einer dieser Männer lag ein halbes Jahr lang im Koma. Es ist nicht das erste Mal, dass die Schlägerin die Kontrolle verlor und auf hilflose Zivilisten los ging. Da Wolkowa bereits mehrmals rückfällig wurde, werden die Frauen und Männer der Stadt um Vorsicht gegeben, sie nicht zu provozieren oder sie sofort der Polizei zu melden, sollte sie bei einem Rückfall gesichtet werden.»

Ich seufze tief. Damals hatte mich diese Gefahr an Wanja angemacht. Jetzt brauche ich das nicht mehr. Ich hoffe ganz stark, dass wir uns nie wieder über den Weg laufen werden.

Im Übrigen habe ich vorhin nicht ganz die Wahrheit gesagt. Ich bin nicht nur einmal von ihr zusammengeschlagen worden, sondern zwei Mal. Das erste Mal war im Bett. Wir beide bei einem Rollenspiel. Das zweite Mal allerdings war der Tag an dem sie eingebuchtet wurde.

Kapitel 14

Wir hatten uns gerade in meinem Fight Club kennen gelernt. Das war die Phase nach dem Schauspielstudium, in der ich unbedingt boxen wollte. In der Schule wurde ich von der fiesen Ratte Wendall gepiesackt, der mich - damals schlaksigen Typen - verprügelte, wann er nur konnte. Nach meinem Abschluss hatte ich mir geschworen, mir irgendetwas anzueignen. Judo, Karate, Boxen, irgendetwas. Man sieht sich schließlich immer zwei Mal im Leben. Das Studium hat mich zuvor allerdings mehr eingenommen als geplant, doch immerhin habe ich dort fechten gelernt. Was mir gegen Wendall aber nicht helfen würde. Wer fechtet heute noch etwas aus, im wortwörtlichen Sinne?

Also habe ich das nach meinem Studium endlich in Angriff genommen und bin einem Fight Club beigetreten. Nicht so einem, wie in dem gleichnamigen Film. Sondern einem echten, in dem man alle möglichen Arten Kampfsport betreiben kann. Dort suchte ich mir einen Trainer. Eigentlich braucht man nicht zwingend einen. Aber ich wollte gezielt trainiert werden.

Ich war damals sehr lange dort und meiner Meinung nach bin ich auch ein ganz ansehnlicher Boxer geworden. Zumindest in der Zeit, in der ich dort war. Das letzte Mal ist mittlerweile schon drei Jahre her. Der Tag an dem ich von Wanja verprügelt wurde, war mein letzter dort. So konnte ich den Jungs schließlich nicht mehr unter die Augen treten. Ich hatte immer vor, mir einen neuen Fight Club zu suchen. Irgendwie hab ich es nur einfach nicht gepackt. Muss an meiner Faulheit liegen. Ich hab nur ab und meinen Boxsack zu Hause verprügelt.

Jedenfalls war ich seit einem dreiviertel Jahr in diesem Fight Club, da tauchte sie auf. Wanja. Wunderschön. Klein, aber einen mächtigen Körper. Nicht im Sinne von fett. Sondern durchtrainiert. Wie man so sagt: Klein, aber oho!

Ihr wallendes blondes Haar hatte sie zu einem sportlichen Dutt zusammen gebunden. Ihr weiblicher Sixpack wurde durch ein bauchfreies Top perfekt in Szene gesetzt.

Und als sie anfing in ihrem russischen Akzent zu sprechen, mit ihrer tiefen, erotischen Stimme, da war es um mich geschehen. Von da an wusste ich: Ich muss mit dieser Frau ins Bett.

«Mach Platz, du Wurst, das ist jetzt mein Platz hier.» Ihr müsstet sie das sagen hören.

Ich konnte einfach nicht anders und bin ihr sofort gewichen. Ich weiß bis heute nicht, ob das ein Fehler oder gut so war. Hätte ich ihr widersprochen, hätte ich womöglich eine sitzen gehabt und wäre sofort zur Lachnummer im Fight Club geworden. In dem ich aber nicht widersprochen habe, hatte ich es um einiges schwerer bei ihr. Denn sie hat mich sofort als Weichei abgestempelt. Und eine Frau wie Wanja gibt sich nicht mit Weicheiern ab.

Die ersten Wochen hab ich sie also nur von Weitem betrachtet und mir sämtliche Fantasien mit ihr ausgemalt. Es gab in der Zeit auch nur einen Mann, den sie mit sich reden ließ. Und das war der Besitzer des Fight Clubs. Sie waren beide in etwa auf einem Level. Vermutlich machte sie deshalb eine Ausnahme bei ihm. Irgendwann beschloss ich, sie als meine persönliche Trainerin anzufragen. Immerhin hatte sie mehr Muckis und mehr Technik drauf, als neunzig Prozent der

Mitglieder im Club. Außerdem war ich sicher, dass mir das bessere Chancen einräumte als bisher.

Als erstes wurde ich natürlich fein ausgelacht. Danach hat sie mich wieder ignoriert. Das hat mein Ego und meinen Eifer aber nicht eingedämpft. Im Gegenteil. Meine Motivation ist gestiegen und ich wollte unbedingt Training bei ihr. So konnte ich ihr nahe sein und endlich mal meinen Charme spielen lassen. In der Hoffnung auf eine richtig gute Runde mit ihr. Im Ring und im Bett. Es ist bestimmt ein halbes Jahr vergangen, in dem ich immer mal wieder angefragt habe und sie mich immer wieder abblitzen ließ. Dann war sie plötzlich fort. Für mehrere Wochen. Keiner wusste wo sie ist und wir vermuteten alle, dass sie einfach die Nase voll von uns Nichtsnutzen hatte. Und dann kam sie wieder. Sie kam direkt auf mich zu, zog mich am Kragen hoch und sah mir tief in die Augen.

«Du willst Training bei Wanja? Du wirst Training kriegen. Du wirst schwitzen, heulen, dir in die Hosen machen und Wanja anflehen, dich zu verschonen. Aber du wirst nicht aufgeben, weil sonst bist du arme Wurst. Du willst keine arme Wurst sein in Wanjas Augen. Hast du mich verstanden?»

Ich habe ihr kaum zu gehört, so eingenommen hat mich diese Frau. Sie schüttelte mich und ich hörte mein Shirt reißen. Also nickte ich schnell.

«Alles was du willst!»

Ich hatte gehört, wie ein paar Kerle um mich herum geschnaubt haben. Vermutlich haben sie mich verachtet. Tief in ihrem Inneren aber, das wusste ich, beneideten sie mich zutiefst.

Ich weiß bis heute nicht, was genau in diesen paar Wochen geschehen ist, in denen sie weg war. Und was genau sie dazu gebracht hat, mich nun doch als Schüler zu nehmen. Aber mir sollte das damals nur recht sein.

Wanja sollte übrigens fast Recht behalten. Die kommenden Monate waren richtig hart. Ich schwitzte, ich wünschte ich hätte sie nie gefragt und ich hab sie tatsächlich mal angefleht, mir endlich eine Pause zu gönnen. Geheult hab ich heimlich in meinem Bett. Vor Schmerzen. Nur eingepinkelt hab ich mir nie. Trotz all der Schmerzen und Zeitinvestition, hatte ich trotzdem noch Zeit für Sex. Nur leider nicht mit ihr. Zwar hat sie einen kleinen Profikickboxer aus mir gemacht, das was ich mir aber eigentlich mit ihr erhofft habe, war nicht in Sicht. Ich wollte also das Training bei ihr beenden. So viele Castings hatte ich deshalb verpasst und durch all meine blauen Flecken und Blutergüsse sah ich aus wie der letzte Penner. Alte Damen sind auf dem Bürgersteig vor mir zurück gewichen, ich habe mehr Körbe bekommen als zuvor und meine Mum hat mich entweder versucht runter zu putzen oder ignoriert. Nicht, dass ich das Letztere nicht genossen hätte.

Na ja und dann war es soweit. «Wanja», hab ich gesagt. «Du, das Training mit dir ist echt geil und ich hab echt was gelernt, aber mann, ich hab keine Zeit mehr, das so intensiv anzugehen. Außerdem denke ich, dass ich jetzt richtig gut geworden bin. Natürlich nicht dein Level, aber schon richtig gut.» Und schon war ich im Schwitzkasten.

«Du bist nicht gut, solange du Wanja nicht überwältigt hast», hat sie mir ins Ohr geflüstert. Man war das heiß! Also ging es los. Wir traten gegeneinander an und gefühlte 17 blaue Flecken, drei Blutergüsse und eine Stunde später, lag ich endlich auf ihr und hatte sie fest genagelt. Und dann passierte es endlich. Dass ich sie überwältigt habe, hat sie so geil gemacht, dass sie mir das verschwitzte Shirt vom Leib gerissen hat und es richtig dreckig wurde. Das führte dazu, dass unser Training weiter ging. Nicht so intensiv wie vorher. Wir hatten mehr Sex als Training, aber daran habe ich mich nie gestört. Ich wäre ja auch schön blöd. Wir kämpften, wälzten uns nackt im Dreck und trafen uns am Abend nochmal bei ihr. Das ging so lange gut, bis sie wieder verschwand. Mittlerweile vermute ich, dass sie entweder längere Zeit in U-Haft saß oder untertauchen musste.

Jedenfalls war sie lange weg. Viel zu lange. Ich hatte in der Zeit meinen taubstummen Job bekommen, mehrere Frauen gehabt und Wanja verdrängt. Ich hatte einfach nicht damit gerechnet, sie jemals wieder zu sehen. Doch dann kam sie wieder. Eher durch Zufall, wie ich vermute, sah sie mich. Ich glaube zumindest nicht, dass sie nach mir gesucht hat.

Ich kam gerade mit Joe aus dem Killer, hatte je eine Braut links und rechts im Arm und freut mich auf meinen bevorstehenden Dreier. Und da stand sie in der Gasse und redete gerade mit Rupert, dem Besitzer des Clubs. Zwar hatte sie mir den Rücken zugewendet, aber diesen kleinen, muskulösen Körper mit den langen blonden Wellen im Rücken erkannte ich sofort wieder. Als Rupert wieder rein ging und sie sich umdrehte, wirkte sie etwas überrascht. Das ist der Grund weshalb ich vermute, dass sie mich nicht gezielt aufgesucht hat.

Dann wurde ihr Blick finster. Ich kannte diesen Blick. Ich habe ihn mehrmals gesehen, bevor sie auf jemanden los gegangen ist oder fast auf jemanden los gegangen wäre, wenn sie nicht aufgehalten worden wäre.

«Lauft weg», knurrte ich den Mädels zu und musste es ihnen noch zwei Mal sagen, bis sie tatsächlich beleidigt das Weite suchten. Joe schaute mich fragend an.

«Ich glaube der Blick gilt mir», raunte ich ihm zu und schon war sie auf mir. So schnell konnte ich weder gucken noch reagieren. Noch dazu fehlten mir die vielen Monate Training mit ihr. Klar. Privat hatte ich immer mal an meinem Boxsack geübt. Aber das ist einfach nicht dasselbe wie mit echten Gegnern.

Wanja lag also auf mir. Mit ihren Knien fixierte sie meine Hände und mit ihren Fingern drückte sie mir die Kehle zu. So, dass ich zwar noch atmen konnte, aber nur mühsam.

«Keinen Finger hast du gerührt, um Wanja da raus zu holen, aus der Scheiße!», zischte sie mir zu. «Nicht einmal nach Wanja gesucht hast du!» Normalerweise würden mich ihre Akzent und ihre Stärke anmachen. Da ich aber kaum Luft bekam, drehte sich alles ein bisschen und ich hatte einfach keinen Kopf dafür. «Ich dachte wir lieben uns. Innig. Und dann lässt du mich fallen wie eine heiße Kartoffel. Hatte Wanja nicht mehr verdient?»

So gut es in meinem Kampf mit der Luft ging, hatte ich die Augen aufgerissen. Diese Info war mir vollkommen neu. Geliebt? Innig sind wir gewesen, keine Frage. Aber vollkommen ohne Liebe! Hatte ich etwa vergessen, das vorher mit Wanja ab zu klären? Scheiße.

«Ich… 'ch… hab…», würgte ich hervor. Wanja war so nett kurz locker zu lassen, damit ich reden konnte. «Ich hab dich nicht geliebt.» Und damit hatte ich den Fehler meines Lebens begangen. Russische Flüche brachen über mich herein und Wanja sprang von mir hoch, um mir mit ihrem Fuß einen Kick gegen die Brust zu versetzen, ehe ich mich halbwegs erholt hatte. Ich kam mir vor wie ein Loser. Ich bin mir sicher, dass ich den Hauch einer Chance gehabt hätte, wenn ich eher reagiert und nicht noch mit Joe gesprochen hätte. Aber so hatte Wanja mich von Anfang an im Griff.

Und es blieb nicht bei dem einen Kick gegen die Brust. Er folgte ein Schlag gegen meinen Kiefer und auf die Nase. Bei meiner Nase hörte ich es knacken. Ich konnte Blut schmecken und alles fing an sich zu drehen. Ein bisschen fühlte ich mich zurückversetzt in das Training mit ihr. Nur war sie mir dort vorsichtiger vorgekommen als an diesem Abend. Ich hörte wie Joe etwas rief und kurz darauf noch ein Typ dazu kam. Wanja wurde von mir runter gezogen und ich hielt mir die Nase. Dann setze auch der Schmerz ein. Fuck. Ihr könnt euch nicht vorstellen wie höllisch es weh tut, wenn einem die Nase gebrochen wird. Schwankend stand ich auf und suchte meine Orientierung. Wie ich sie zurück gewonnen hatte, entdeckte ich Joe und den anderen Kerl am Boden. Beide blutend und k.o. Entweder ist das alles verdammt schnell passiert oder ich hab verdammt lange gebraucht, bis ich halbwegs zu mir kam. Der Zustand blieb aber nicht lange. Mit zwei weiteren Kicks setzte Wanja auch mich k.o.

Ich erinnere mich nur noch, wie ich danach im Krankenhaus aufwachte. Vollgepumpt mit Schmerzmitteln, denn ich fühlte mich wie auf Drogen. Cora hat mich fast jeden Tag besucht und mir erzählt, was passiert ist.

Sie wollte im Killer nach Joe und mir Ausschau halten. Da sah sie, wie Wanja gerade die zwei Männer auf der Straße außer Gefecht setzte. Der andere war ein Bekannter aus dem Killer. Ed. Quasi Stammkunde und wir haben uns hin und wieder gegenseitig eine Runde ausgegeben. Cora hat sich sofort in die nächste Seitengasse zurückgezogen und die Polizei und den Krankenwagen gerufen. An diesem Tag ist sie meine Mikroheldin gewesen. Ach, was sage ich. Meine Heldin.

Joe jedenfalls war mit einem blauen Auge und einer leichten Gehirnerschütterung davon gekommen. Ed lag eine Station weiter im Koma, weil Wanja ihn ganz übel am Kopf erwischt hatte. Und ich lag seit ein paar Tagen mit gebrochener Nase, einer Gehirnerschütterung und angeknacksten Rippen im Krankenhausbett. Und Wanja. Nun ja die saß in U-Haft und sie stand unmittelbar ihrer Gefängnisstrafe bevor.

Irgendwie hatte mich das damals wirklich beruhigt. Aber dass ich gerade eben erfahren habe, dass sie entlassen wurde. Puh. Ich muss ehrlich zugeben, mir wird etwas komisch bei dem Gedanken. Ich kann einfach nur hoffen, dass wir uns nicht wieder zufällig über den Weg laufen. Wer weiß, ob ich das nächste Zusammentreffen überleben würde. Schließlich hab ich ihr nicht nur das Herz gebrochen - ich bezweifle ja, dass sie je eins hatte - sondern war jetzt auch noch indirekt für ihren Gefängnisaufenthalt verantwortlich. Hoffentlich würde Wanja nie erfahren, dass Cora die Bullen gerufen hatte.

Kapitel 15

Am Abend sitze ich ungeduldig im Wohnzimmer und warte auf Dad. Er ist zwar schon zurück vom Arzt und seinem Spaziergang, aber Chloe macht noch ein paar Übungen mit ihm. Mum ist schon wieder nirgends in Sicht. Ich vermute sie bei Al oder ihrem Chef Titus. So lange arbeitet sie nämlich nicht. Das weiß ich, weil ich ein paar Mal aus Interesse in ihrem Büro angerufen habe, wenn sie erzählt hat, sie müsse länger arbeiten. Jedes Mal hieß es im Büro, dass sie eigentlich schon seit sechs Schluss hat. Sie würde ausrasten, wenn sie wüsste, dass ich das getan habe. Ist aber ihr Problem.

Chloe kommt die Treppe herunter und lächelt mich an.

«Dein Vater kommt gleich. Hast du einen Essenswunsch? Mr. White möchte Omlette.»

Ich nicke. «Ich schließ' mich an.»

«In Ordnung.» Mit einem Lächeln verschwindet sie in der Küche, um uns Essen zu machen. Eine gute Seele. Es dauert nicht lange, da kommt auch schon Dad mit dem Fahrstuhl runter und rollt zu mir an den Tisch. Den Familienesstisch. Den eckigen Birkentisch. Nicht an den runden Mahagonitisch..

«Guten Abend, Jasper», grüßt Dad mich. Ich nicke ihm nur zu. Da bin ich nicht ganz so förmlich. «Da ich nicht genau weiß, wo ich anfangen soll und was du alles wissen möchtest, fang doch einfach an. Ich werde versuchen dir alles so gut wie möglich zu beantworten.»

«Aye.» Ich ziehe den zerknitterten Zettel wieder aus meiner Hosentasche und schiebe ihn Dad rüber. «Hab alles aufgeschrieben. Damit ich nichts vergesse.»

Mit neugierigem Blick faltet mein Vater den Zettel auseinander. Ich hoffe, ich habe alle Fragen aufgeschrieben, die mir seitdem durch den Kopf gingen und wichtig erschienen.

Warum bin ich jedes Mal nackt?

Aus welchen Gründen teleportiere ich?

Wie kann ich das kontrollieren?

Bin ich jetzt sowas wie ein fucking Superheld?

Kann ich auch bis Japan oder Haiti teleportieren?

Gibt's Tipps und Tricks, mit denen ich was Cooles anstellen kann?

Wer ist dieser Typ, der wieder zurück ist und was will er von uns?

Welche Ausreden benutzt man so, wenn man mal gesehen wird?

Kann Jasper sich in meine Träume teleportieren und mir ein nasses Höschen bescheren?

«Von wem ist die letzte Frage?», erkundigt sich Dad.

«Cora.»

Ein Schmunzeln bildet sich auf seinen Lippen und er sieht zu mir herüber.

«Charmantes Mädchen. Na gut. Dann fange ich gleich mal mit ihrer und einer anderen Frage an und arbeite mich danach von vorne durch.» Er räuspert sich. «Richte ihr mein aufrichtiges Beileid aus. In Träume teleportieren ist leider nicht möglich. Das funktioniert natürlich nur in der Realität.» Gerade hat er noch gelächelt, doch davon ist im nächsten Moment nichts mehr zu sehen. «Dieser Typ, wie du ihn nennst, ist besser bekannt unter dem Namen: Der Gnom.» Ich runzle meine Stirn. Was für ein bescheuerter Superheldenname. Oder Superschurkenname. «Er ist der Sohn vom Piraten.» Aye. Natürlich. Wer sonst.

«Und warum hat der auch so `nen blöden Decknamen? Der muss doch noch ein Kind gewesen sein, als sein Vater starb», frage ich stirnrunzelnd.

Sein Name lässt auf jeden Fall darauf schließen, dass er ein Winzling ist. Wie Tyrion Lannister.

«Er war damals 16 und hat fleißig mit seinem Vater trainiert. Damit er später mit ihm zusammen arbeiten konnte, um die Kräfte anderer Genträger zu stehlen. Im Zuge dessen muss er sich diesen Namen gegeben haben.»

«Trainiert? Also hatte er seine Kräfte damals schon?»

Dad schüttelt den Kopf. «Soweit ich weiß nicht. Sie haben Kampfkunst trainiert. Du musst wissen, etliche Genträger trainieren fleißig oder haben früher trainiert, wenn sie mit ihren Kräften mehr anstellen wollten, als nur Alltagsgebrauch. Das Verbrechen bekämpfen oder selbst welche begehen. Damals waren die meisten aber auf der Seite der Polizei. Nachdem sich die Wandlung des Piraten herum gesprochen hat, gab es Leute, die gegen ihn angehen wollten. Und später gegen den Gnom, nachdem sein Vater gestorben ist. Er hat sich nämlich zum Ziel gesetzt, sich für den Tod seines Vaters bei uns zu rächen.»

«Hat er's getan?»

«Bisher nicht. Es kam einiges Unvorhergesehenes dazwischen. Allerdings befürchte ich, dass das jetzt ein Ende hat und er seine Rache nun vollziehen wollen wird.»

Verwirrt schüttle ich den Kopf. «Was kann denn bitte alles dazwischen kommen, damit man sich wie viele Jahre später endlich versucht zu rächen? Dreißig? Vierzig?»

«Nun… er wurde für tot erklärt.»

«Was? Und weshalb glaubst du dann, er sei wieder zurück?»

«Weil er uns eine Nachricht hat zu kommen lassen.»

Ich muss an das Gespräch zwischen Mum und Dad denken. Wie es aussieht muss meine Mutter diese Nachricht erhalten haben.

«Von vorne bitte. Warum wurde er überhaupt für tot erklärt?»

«Nachdem sein Vater starb, schwor er sich, wie bereits gesagt, Rache an uns. An mir eher gesagt, denn mein Vater ist ja mit seinem gestorben. Der Gnom war sehr jähzornig, musst du wissen. Er war schon immer ein wenig stur und eigensinnig und die Wandlung seines Vaters kam während seiner Pubertätszeit. Das hat ihn geprägt und seine schlechte Seite hervor heben lassen. Nachdem sein Vater starb, sind ein paar Synapsen in ihm durchgeknallt. Er hatte kein so leichtes Leben, musst du wissen. Als Kind sah er zu, wie seine Mum bei einem Hausbrand ums Leben kam, bevor er selbst gerettet werden konnte und entkam nur knapp einer Rauchvergiftung. Er und sein Vater haben damals kurz bei deinem Großvater gewohnt. Dort haben sie uns von dem Brand erzählt. Alles was sie hatten war weg und sie mussten von vorne anfangen. Unsere Familie hat ihnen dabei sehr geholfen. Aber als der Vater des Gnoms später starb, war er auch dabei. Genau wie ich. Wir sahen beide wie unsere Väter...» Dad bricht ab und ich fordere ihn nicht auf, das nochmal durchleben zu müssen. Stattdessen legt er eine kleine Redepause ein. In der Zeit kommt Chloe rein und bringt uns unser Omlette und jedem ein Bier. Als wir endlich essen, erzählt er weiter.

«Jedenfalls hatte er kein leichtes Leben und dass seine letzte Bezugsperson nun sterben musste, hat ihn wortwörtlich in den Wahnsinn getrieben. Ich musste damals die Gegend verlassen und auf der Suche nach mir, ist er über Leichen gegangen. Und das nicht im metaphorischen Sinne.» Er sieht mich eine Weile lang intensiv an. Vermutlich möchte er seine Worte auf mich wirken lassen. Und es klappt sowas von. Manchmal möchte ich ja auch gern ein paar Leute schwer verletzen. Aber ermorden? Ich glaub da hab ich aktuell noch so etwas wie eine Hemmschwelle. Wobei ich unter besonderen Umständen sicher Ausnahmen machen könnte. Sicher bin ich mir so hypothetisch aber nicht.

«Schließlich haben ein paar andere Genträger es geschafft, ihn auszuliefern und er wurde in die Psychiatrie eingewiesen», fährt Dad fort. «Dort hat er sich ein paar Jahre später das Leben genommen. Danach war Ruhe. Ich konnte wieder aus meiner kurzzeitigen Versenkung auftauchen und alles ging seinen normalen Gang weiter. Bis vor ein paar Tagen, als deine Mum seine Nachricht erhielt.»

«Hast du die hier? Kann ich sie sehen?»

Dad schüttelt den Kopf. «Sie ist oben auf meinem Zimmer. Der Brief wurde bei deiner Mutter im Büro abgegeben. Darin stand nur 'Es ist noch nicht vorbei.' Unterzeichnet hat er mit *Der Gnom*.»

«Und du bist sicher, dass es auch dieser Gnom ist und nicht irgendein Wichser, der denkt er könne euch damit erpressen oder Angst einjagen? Immerhin ist er ja angeblich tot.»

«Das dachten wir zunächst auch. Aber als ich nochmal in den Umschlag geschaut habe, entdeckte ich noch ein Foto von ihm. In seiner Heldenmontur. Darauf war das Datum von vor zehn Wochen.»

«Aber wenn er-»

«Ja, Jasper. Das dachte wir uns auch. Aber die eine Hälfte seines Gesichts war etwas vernarbt. Genauso wie die vom echten Gnom. Folgen des Brandes.»

Seufzend lehne ich mich zurück und muss mal wieder verdauen. Nicht nur das Omelette. Ich komme mir vor wie in einem aberwitzigen Superheldenroman und unsere Familie wurde gerade mal zum zentralen Gegenstand des Konflikts erklärt.

«Das ist doch alles absurd», murmle ich kopfschüttelnd. Gleich darauf spüre ich die Hand meines Vaters auf dem Oberarm.

«Absurd, ja. Aber leider wahr.»

«Und wie komm ich da jetzt ins Spiel? Ihr habt irgendetwas von Bestimmung gesagt.»

«Kurz bevor der Gnom gefasst wurde, haben sich meine Kräfte entfaltet. Er wollte mich nicht nur töten, natürlich wollte er auch meine Kräfte haben. Das Problem war nur, dass er seine noch nicht hatte.»

«Die da wäre?»

«Kräfteraub. Wie die seines Vaters. Es können immer nur die Kräfte von Generation zu Generation weitergegeben werden. Ein Formwandler und ein Teleporter könnten nur jeweils eine dieser beiden Kräfte weitergeben als Pärchen. Nie aber eine neue Kraft erzeugen.»

Ich nicke. Verstehe ich irgendwie. Ist ja immerhin anscheinend so eine Gen Sache.

«Der Gnom konnte meine Kräfte also nicht stehlen und mich nicht umbringen, bevor er in die geschlossene Anstalt wanderte. Und da er nun zurück ist...», fährt Dad fort und schaut mich bedauernd an. «... wird er nicht nur hinter mir her sein, sondern auch hinter dir, weil du jetzt unsere Kräfte hast. Mit meinen kann er ja nichts mehr anfangen.»

«Das klingt alles wie in einem furchtbar schlechten Film», seufze ich und schiebe meinen leeren Teller fort. «Jetzt braucht`s ein Bier.» Mein Vater lacht und wir öffnen unsere Biere, um darüber erstmal einen zu trinken. Schließlich deute ich auf die Liste.

«Okay. Also muss ich mich jetzt vor diesem Typen in Achtung nehmen.» Vielleicht sollte ich mir doch endlich mal wieder einen Fight Club suchen und meine Skills auffrischen. «Zeig mir am besten mal das Foto, damit ich gewappnet bin.» Ich tippe nochmal auf die Liste. «Jetzt aber weiter im Text. Ich brauche mehr Infos, wenn ich vor diesem Typen abhauen will... oder mit ihm kämpfen.» Da nehme ich wahr, dass ich mich gerade mehr oder weniger dazu bereit erklärt habe, den Familien Fight weiter zu kämpfen. Aber viel anderes bleibt mir wohl nicht übrig, wenn ich nicht sterben oder mich ewig verstecken will. Falls dieser Typ es tatsächlich auch auf mich abgesehen hat. Der Gnom. Ich schnaube. Lachhaft. Und wirklich super kreativ.

Mein Dad blickt auf die Liste und nickt. Dann fährt er fort: «Du bist immer nackt, weil das mit transportieren körperfremder Dinge Übung bedarf. Die du bisher nicht hattest.»

«Aye. Das erklärt so einiges.» Zumindest die ganzen letzten Momente in denen ich plötzlich nackt irgendwo aufgetaucht bin. «Ich dachte schon ich bin für immer dazu verdammt nackt zu reisen», grinse ich.

«Keine Sorge, das ist alles bloß eine Sache der Übung. Du willst gar nicht wissen, wie schockiert ich war als mir das das erste Mal passiert ist.»

Ich grinse. «Ich kann`s mir in etwa vorstellen.»

Mein Vater beugt sich über meine Liste und streicht die beantworteten Fragen durch.

«Weiter geht's», sagt er. «Du teleportierst aus eigenem Willen. In deinem Fall nicht ganz. Aber vermutlich hast du dir gewünscht, wo anders zu sein. Und da deine Fähigkeit mittlerweile ausgebrochen ist, bist du dementsprechend teleportiert. Auch das kann man aber üben. Das absichtliche Portieren und nicht aus Versehen irgendwohin zu springen.»

Ich denke nach. Bei Jean wollte ich so schnell wie möglich nichts wie weg. Im Killer auf der Toilette wollte ich mehr oder weniger zu Allie. Als ich nackt in der Stadt landete, wollte ich einfach nur weit weg von zu Hause. Auf der Party wollte ich mich nicht vor den Mädels blamieren und unbedingt auf diesen Baum. Puh. Ab sofort sollte ich erstmal vorsichtiger mit meinen Wünschen nach Örtlichkeiten umgehen. Zumindest so lange, bis ich den Dreh raus habe.

«Wie kann ich das denn kontrollieren?», frage ich und sehe, wie mein Vater eben diese Frage als nächstes von der Liste streicht. Chloe kommt herein und räumt den Tisch ab. Daher muss ich kurz auf meine nächste Antwort warten. Außerdem legt sie mir einen dicken Umschlag auf den Tisch.

«Das hat der Kurier vorhin gebracht», erklärt sie mir noch, bevor sie wieder verschwindet. Ich betrachte den Umschlag und lese den Absender, der mit feiner Handschrift darauf geschrieben wurde. Das ist mein Skript.

«Mit deinen Gedanken», redet mein Vater weiter, als Chloe wieder fort ist. «Du musst dich einfach darauf konzentrieren, wo du hin möchtest und vor allem dass du weg möchtest. Damit du nicht portierst, wenn es nur ein Wunschdenken ist. Genau dasselbe ist es mit deinen Klamotten. Du musst dir vorstellen, dass du deine Klamotten dabei an behältst. Als würdest du sie festhalten. Das gleiche gilt für alle Gegenstände an dir, die du mitnehmen möchtest. Oder Menschen. Die sind besonders knifflig. Anfangs ist das alles sehr schwer, aber irgendwann geht das in eine Automatie über. Du darfst nur nicht aufgeben.» Dad lächelt mich an. Ich verzweifle jetzt schon ein bisschen. Aber ich lasse ihn weiter reden. Er hat ja noch meine Liste. Als er wieder darauf guckt lacht er ein bisschen. Ich schiele rüber, um zu sehen, was so witzig ist. Ob ich jetzt so etwas wie ein fucking Superheld bin.

«Im Grunde hat sich nie jemand so genannt, den ich mit solchen Fähigkeiten kannte. Ich denke aber, dass man sich diesen Titel schon verdienen muss. Dein Großvater beispielsweise hätte ihn verdient. Oder die Menschen, die den Sohn des Piraten ausgeliefert haben.» Ich nicke, weil ich verstehe. Und ich stimme ihm damit zu.

«Teleportation ist nur in einem bestimmten Umkreis möglich», fährt er fort. «Wie genau das geregelt ist, konnten wir nie ganz heraus finden. Aber es ist nicht möglich, von hier aus damit in ein anderes Land zu reisen. Innerhalb Parondons müsste es aber auf jeden Fall ohne Einschränkungen möglich sein. Innerhalb mehrerer Kilometer eigentlich. Das hat in der Vergangenheit immer funktioniert. Und Ausreden brauchten wie nie. Wir haben uns einfach nicht erwischen lassen.» Er zwinkert.

Ich runzle die Stirn. «Aber ihr könnt ja nicht hellsehen. Wenn ihr irgendwo plötzlich auf dem Nichts auftaucht und da ist zufällig jemand in der Nähe!?»

«Deshalb teleportiert man sich nicht einfach auf eine Hauptstraße, sondern in eine Seitengasse. Am besten in eine Mülltonne, auf ein Dach oder eine Feuerleiter. Dort wird man nicht sofort entdeckt.»

«Na klasse», brummel ich. «Dafür stinkt man hinterher wie so `ne Müllhalde.»

«Das muss man in Kauf nehmen.»

«Oder sich etwas Besseres aussuchen.»

Dad beugt sich wieder vor und streicht eine weitere Frage durch. Nun haben wir die Liste fast abgearbeitet.

«Tipps und Tricks kann ich dir weder zeigen noch so richtig geben. Ich hab es tatsächlich nur gelernt, um es zu beherrschen, damit ich nicht wild durch die Gegend teleportiere. Alles darüber hinaus übersteigt meine persönliche Kenntnis. Mein Vater allerdings konnte sich in die Luft teleportieren. Sehr schnell, an viele verschiedene Stellen. Man könnte also auf eine gewisse Weise sagen, dass er geflogen ist. Aber eines kann ich dir mit auf den Weg geben: Halte dich beim Teleportieren vom Wasser fern.»

«Weil?», frage ich stirnrunzelnd.

«Es lähmt deine Kräfte. Beim Baden, im Regen oder beim Duschen verschwindet deine Kraft solange, bis du wieder trocken bist.»

«Wer denkt sich denn so etwas aus?», frage ich genervt und Dad schmunzelt.

«Das ist nun mal einfach so. Spritzt dich jemand nass, dann ist deine Kraft eingeschränkt. Bist du komplett nass, dann bist du komplett unfähig. Ein paar kleine Wasserspritzer allerdings machen einem nichts aus.» Dumme Sache. Aber gut zu wissen.

«Und wenn ich schwitze? Ist ja dann echt kacke im Sommer.»

Mein Vater lächelt etwas. «Keine Sorge. Körpereigene Flüssigkeiten beeinträchtigen einen nicht.»

Ich lehne mich im Stuhl zurück und starre an die Decke. Ich überlege, ob ich noch irgendetwas fragen könnte. Aber für den Moment bin ich durch. Mir fällt nichts mehr ein.

«Danke Dad», sage ich schließlich und lächle ein bisschen. «Das hilft mir enorm weiter. Ich dachte anfangs echt, ich hab irgendeine kranke Störung, die ihr mir verheimlicht. Was es ja irgendwie auch ein bisschen ist... `ne Störung.»

Mein Vater lächelt. «Du musst sie nicht einsetzen, wenn du sie nicht willst. Ich habe es schließlich auch sein lassen. Aber wenn der Gnom auftauchen sollte, wirst du nicht drum herum kommen. Es sei denn du willst abtauchen. Du solltest dich aber sehr bald entscheiden, was du tust. Gib mir Bescheid, wenn du eine Wahl getroffen hast. Egal wie deine Entscheidung ausfällt, ich werde dir so gut ich kann dabei helfen.»

Kapitel 16

Direkt nachdem mein Dad und ich uns für den Abend verabschiedet haben, bin ich auf mein Zimmer gegangen um zu üben. Ich wollte es so schnell wie möglich kontrollieren können. Und meine Entscheidung stand schon fest, bevor Dad sie mir überhaupt gestellt hat. Ich würde diesen Winzling von Gnom ruhigstellen.

Man könne ihn der Polizei aushändigen, habe ich vorgeschlagen. Immerhin hat er in der Vergangenheit genug Morde begangen, wie mein Vater erzählt hat. Allerdings hat er mich gleich darauf hingewiesen, dass Straftaten nach einer gewissen Zeit verjähren und diese Taten sind verjährt. Was sich nicht in meinen Schädel einbrennen kann. Mord ist Mord. Egal ob vor 30 Minuten oder vor 30 Jahren. Zumindest wenn er unberechtigt war. Das ist meine Ansicht. Aber die Polizei hier in Parondon ist eigentlich eh für den Arsch. Die kriegen nichts auf die Reihe, was wichtig ist. Strafzettel ausstellen können sie hingegen wie kein anderer.

Ich habe also geübt. Die halbe Nacht lang. Ich habe die Augen geschlossen, mich konzentriert. Mir die Orte vorgestellt, an die ich teleportieren möchte. Gefühlt zwei Stunden lang ist gar nichts passiert. Ich habe mich nicht mal einen Millimeter fort bewegt. Das war ziemlich deprimierend. Aber ich hatte mir vorgenommen, nicht aufzugeben. Selten bin ich so hartnäckig, aber dieses unkontrollierte durch die Gegend Springen, sollte endlich aufhören. Deshalb machte ich weiter und weiter. Irgendwann stellte ich mir vor, wie ich mich auflöse, komplett verschwinde und mich am Schreibtisch wieder materialisiere. Am Schreibtisch, direkt neben meinem Stuhl, am Schiebefach, in dem meine Kleingelddose steht. Ich denke an nichts anderes, als an diesen Ort und daran, wie ich mich fortbewege. Und mit einem Mal passierte es. Ich hab ich mich zum ersten Mal bewegt. Vom Bett zum Schreibtisch. Kein großer Sprung, aber immerhin! Und natürlich war ich nackt. Ich machte mir aber nicht die Mühe, mich wieder anzuziehen. Damit vergeudete ich nur Zeit. In meinem Ziel bestärkt, hab ich die Faust in die Luft gereckt und ein paar Freudenposen gemacht. Und danach ging es sofort weiter.

Üben, üben, üben.

Nachdem ich halbwegs heraus hatte wie das Teleportieren funktioniert, lief es auch ganz gut. Ich legte nur kleine Strecken innerhalb des Hauses zurück. Aber gegen vier Uhr morgens hatte ich das Gefühl, dass kleine Distanzen schon mal ganz gut liefen.

Auch wenn ich noch nicht zielsicher war. Als ich ins Badezimmer wollte, landete ich direkt auf der Toilette. Auf dem Weg ins Wohnzimmer stand ich plötzlich auf der untersten Treppenstufe vor dem Wohnzimmer. Und als ich versuchte ins Foyer zu teleportieren, stand ich plötzlich nackt vor meiner Mum, die sich ins Haus schlich. Vor lauter Schock hat sie mich nicht mal angefahren, was ich hier mitten in der Nacht nackt an der Haustür zu suchen habe. Vielleicht war es ihr auch selbst unangenehm. Weil ich sie erwischt habe, wie sie sich spät nachts nach Hause schleicht.

Danach war ich so müde, dass ich mich erstmal ins Bett gehauen habe. Immerhin würde ich jetzt hoffentlich nicht mehr so unkontrolliert springen.

Am nächsten Tag treffe ich mich am frühen Abend mit Cora im Killer, das für heute gerade erst geöffnet hat. Ist ein bisschen komisch hier zu sein und zu wissen, dass Joe später nicht hinzu stoßen wird. Ich bringe Cora erstmal auf den neusten Stand und fasse zusammen, was mein Dad mir erzählt hat, sowie das, was ich gestern in den Nachrichten gehört habe. Über Joe und Wanja. Cora nickt.

«Als das mit Wanja kam, habe ich auch gerade eingeschaltet. Ich wollte dir eigentlich schreiben, aber dann hat Allie mich abgelenkt.» Sie lächelt hinüber zur Bar und winkt Allie grinsend zu. Diese winkt zurück und schickt ihr eine Kusshand rüber. Ich wäre zu gern mal Bettmilbe, wenn die zwei sich treffen. Dann winkt Allie auch mir und ich nicke zurück.

«Und das mit Joe ist echt krass. Ich hab voll das schlechte Gewissen. Hatte ich ja so schon vorher, aber jetzt? Ich meine jemand hat ihm Drogen untergemischt! Wer weiß, wie viel das war. Er hat doch gar nichts vertragen.» Ich lege meine Hand auf Coras Arm, da sie wild herum gestikuliert und ich ahne, dass sie gleich wieder heulen könnte.

«Er ist ein erwachsener Mann. War. Er konnte schon selbst auf sich aufpassen. Und selbst wenn das in unserer Gegenwart passiert wäre, hätten wir das vermutlich kaum wahrgenommen. Es war zu viel los», versuche ich sie zu beruhigen. Doch sie schüttelt den Kopf.

«Soll das jetzt unsere Ausrede sein?»

«Natürlich nicht. Aber es ist nun mal passiert und wir können es nicht rückgängig machen, Cora. Sich jetzt fertig zu machen, ist auch keine Lösung.»

Sie atmet tief durch und sackt etwas in sich zusammen. Wir schweigen einen Moment, in dem ich von meinem Bier trinke. Dann kommt Allie rüber und setzt sich neben Cora, der sie einen Kuss auf die Wange gibt.

«Hi ihr zwei Süßen! Alles fit?» Wir nicken stumm. Sie stupst erst Cora, dann mir in die Seite und zieht mit ihren Fingern ihre Mundwinkel in die Höhe. «Ihr seid in einem Stripclub, nicht bei einer schlechten Comedy Show.» Sie zwinkert uns zu und schafft es, dass wir beide zumindest die Mundwinkel anheben. «Na, das sieht doch schon besser aus. Und jetzt mal zu dir, du Microman.»

«Mikroheld!», korrigiert Cora. Allie winkt ab.

«Also das sind jetzt so richtige Superkräfte die du da hast und wir waren einfach nicht nur so dermaßen steif, dass wir uns das eingebildet haben?» Neugierig schaut sie mich an und ich lege sofort meinen Finger an die Lippen.

«Brüll das nicht so herum. Das geht keinen außer uns etwas an.»

Cora hatte mir heute per WhatsApp gestanden, dass sie sich bei Allie verplappert hat. Begeistert war ich natürlich nicht, denn selbst wenn ich Allie mochte, musste nicht jeder da mit rein gezogen werden. Die neuesten Entwicklungen kennt sie jedoch noch nicht. Aber vermutlich weiß sie bisher auch erstmal mehr als genug. Ich hab es ja nicht für möglich gehalten, dass sie das überhaupt glaubt. Aber wie es jetzt aussieht, tut sie das tatsächlich.

«Und was machst du jetzt damit? So Alltagsgebrauch oder willst du losziehen und den nächtlichen Rächer der Unterdrückten spielen?» Allie wirkt ganz aufgedreht und grinst unentwegt. Anscheinend findet sie das furchtbar aufregend. «Ich finde das so aufregend!», sagt sie und klatscht in die Hände.

«Erstmal muss ich üben. Damit ich dort lande, wo ich hin will. Und zwar angezogen.»

«Ohje. Vielleicht können wir ja mit dir üben? Wir können ja immer mit einem Beutel voll Klamotten dort warten, wo du hin willst, damit du zur Not etwas zu Anziehen hast», schlägt Allie fröhlich vor. Cora und ich schauen auf.

«Klingt gar nicht so schlecht», muss ich zugeben. «Dann muss ich wenigstens nicht jedes Mal zusehen, wie ich ohne Klamotten, Geld und Haustürschlüssel wieder Heim komme.»

«Und wenn du dann Verbrechen bekämpfst, brauchst du noch einen Superheldenanzug und einen Superheldennamen!»

Stirnrunzelnd schaue ich Allie an. «Hab ich je behauptet, dass ich ein Superheld sein und Verbrechen bekämpfen will?»

«Hm», macht Allie und sieht mich nachdenklich an. «Was macht man denn sonst damit, wenn man Superkräfte hat? Willst du den Menschen nicht helfen?»

«Warum sollte ich? Mir hilft auch keiner einfach so. Als ich nackt und ohne alles auf der Straße war, wurde ich nicht gefragt, wie's mir geht, ob man mir helfen kann und ob etwas passiert sei. Im Gegenteil, ich wurde angegafft, gefilmt und bei der Polizei angeschwärzt.»

Cora stimmt mir nickend zu und Allie seufzt.

«Allie, beweg deinen Arsch hinter die Theke!», ruft Rupert. Kurze Erinnerung: Der Besitzer des Killers. Er lässt sich selten blicken. Aber natürlich genau jetzt, wo Allie sich mal zu uns gesellt hat. Ist ja nicht so, dass der Laden um diese Uhrzeit schon boomen würde. Außer uns ist nur ein alter Sack hier, bei dem man denken könnte, er hätte kein zu Hause.

Allie steht Augen rollend auf. «Wir sehen uns später.»
Dann ist sie wieder hinter der Theke und darf sich was von
ihrem Boss anhören.

«Du musst ja keine Verbrechen bekämpfen, aber...», setzt
Cora an und schaut mich dabei etwas nachdenklich an.
«Sicher könntest du damit die ein oder andere Rechnung
begleichen.»

Lange schaue ich Cora einfach nur stumm an, dann fange
ich an zu lachen und klopfe ihr auf die Schulter. «Du bist echt
die Beste, Cora!» Ich lache weiter.

«Was? Ich mein das ernst! Dieser Typ aus der Schule
damals, Wendall! Der uns immer so fertig gemacht hat. Der
hätte `ne schöne Abreibung verdient. Oder derjenige, der Joe
die Drogen untergemischt hat. Wenn wir wüssten wer es ist.
Oder dieser Kerl, der dir für 100PD das falsche Gras vertickt
hat.» Dann wird sie etwas ernster und murmelt: «Oder Rudy.»

Einen Moment lang denke ich nach, doch dann nicke ich
schließlich. «Klingt nach `nem Plan. Vielleicht nehme ich
sowas mal zur Übung in Angriff, sobald ich das Teleportieren
besser beherrsche. Hab letzte Nacht schon geübt und kann
jetzt immerhin halbwegs gezielt kleinere Distanzen
zurücklegen.»

«Wie weit ist klein?»

«Innerhalb des Hauses.»

Cora nickt. «Das ist doch schon mal was. Vielleicht sollten wir das mit dem nackt Teleportieren auch erstmal auf drinnen beschränken und später nach draußen verlegen. Sobald du das halbwegs hinbekommst.»

«Machen wir so», stimme ich zu.

«Wann?»

«Morgen?» Ich stimme mit einem Nicken zu und sehe zu Allie hinüber, die gerade Gläser poliert. Heißes Stück.

«Erzähl Allie aber erstmal nichts mehr, okay? Nicht, dass ich sie nicht mag, aber je weniger sie weiß, desto sicherer ist sie, falls sie sich doch mal verplappern sollte. Wer weiß, wo dieser Typ seine Schergen hat.»

«Ach, an Allies Sicherheit denkst du, an meine aber nicht. Danke auch.» Cora zwinkert mir zu. «Nein, ich schon okay. Ich hätte dich ja eh so lange genervt oder notfalls mit Sex mit mir bestochen, bis du mir alles erzählt hättest», grinst sie. «Ich will dir ja auch helfen und während du dich auf diesen Zwerg vorbereitest, kann ich ja Recherchearbeit leisten oder so. Ich bin ganz gut mit dem Archivar der Parondon Times für die ich manchmal knipse. Vielleicht kann er mir ja helfen, etwas über den Gnom heraus zu finden. Ob es doch irgendwie noch Berichte über ihn nach seinem Tod gab. Ob er gesichtet wurde.» Sie zuckt mit den Schultern und leert ihr Bier. «Hast du einen richtigen Namen? Wäre ganz hilfreich.»

«Ich frage meinen Vater nachher nochmal und sims ihn dir rüber.»

«Okay. Falls er's nicht weiß, wird dann eben das meine erste Aufgabe. Seinen richtigen Namen heraus zu finden.»

Die kommenden Tage vergehen ziemlich schnell. So fleißig wie in denen, war ich zuletzt im Training mit Wanja. Jeden Tag heißt es entweder Text für meine kommende Rolle lernen, Teleportieren üben oder im Fight Club trainieren. Ich habe es nämlich endlich auf die Reihe bekommen, mir einen neuen zu suchen und das Training wieder aufzunehmen. Sollte ich diesem Winzling von Gnom je gegenüberstehen, will ich mich anständig verteidigen können.

Cora ist jede freie Minute bei mir, spielt meinen Gegenpart im Skript und wartet mit Klamotten an meinen Zielorten. Sie hat sogar Allie für die Übungen suspendiert. Zumindest die, die drinnen stattfinden. Ich habe zwar einen sehr ansehnlichen Körper, aber sie müsse mich ja nicht die ganze Zeit nackt sehen. Es reicht, wenn sie, Cora, sich das antun muss.

Als wir betrunken sind, probieren wir sogar aus, ob ich es schaffe mich und meinen Penis in sie hinein zu portieren, aber das klappt nur mäßig. Ich lande zwar immer auf ihr, aber nicht in ihr. Also haben wir es auf dem herkömmlichen Weg getrieben. Lange war es her.

Nach nur drei Tagen bin ich soweit. Ich lande sicher an den von mir angepeilten Orten, portiere nur ein Mal aus Versehen - ich musste wahnsinnig dringend aufs Klo, während des Trainings - und komme zumindest am letzten Tag jedes Mal komplett angezogen an. Jetzt, wo ich weiß wie es geht, ist es auch nur noch halb so schwer. Es ist wie mit dem Teleportieren von Ort zu Ort. Man muss sich einfach alles nur ganze genau vorstellen. Jede Klamotte die man trägt. Je weniger man an hat, desto leichter wird es also.

Das Mitnehmen meiner Wertgegenstände muss ich zwar noch üben, aber wir können unser Training endlich nach draußen verlegen. Allie ist ziemlich erfreut darüber, denn sie möchte endlich live dabei sein, wenn ich *appariere*.

Jedenfalls läuft es draußen auf größere Distanzen auch recht gut. Es dauert weitere drei Tage bis ich den Dreh dort richtig raus habe und sogar schnell von Ort zu Ort portieren kann. In einem Moment bin ich in einer Seitengasse, im nächsten auf dem Dach des schräg gegenüberliegenden Hauses und nur drei Sekunden später stehe ich hinter Allie, die sich fast zu Tode erschreckt,weil sie damit nicht gerechnet hat, dann aber doch lacht.

«Das ist der Wahnsinn!», ruft sie und Cora stimmt ihr eifrig zu.

«Ja, total abgefahren. Ich beneide dich echt um diese Fähigkeit. Versuch`s mal in der Luft.»

«Aber pass bloß auf und zermatsch deinen Kopf nicht.»

Danke Allie. Sehr hilfreich.

Ich mache mich also an den nächsten Schritt. Erstmal nur kleine Höhen, später immer höher und höher, bis ich sogar oberhalb des Daches in der Luft lande. So langsam habe ich den Dreh echt raus und es macht sogar richtig Spaß. Ich kann einfach nicht verstehen, dass Dad darauf freiwillig verzichtet hat. Oder gezwungenermaßen, wenn ich da an Mums Erpressungsversuche denke. Allerdings ist er daran selbst schuld. Man lässt sich doch nicht mit so etwas erpressen. Erst recht nicht von seinem Partner, der einen angeblich liebt. Damals zumindest noch.

«Ich glaube, du bist dann soweit.»

«Wofür?», fragen Cora und ich gleichzeitig als ich zwischen den den beiden aus dem Nichts auftauche. Allie erschreckt sich wieder und boxt mir lachend auf den Oberarm.

«Mach das nicht immer!» Dann öffnet sie ihre Handtasche. Neugierig schauen wir zu, wie sie etwas kleines, knall Orangenes heraus zieht. Als sie es entfaltet, schwant mir Übles.

«Sag nicht-», setze ich an, doch Cora unterbricht mich.

«- das ist ein Superhelden Dress! Wie cool! Wo hast du das denn her?»

«Online gekauft. Bei Panazon.»

«Jetzt sagt doch nicht immer Superheld dazu! Und mal ganz im Ernst: Ich zieh' doch so einen hässlichen Latexfummel nicht an.» Ich deute auf den knall orangenen Latexanzug, der garantiert hauteng anliegt. Potthässlich und sowas von unmännlich.

«Jetzt hab dich nicht so und probier ihn doch erstmal an.» Allie drückt mir den Anzug an die Brust und reflexartig nehme ich ihn in die Hand.

«Jetzt bedank dich doch mal bei Allie!» Cora sticht mit mir ihrem Finger in die Seite. Ich teleportiere mich zwischen den beiden weg. Wird mir gerade zu viel dort. Sie drehen sich sofort zu mir um als sie mich hinter sich reden hören.

«Wenn es wenigstens was Cooles wäre. Sowas wie Kickass hat oder Deadpool. Deadpool hat ein echt cooles Dress! Aber das hier... damit steche ich doch sofort jedem ins Auge. Da is`nichts mit unauffällig bleiben. Bald hält mich ganz Parondon für den größten Spinner.»

«Du sollst damit ja auch nicht tagsüber und offensichtlich damit durch die Straßen marschieren!» Cora klingt jetzt etwas genervt. «Das Teil ist super praktisch. Wenn das so eng anliegt, kannst du damit sicher noch leichter portieren.» Okay. Das ist vielleicht ein Argument. Das werde ich jetzt aber nicht zugeben. Denn mehr Vorteile gibt es daran auch nicht.

«Tut mir leid. Sie hatten nur noch die Farbe. Na gut und schwarz. Aber schwarz ist doch super langweilig!» Sie drückt mir noch einen kleinen Stofffetzen in die Hand. Es entpuppt sich als schwarze Augemaske.

«Schwarz wäre super gewesen. Vor allem nicht so auffällig!», meckere ich.

Cora boxt mir gegen den Oberarm und schaut mich grimmig an. «Du kannst echt so furchtbar undankbar sein. Denk doch mal an Hulk, Captain America oder Ironman. Waren deren Kostüme etwa unauffällig?»

«Das kannst du doch damit nicht vergleichen! Das sind konzipierte Helden in einer fiktiven Welt in der Superhelden überall bekannt sind und durch ihre Kostümierung unter anderem hervor stechen. Das ist etwas komplett anderes. Das hier ist die Realität, Cora. Kein Heldencomic.»

«Mach doch nicht immer alles gleich schlecht und versuche wenigstens mal, das ein bisschen positiv zu sehen.»

«Wow», schaltet Allie sich wieder ein und pustet laut Luft aus, mit der sie vorher ihre Wangen aufgeblasen hat. «Hätte ich gewusst, was ich mit diesem Geschenk anrichte, dann hätte ich es lieber sein lassen.» Sie lacht etwas verunsichert.

«Ja, wäre besser gewesen», grummle ich und handle mir wieder einen Fausthieb von Cora ein. Ich bin ja nicht so empfindlich, aber wenn einem drei Mal nacheinander auf dieselbe Stelle geschlagen wird, merkt man es doch langsam.

«Nimm es halt erstmal mit und schlaf eine Nacht drüber», lächelt Allie mich an. «Okay? Vielleicht überlegst du es dir ja noch anders. Wenn nicht, dann halt nicht. War nicht so teuer.»

Skeptisch starre ich das knallige Latexteil in meiner Hand an und falte es unordentlich zusammen. Ganz sicher werde ich darin niemals herumlaufen.

Kapitel 17

Ein riesiger, braun gebrannter Hühne klopft mir zum Gruß auf den Rücken als ich den Fight Club betrete. Jeremy, einer der Jungs, die damals mit mir in dem alten Fight Club waren. Soweit ich gehört habe, hat der mittlerweile zu gemacht und jeder der Jungs hat sich etwas Neues gesucht. Als ich Jer beim ersten Mal hier sah, wollte ich schon wieder rückwärts raus und den nächsten Club aufsuchen. Aber ich war zu langsam. Er hat mich auch entdeckt und lauthals durch den Raum gebrüllt: «Ich glaub's nicht! Jasper du alte Sparte! Willkommen, mann!» Dann kam er auf mich zu, hat mich männlich umarmt und ausgefragt, ob ich damals eins von Wanjas Opfern war, weil ich nicht mehr aufgetaucht bin und die Jungs hätten sich Sorgen gemacht. Dass ich nicht mehr aufgetaucht bin, weil ich dachte, ich werde deshalb ausgelacht, hab ich mal verschwiegen. Seine Aussage war mir Info genug, deshalb habe ich dankbar gelächelt. Vielleicht sollte ich manchmal alles nicht so eng sehen und nicht immer so viel Stolz haben. Abgesehen von diesem orangenen Latexanzug!

Beim Training heute gebe ich wieder alles und bitte Jeremy hinterher, mit mir in den Ring zu steigen und einen echten Kampf zu simulieren.

«Man könnte glatt meinen, dir steht der Kampf des Jahres bevor, so hart wie du rangehst, seit du wieder da bist», lacht er, sagt aber zu. Also steigen wir in den Ring. Einer der anderen Jungs macht den Ringrichter. «Aber du warst ja immer schon ein bisschen bekloppt. Zumindest im Training mit Wanja», fügt er hinzu als wir uns gegenüberstehen. Er zieht seine Boxhandschuhe an und ich schüttle den Kopf.

«Nein, nein! Keine Boxhandschuhe, das Tape reicht. Ich will die volle Breitseite.»

«Sicher?» Jer sieht mich irritiert an, fängt dann aber wieder an zu lachen. «Genauso bekloppt wie früher. Wie du willst, mann. Aber du ziehst deine an. Meine Freundin macht mir die Hölle heiß, wenn ich heute mit einem blauen Auge Heim komme. Ihre Schwester heiratet nämlich morgen.» Ich nehme meine Boxhandschuhe vom Hals und ziehe sie mir über. Auf den Zahnschutz will ich lieber auch nicht verzichten.

«Mit Kicken und Allem. Nicht zu lasch boxen, klar?», versichere ich mich nochmal. Jeremy runzelt zwar die Stirn, zuckt dann aber mit den Schultern und meint: «Wie du willst, mann.»

Ich muss ihn zwar noch zwei Mal daran erinnern, dass er richtig zu schlagen und treten soll, aber dann kommen wir langsam in Fahrt. Er vermöbelt mich. Ich vermöble ihn. Aber alles in allem bin ich sehr zufrieden mit meiner Leistung. Nach nur einer Woche jeden Tag trainieren habe ich fast meine alte

Form zurück. Nicht die Ausdauer, aber immerhin die Wendigkeit und und mein Geschick. Zu wissen, wann ich wohin treten und ausweichen muss.

«Du bist fast wieder der Alte, mann», stellt auch Jer fest und reicht mir kumpelhaft die Hand. «Netter Kampf, danke.»

«Ich hab zu danken», erwidere ich und hebe erschöpft grinsend die Hand.

«Verrätst du mir noch, warum du so mit Eifer dabei bist?»

«Ich hab demnächst ʼn Casting für so ʼnen Boxfilm. Die Bewerber sollen möglichst nicht unerfahren sein und da dachte ich mir, trainiere ich nochmal ordentlich», sauge ich mir schnell eine Lüge aus den Fingern. Jer sieht mich aus großen Augen an.

«Du bist ja ehrgeizig, mann. Respekt und viel Erfolg beim Casting.»

Kapitel 18

Zwei Abende später stehe ich vor dem Spiegel und schaue Cora durch diesen finster an. Sie grinst breit zurück und reckt beide Daumen in die Luft.

«Du bist unglaublich sexy», grinst sie, schnalzt mit der Zunge und unterdrückt ganz eindeutig ein Lachen. Gerade würde ich ihr so richtig gern mal in die Fresse schlagen.

«Du musst ja auch nicht wie ein knall orangenes Riesenkondom rumlaufen.»

Ja, ich weiß. Ich habe gesagt ich werde dieses Teil niemals anziehen und ja, ich habe mich verraten. Mich und die gesamte Männerwelt. Aber Dad hat mir tatsächlich zu einem Ganzkörperanzug geraten, da das Teleportieren so viel leichter ist, weil es weniger Konzentration braucht. Je weniger ich mit mir herum portiere, desto leichter wird es. Außerdem habe ich mich online nach etwas Neuem umgesehen und es gibt wirklich nichts, was nicht irgendwie nach Domina und Sklave aussieht. Dieser Anzug war das einzig halbwegs normal Aussehende, das ich online finden konnte. Und die schwarze Variante war leider nicht mehr verfügbar. Deshalb stehe ich jetzt hier. In orangenem Latex. Je öfter ich es sage, desto lächerlicher klingt es. Jedenfalls trage ich das jetzt halt so lange, bis es schwarz wieder gibt. Oder bis ich online doch noch auf etwas Besseres stoße. Heute Nacht gehe ich nämlich auf die besagte Streife, die Cora mir damals vorgeschlagen hat. Ich weiß auch schon, wen ich mir heute vorknöpfe. Und dabei muss ich nicht unbedingt erkannt werden. Außerdem verwirrt es die Leute vielleicht, wenn da ein kostümierter Freak aufschlägt, statt eines klassischen Verbrechers mit Strumpfmaske.

«Es betont jeden Muskel deines Körpers und jede Frau kann sofort sehen, wenn du geil auf sie bist. Ein besseres Fick-mich-Zeichen gibt's doch nicht», grinst Cora. Ich blicke an mir runter und grinse nun ebenfalls.

«Tja, dann muss ich dich enttäuschen. Auf dich bin ich wohl gerade nicht scharf.» Lachend zeigt sie mir ihren Mittelfinger und kommt auf mich zu. Die Finger wie zu einem Fenster geformt, legt sie mir diese an die Brust.

«Vielleicht sollten wir ein Loch da rein schneiden, damit man dein nettes Tattoo sieht. Dann könntest du dich Pimmel-Man nennen.» Es ist primitiv. Aber ich finde es lustig und lache.

«Das wird ja immer seriöser», feixe ich und drehe mich einmal um mich selbst. «Irgendetwas fehlt noch. Damit ich nicht ganz so lächerlich aussehe.»

«Ein Accessoire vielleicht?», schlägt Cora vor. Sie legt ihre Finger ans Kinn und blickt mich nachdenklich an. Ihr Blick scannt mich von oben bis unten ab. «Man könnte dir Waffen geben. Keine echten vielleicht, aber-»

«Und wieso keine echten?»

«Weil die Bullen dich sofort in den Knast stecken, wenn sie dich doch mal erwischen!»

«Ach und wenn dieser Knirps irgendwann vor mir steht und meine Kräfte klauen oder mich abmurksen will, soll ich mit der Spielzeugkanone auf ihn zielen oder was?»

«Es gibt doch nicht nur solche Waffen, du Blödkopf», stöhnt sie. «Es gibt ja auch noch so etwas wie...» Sie fuchtelt wild und überlegend mit den Händen in der Gegend herum. «Nunchakus! Wurfsterne oder diese Stöcke. Das sieht cool aus und kann zur Not als Waffe verwendet werden. Natürlich müsstest du damit erstmal üben.»

«Mit dem Stock meinst du einen Bo.» Ich denke kurz nach. Wanja hat auch das mit mir mal geübt. Nicht sehr lange und ich bin auch kein Profi darin gewesen, aber immerhin habe ich darin schon etwas Erfahrung. Ich blicke wieder in den Spiegel und versuche mir vorzustellen, wie das aussieht mit so einem Bo auf dem Rücken. Viel besser bestimmt. Wie Donatello von den Turtles.

«Am besten wäre ein Bo. Ich weiß nicht, ob das mit den Nunchakus und den Wurfsternen so wirklich legal wäre. Dann könnte ich theoretisch auschKnarren nehmen. Weißte?»

Cora lacht ein bisschen. «Als ob du immer der bravste Bürger von Parondon bist.»

«Ja trotzdem. Nachher töte ich mich mit den Dingern noch selbst. Aber wenn ich den Bo nehme, dann muss ich das mit dem Gegenstände Teleportieren nochmal üben.»

«Das kriegst du schon hin. Du bist doch schon ziemlich gut darin. Bei mir schräg gegenüber ist so`n Laden in dem man so etwas bekommt. Ich kann ja mal schauen.»

«Nope. Ich bestelle online. Dann ist es anonymer. Wenn da plötzlich jemand mit `nem Bo durch die Stadt rennt und vielleicht Leute damit verprügelt, fällt das schon auf. Wird ja sicher nicht jeden Tag gekauft.»

Cora zuckt mit den Schultern. «Wie du meinst. Jetzt lass uns erstmal los ziehen.»

«Uns? Du bleibst schön hier! Ich kann da nicht noch auf dich aufpassen.»

«Ja, ja, okay. Wie du meinst. Aber berichte mir und mach Fotos!»

«Natürlich. Ich mach `n Selfie mit Rudy», antworte ich augenrollend und teleportiere mich fort.

Da bin ich also. Auf meiner ersten Streife. Ein bisschen Schiss hab ich schon. Kennt ihr Kickass? Der wurde richtig ordentlich fertig gemacht beim ersten Mal. Fast erstochen hat man den. Oh, hab ich jetzt gespoilert? Ups.

Das war jedenfalls ein ganz einfacher und stinknormaler Typ, der mal losgezogen ist, um nett zu den Leuten zu sein.

Tja, mein Glück dass ich im Gegensatz zu ihm wenigstens durch die Gegend springen kann. Und dass ich nicht nett sein will. Trotzdem hab ich Schiss. Ganz ehrlich. Alles was ich kann ist teleportieren - klappt mit diesem Anzug leider wirklich gut - und ein bisschen Treten und Boxen. Na gut, ein bisschen mehr. Aber gegen eine Knarre oder ein Messer kann ich nicht viel ausrichten. Vielleicht sollte ich mir Rudy später vornehmen und doch mit jemandem Softeren anfangen. Rudy versteht nämlich keine Späße und auf Racheaktionen steht er auch nicht so. Außerdem kann er einigermaßen gut mit Waffen umgehen und hat immer seinen persönlichen Bodyguard dabei. Ein riesiger Hühne. Größer als Jeremy. Ich schätze ihn mal auf zwei Meter in der der Höhe. Mindestens einen in der Breite. Wenn der einmal zuschlägt, dann auf Wiedersehen Bewusstsein.

Was dieser Rudy gemacht hat, dass ich ihn mir vornehmen will, fragt ihr euch jetzt sicher.

Er hat Cora ganz mies behandelt. Bevor sie ihr gelegentliches Koks bei Noel bezogen hat, war sie bei Rudy Kundin. Er war immer freundlich zu ihr. Zumindest solange sie brav bei ihm gekauft und bezahlt hat. Irgendwann drangen da aber Gerüchte an unsere Ohren. Manche Kunden konnten nicht zahlen und mussten für ihn anschaffen gehen. Ihnen wurden Rippen gebrochen als Warnung. Das Krasseste was wir gehört haben war, dass er jemandem angeblich großzügig etwas geschenkt, aber irgendein ätzendes Pulver mit rein gemischt hat, sodass dem Opfer die Nase von innen zerfressen wurde. Cora wollte aus Angst weg von ihm und hatte bereits Noel kennen gelernt, der als sehr kulant und verständnisvoll im Umgang mit seinen Kunden bekannt war. Nur das Wechseln zu ihm war nicht so einfach. Cora hatte versucht, Rudy zu erklären, dass sie aufhören wolle zu Koksen und nur deshalb nicht mehr bei ihm bestellen wolle. Er hat zwar den Verständnisvollen gespielt, aber ein paar Stunden später lauerte ihr sein Bodyguard auf und prügelte sie windelweich. Eine wehrlose Frau! Als sie mir später davon berichtete, war ich so voller Hass auf diesen Kerl. Am liebsten hätte ich ihn persönlich und sofort ins Krankenhaus befördert, aber ich wusste, dass ich gegen ihn und seinen Bodyguard keine Chance hatte. Also habe ich ihm späte Rache geschworen.

Kapitel 19

Ich teleportiere heute also lieber erst einmal woanders hin.
Rudy folgt später. Wenn ich Übung habe. Gerade habe ich
mich entschieden, mich an Wendall zu vergreifen. Zufällig
weiß ich wo er arbeitet. Er ist nämlich mittlerweile Chef der
Parondon Bank. Die größte Bank der Stadt und daher ziemlich
bekannt. Das Leben spielt manchmal echt mies. In der Schule
immer der Obermacker und später dann auch noch
berufsmäßig Obermacker. Ich hätte ihm gewünscht, dass er
als Penner in der Gosse landet oder Bahnhofsklos schrubben
muss.

Ich portiere also zur Parondon Bank, in der Hoffnung, dass
Wendall noch am Arbeiten ist um diese Zeit. Ich habe
zumindest insofern Glück, dass in ein paar Fenstern noch
Licht brennt. Von meiner Seitengasse aus teleportiere ich
hinauf auf eine der außen angebrachten Fensterbänke. Puh.
Runterschauen sollte man wirklich nicht. Da kriegt man einen
totalen Schwindelanfall. Ich bemühe mich daher, nur durchs
Fenster zu schauen und halte mich links und rechts an den
Wänden fest. Durchs Fenster erkenne ich einen leeren
Schreibtischstuhl, der etwas schräg zum dazugehörigen Tisch
steht. Auf dem Tisch liegen Kulis und Aktenordner verteilt.
Darunter irgendwelche Papiere und eine Schachtel Kippen.
Ohja. Eine rauchen könnte ich jetzt auch. In letzter Zeit bin ich

viel zu wenig dazu gekommen. Wenn das so weitergeht werde ich noch zum Nichtraucher. Stumm lache ich über meinen Witz und schaue wieder hinein. Nichtraucher. Ich. Na klar.

Ah. Da ist jemand. Am Schrank. Ein Mann im Anzug. Ich erkenne ihn erst als er sich umdreht. Oder eher gesagt, erkenne ihn nicht. Das ist nicht Wendall. Definitiv nicht. Also auf zum nächsten Fenster. Das liegt noch etwas höher als das eben. Bloß nicht runterschauen, mahne ich mich! Und da sehe ich ihn sofort. Wendall. Er sieht fast aus wie eh und je. Die schwarzen Haare bis zum Nacken glatt nach hinten gegelt, sein Gesicht eingefallen und dünn wie das eines Drogenopfers. Seine nichts sagenden Glubschaugen starren auf eine Zeitschrift. Irgend so ein Finanzzeug vermute ich. Wenigstens hat er sich die Monobraue zurecht gezupft, seitdem er in die Öffentlichkeit getreten ist.

Ich versichere mich, dass er in seine Zeitschrift vertieft ist und portiere mich hinter ihn. Dabei entdecke ich, dass es sich um eine abgegriffene Ausgabe des Hustlers handelt. Nette Frauen, aber leider widert mich der Gedanke daran, dass er darauf abwichst, so an, dass ich gerade keinen hoch kriegen könnte. Hinter ihm mache ich ein paar anzügliche Hüftbewegungen und bereue es, dass ich mein Handy nicht mitgenommen habe, um Cora ein Video davon zu schicken. So macht es nur halb so viel Spaß. Deshalb lasse ich es wieder sein und beuge mich stattdessen leicht über seine rechte Schulter, falte die Hände hinter meinem Rücken zusammen und schaue gespielt neugierig in sein Schmierheftchen.

«Guter Geschmack», grinse ich. Wie aus allen Wolken gefallen, zuckt Wendall zusammen, schlägt das Heft zu und steht mit einem Satz auf beiden Füßen.

Geschockt starrt er in meine von der Maske umrundeten Augen und erinnert mich an meinen lächerlichen Aufzug, in dem er schallend anfängt zu lachen.

«Was bist du denn für ein Kürbisdepp?» Lachend deutet er auf mich und ich gebe mir Mühe, tief ein zu atmen und bis zehn zu zählen. Eins, zwei- ach, scheiß drauf.

«Microman», sage ich aus irgendeiner Intention heraus und bereue es nur ein klitzekleines bisschen. «Microman, nicht Kürbisdepp.» Ich setze mein freundlichstes, gespieltes Lächeln auf. Wendall lacht immer noch und schaut mich von oben bis unten an.

«Das macht`s nicht besser», presst er zwischen seinen Lachern hervor.

Was jetzt im Folgenden passiert, sind übrigens alles nur Dinge, die er früher in der Schule auch mit mir und anderen Kids angestellt hat. Er hat also alles Kommende verdient, wenn er schon kein dreckiger, sondern ein reicher Penner geworden ist.

«Jetzt reicht`s mir», sage ich seufzend und verpasse ihm einen Kinnhaken. Das lässt ihn verstummen. Endlich. Jetzt scheint Wendall auch wieder zu sich zu kommen und zu checken, dass hier nicht nur ein lächerliches orangenes Kondom steht, sondern dass dieses auch unbemerkt in sein Büro eingedrungen ist.

«Was machen Sie hier?» Wieder etwas klarer im Kopf, muss er wohl unbewusst wieder in seine Rolle als Geschäftsmann geschlüpft sein, denn plötzlich siezt er mich. «Raus hier. Das hier ist ein privates Büro der Parondon Bank und für Unbefugte verboten!» Mit gefurchter Stirn schaut er mich an und deutet mit der freien Hand auf die Tür. Mit der anderen reibt er sich das Kinn..

«Hmm, was ist, wenn ich keine Lust habe?», frage ich, während ich seinen Schreibtisch umrunde.

«Dann rufe ich die Security!» Herausfordernd blitzen mich seine Augen an. Ich schaue belustigt zurück.

«Na dann versuch's doch!», grinse ich und verschwinde im nächsten Moment. Amüsiert schaue ich ihm vom der anderen Ende des Büros aus zu, wie er sich völlig verdattert umsieht und sich vermutlich schon für verrückt erklären will, als er mich wieder entdeckt.

«Duu-», knurrt er und hat seine Höflichkeit wieder vergessen. Er kommt aber nicht weiter, weil ich gleich darauf wieder verschwinde und hinter ihm auftauche.

«Weißt du wie das ist, wenn einem der Schwanz abgeklemmt wird?» Ich schiebe meine Hände über seinen Hosenbund und ziehe kräftig an den Shorts, teleportiere mich in die Luft und-- Mist. Ich kann ja noch nichts mitnehmen. Das muss ich wirklich nochmal üben! So hätte ich wirklich nicht gegen Rudy und seinen Hühnen ankommen können.

Aber immerhin knallt Wendall jetzt der Gummi mit Karacho zurück an die Haut, was ihn aufjaulen lässt. Ich grinse breit und erfreue mich an dem Schmerzenslaut. «Oh hat das weh getan?», frage ich gespielt mitleidig und lege meine Hand vor den Mund. «Das tut mir bedauerlicherweise nicht mal leid.»

Wendall fährt herum, um mir eine zu verpassen, aber ich bin schneller. Hinter seinem Rücken tauche ich wieder auf, haue ihm die flachen Hände gleichzeitig auf die Ohren und verschwinde wieder im Nichts. Das dürfte ihm für einen Moment den Gleichgewichtssinn rauben.

«Oh und ich wette du möchtest auch gerne wissen, wie es sich anfühlt, wenn man Müll fressen muss, hm?» Ich lächle ihn wieder so künstlich es geht an, portiere schnell zu seinem Mülleimer, schiebe ihn mit einem Ruck hinüber und tauche am anderen Ende wieder auf, um den Eimer in Empfang zu nehmen. Wenn ich ihn noch nicht mitnehmen kann, muss ich mir halt anders zu helfen wissen. Mit einem Ruck drücke ich ihn unsaft in seinen Stuhl und lasse ihn ein paar schnelle Runden drehen, bis er die Orientierung vorerst verliert. Das nutze ich aus, um ihn ein bisschen Müll in den Mund zu stopfen.

«Hmmm, lecker. Ein altes Taschentuch, Schredderreste und oh, was haben wir hier? Eine Bananenschale! Wenn das heute nicht dein Glückstag ist!» Nacheinander landet alles in seinem Mund, was allerdings halb schon wieder rausfällt, weil gar nicht so viel hinein passt.

Ein bisschen hoffe ich, dass das schlechte Gewissen in mir auftaucht. Aber da ist nichts. Es kommt einfach nicht. Was aber in mir aufsteigt, ist Genugtuung. Natürlich habe ich Wendall längst nicht genug heimgezahlt, dafür hat er uns zu lange tyrannisiert. Aber ich denke für den Anfang reicht es wohl erst einmal, damit er einen Eindruck bekommt, wie es seinen Opfern früher eging. Daher verpasse ich dem Stuhl nochmal ordentlich Schwung, damit ihm schön schlecht wird. Während des Drehens würgt er den ganzen Müll wieder hervor und hustet.

«Das wirst du bereuen!», keucht er und wankt vom Stuhl, als dieser anhält. «Du Bastard!», ruft er würgend und hustend. Irgendwie beschleicht mich das Gefühl, dass er gleich kotzen wird. Nett wie ich bin, reiche ich ihm seinen Mülleimer und teleportiere mich zwei Meter von ihm weg, nachdem er ihn angenommen hat. Und da geht es auch schon los. Er kotzt wirklich. Angewidert verziehe ich mein Gesicht und drehe mich um. Ich entdecke eine Flasche Scotch. Bestimmt trinkt er die mit seinen großen Bankkunden immer. Ich hole sie vom Schrank und öffne sie.

«Lass uns zum Abschied noch etwas trinken», schlage ich lächelnd vor und nehme einen Schluck, bevor ich seinen Kopf an den gegelten Haaren nach hinten rupfe und ihm den Alkohol in die Kehle gieße. Gefühlt die Hälfte geht daneben.

«Na, na, wer wird denn hier den guten Tropfen verschwenden?», tadele ich, dann stelle ich die Flasche auf seinem Schreibtisch ab. Danach verbeuge ich mich tief.

«Es war mir eine Ehre»

Wenn ihr das scheiße fandet, dann habt ihr null Empathie mit gemobbten Kids. Mir jedenfalls hat es einen Kick gegeben und ich habe es ja die ganze Zeit gesagt: Ich bin kein Superheld.

So schnell ich kann, fliehe ich aus dem Fenster und vergesse vor lauter Adrenalin vollkommen das 20. Stockwerk in dem wir uns befinden. Aus einem plötzlichen Schock heraus, vergesse ich ganz wie das Teleportieren funktioniert. Ich kann nur wie betäubt auf den Boden und die Autos da unten starren, die näher und näher kommen.

Kapitel 20

Fuck, fuck fuuck! Auf ein Ziel konzentrieren. Los! Scheiße, der Boden kommt immer noch näher. Ich kann schon deutlich die Autos erkennen. Konzentrier dich! Ein Ort, der sicher ist. Ah! Da drüben ist eine Mülltonne. Scheiße! Ich erkenne die einzelnen Pflastersteine. Gleich bin ich Matsch. Schützend halte ich die Hände vor mein Gesicht und kreische wie ein Mädchen. Wer sich jetzt lustig machen will, stellt sich selbst bitte kurz in meiner Situation vor.

Ich höre mich selbst kreischen. Ziemlich blechern. Und ich bin nicht aufgeprallt. Ich höre auf zu schreien und nehme die Hände von den Augen. Hab ich ein Schwein. Anscheinend habe ich es tatsächlich noch geschafft, mich in letzter Sekunde in besagte Mülltonne zu portieren.

Mein Herz beginnt zu rasen bei dieser Erkenntnis und ich lache laut auf vor Erleichterung. Meine Fresse, war das knapp! Ich stehe ja auf Adrenalinschübe, aber für heute habe ich dann doch genug. Also krabbel ich aus der Tonne heraus und klopfe mir draußen etwas Dreck vom Latex-Overall. Da bemerke ich einen kleinen Jungen, der mich aus großen Augen vom Fenster her anstarrt. Ist er schon die ganze Zeit dort gewesen? Als ich geschrieen und gelacht habe in dieser Tonne?

Ich blickt von ihm zur Tonne, wieder zurück und an mir herunter. Dann räuspere ich mich.

«Ich bin von der Müllabfuhr.» Ich nicke ihm zu und verschwinde selbstsicher um die nächste Ecke. Nachdem ich mich versichert habe, dass mich keiner sieht, teleportiere ich nach Hause. Dieser Anzug muss dringend in die Wäsche. Ich stinke wie eine... na ja, wie eine Mülltonne halt.

Am nächsten Morgen - na gut, Nachmittag - empfängt mich Dad in der Küche, mit einem Gesicht als wenn jemand eingebrochen wäre. Mit einer Hand hebt er die Parondon Times empor und dort prangt mir groß und breit ein Bild von Wendall entgegen mit der Schlagzeile «*Ich wurde in meinem eigenen Büro bedroht!*» Genervt seufze ich auf und schnappe ihm die Zeitung aus der Hand, um kurz über den Artikel zu fliegen. Der Untertitel der Unterschrift lautet: «*Alkoholwahn oder Tatsache?*» Das lässt mich grinsen. Dass man seine Geschichte anzweifelt, war mein Plan, als ich ihm den Scotch verabreicht habe.

«Kürbisdepp!», stöhne ich schon wieder genervt auf und packe mir in das wirre Haar. «Ich hab ihm gesagt, dass ich Microman bin, verdammt!»

«Das nennst du also unauffällig, ja?», fragt Dad mit Grabesstimme. Ich schmeiße die Zeitung auf den Tisch und schaue ihn an.

170

«Ich hätte nicht gedacht, dass er gleich zur Zeitung--» Ich unterbreche mich stirnrunzelnd. «Woher weißt du, dass ich es war.»

Er schaut mit einem «Hast-du-das-jetzt-ernsthaft-gefragt?»-Blick an und deutet mit dem Finger auf den Artikel.

«Erstens erinnere ich mich sehr gut an Wendall und eure Feindschaft in der Schulzeit und zweitens solltest du genauer lesen. Er sagte etwas von Apparieren.»

Genervt rolle ich mit den Augen.

«Meine Fresse, seit Harry Potter gibt's nur noch dieses eine Wort dafür oder was?»

Mit einer Hand ziehe ich die Zeitung wieder ran und suche besagte Stelle. Und da sticht es mir ins Auge. Er hat es wirklich apparieren genannt.

«Du ziehst also in der auffälligste Farbe, die ein Dress zu bieten hat, durch die Gegend und rächst dich an einem der bekanntesten und reichsten Bürger der Stadt? Beantworte mir meine Frage bitte: Nennst du DAS unauffällig? Dass er sofort zur Presse rennt, hättest du dir denken können. Mensch, Junge!» Er klingt enttäuscht. «Denk nach bevor du so etwas tust! Mal davon abgesehen, dass ich deinen Rachefeldzug nicht gut heiße, verlange ich mehr Respekt von dir vor all den anderen Genträgern, die sich Mühe geben, unsere Kräfte geheim zu halten.» Er holt tief Luft und schaut mich an. «Orange? Im Ernst, Jasper?»

Ich muss ein bisschen grinsen. Dass er dahin gehend so denkt wie ich, finde ich gut. Aber anstatt meine ganze Antwort runter zu rasseln, die keine richtigen Argumente trägt, zucke ich leicht grinsend mit den Schultern.

«Hübsch, oder? Betont meine blauen Augen.» Mein Vater schüttelt den Kopf und fährt sich mit der flachen Hand durch das Gesicht.

«Was soll ich nur mit dir anstellen, Junge…»

«Keine Sorge, Dad», sage ich wieder etwas ernster und drehe mich so zu ihm, dass ich ihm geradewegs ins Gesicht schauen kann. «Ich werde beim nächsten Mal besser aufpassen. Niemand wird mich mehr richtig wahrnehmen können. Versprochen.»

Skeptisch hebt mein Vater seine grauen Augenbrauen und lächelt schließlich. »Ich kann ja jetzt nichts anderes tun, als zu hoffen, dass du dein Versprechen hältst, richtig?» Er lacht leise. «Mit diesem Anzug musst du dir aber unbedingt noch etwas einfallen lassen. Und falls du wirklich vor hast, nochmal los zu ziehen, dann suche dir jemanden aus, der nicht so schnell zur Presse oder Polizei rennt und der es wirklich verdient hat.»

«Wendall hatte es verdient!» Mein Vater winkt ab. Offenbar ist er da anderer Meinung. Mag daran liegen, dass er Wendalls Mobbing nicht am eigenen Leib zu spüren bekommen hat.

«Verrate mir am besten nicht mehr, was du anstellst. Ich will es gar nicht wissen.»

«Ich bereite mich damit vor, Dad. Für den Gnom. Ich werde ihm entgegen treten, wenn es so weit ist.»

Er sieht wieder zu mir und nickt. «Ja. das habe ich mir schon fast gedacht.» Lächelnd legt er seine Hand auf meinen Arm und drückt ihn.

Kapitel 21

Später treffe ich mich wieder mit Cora im Killer. Neben meinem Skript habe ich außerdem die Parondon Times eingepackt und lege sie nun Cora auf den Tisch. Sie hingegen legt mir ein paar Aufzeichnungen hin. Beide ziehen wir unsere ausgetauschten Informationen an uns heran und beginnen zu lesen. Cora den Artikel über Wendall und mich. Ich ihre Notizen zum Gnom.

Natürlich hatte Dad den Namen gewusst, schließlich waren ihre Väter miteinander groß geworden. Theodore Gayish. Ich grunze kurz. Was für ein fieser Name. Der Name jedenfalls hatte Cora geholfen, Nachforschungen über ihn anzustellen, deren Ergebnisse ich jetzt vor mir liegen habe. Anbei liegen zwei Kopien von Zeitungsartikeln, einer sogar mit Bild. Allerdings ist darauf nur schwer etwas zu erkennen. Der Fotograf hat ihn nur im Profil erwischt. Mit der verbrannten Seite. Mehr als der Kopf ist auch nicht zu sehen, als dass ich weitere Merkmale finden könnte. Danach überfliege ich den Artikel dazu. Es geht darum, dass er nach mehreren Morden an Zivilisten der Polizei übergeben und wenig später für unzurechnungsfähig erklärt und in die Klappse Saint Jeppers eingewiesen wurde. Kurz wurde angerissen, wie er seine Mordopfer verstümmelt hat und ohne es zu bemerken verziehe ich das Gesicht. Neben mir lacht Cora. Kein Wunder.

Was sie lesen darf ist weitaus amüsanter. Ich schiebe den Artikel bei Seite und überfliege den Nächsten. Dieses Mal geht es um seinen angeblichen Suizid. Die Leiche wurde in seiner Zelle gefunden, das Gesicht mit einer Haarnadel komplett zerstochen. Man vermutet, dass er sie eine der Schwestern geklaut habe, seitdem ist es verboten dort Haarnadeln zu tragen. Man munkelt, er habe sich mit dieser schlimme Blutungen zu ziehen wollen. Nachdem das aber nicht gelungen ist, habe er sich wohl selbst erwürgt. Ich bezweifle ja, dass das wirklich funktioniert. Es konnten wohl blaue Flecken an seinem Hals nachgewiesen werden. Da man aber keine weiteren Spuren in der Zelle finden konnte, wurde es offiziell zu einem Suizid erklärt und nicht weiter nachgeforscht.

Ich schüttle den Kopf. «Die faulen Säcke», murmle ich und lese weiter. Aber viel mehr Information bekomme ich auch nicht. Nur noch, dass er kurz darauf verbrannt wurde, da es für eine Beisetzung keine bekannten Familienmitglieder mehr gab und dass der aufsichtspflichtige Wärter des Abends den Dienst quittiert hatte, weil er nicht ertragen konnte, dass so etwas während seiner Schicht geschah.

Ich schaue die Unterlagen noch einmal durch. Aber mehr ist da nicht. Nur die zwei Artikel und das eine, sinnlose Foto. So würde ich ihn garantiert nicht erkennen, wenn er mir irgendwann gegenüber steht. Wenigstens hat er diese fette Narbe im Gesicht, als Erkennungszeichen.

Seufzend und streckend lehne ich mich zurück und ziehe eine neue, zerdrückte Zigarettenschachtel aus meiner Arschtasche hervor, um mir eine anzustecken. Cora nutzt die Gelegenheit und klaut eine aus der Packung, ehe ich sie wieder schließe und auf den Tisch lege.

«Er hat dich Kürbisdepp genannt», grinst Cora mich offen an und zündet ihre Kippe an.

«Hmm und er hat apparieren gesagt», nuschle ich durch meine Kippe hindurch, die zwischen meinen Lippen steckt. Ich nehme sie in die Hand und puste den Qualm an meiner besten Freundin vorbei.

«Ja, der Hammer, oder?», lacht sie. Ich schiebe ihr ihren Papierkram rüber, den sie wieder sicher verstaut, bevor irgendwer etwas davon mitbekommen kann. «Und wieder einmal hast du mir damit den Tag versüßt!»

«Kranker Typ, mann», lenke ich das Thema auf den Gnom. «Wie irre muss man denn sein, um jemanden 30 Messerstiche zu versetzen? Oder vom Arschloch an aufzuschlitzen?» Wir schütteln uns bei der Vorstellung. «Der ist noch viel bekloppter als ich dachte. Um mit dem fertig zu werden, muss ich aber noch ´ne ganze Weile trainieren. Ich hoffe die Zeit reicht. Der´s ganz schön gefährlich für ´nen Zwerg. Bei seiner Größe kann der mir sicher ordentlich die Weichteile polieren.»

«Hast du denn deinen Stock schon?»

«Bo», korrigiere ich und schüttle rauchend den Kopf. «Is'
aber schon unterwegs. Sau teuer diese Dinger. Habs über
Dads Panazon Account bestellt. Ich werde auch mal im Fight
Club rum fragen, ob jemand wen kennt, der sowas drauf hat.»

«Das ist ein guter Plan.» Cora ascht ab und schaut mir ins
Gesicht. «Sei bitte vorsichtig, ja? Nachdem ich das gelesen
hab, trau ich dem Typen echt alles zu. Ich hab Angst um
dich.»

«Ich auch», gebe ich zu.

Cora hebt bemüht einen Mundwinkel an. «Das macht`s
jetzt nicht gerade besser.»

Schweigend rauchen wir weiter, bis sich Allie wieder zu uns
an den Tisch gesellt. Dieses Mal bleibt sie aber stehen. Rupert
ist nicht da, um sie anzugehen, aber es ist schon später und
viel los.

«Na ihr zwei Hübschen? Kann ich euch noch was
bringen?»

«Aye, ich brauch `nen Whiskey», sage ich.

«Ich nehm auch einen. Und noch ein Bier.»

«Kommt sofort!» Bevor sie geht, wendet sie sich aber
nochmal an mich. «Und? Wie weit bist du eigentlich mit dem
Training?»

Da sie mich nicht auf die Aktion mit Wendall anspricht,
gehe ich davon aus, dass sie die Zeitung noch nicht gelesen
hat.

«Läuft. Ich muss noch lernen Gegenstände mit mir herum zu transportieren, aber abgesehen davon bin ich ziemlich fit.»

«Darin machen wir dich auch noch fit!» Allie zwinkert mir zu und macht sich wieder an die Arbeit.

«Ich konnte zwar bisher nicht mehr zu diesem Theodore raus finden, dafür bin ich aber auf etwas Anderes gestoßen.» Neugierig schaue ich zu Cora rüber, während ich abasche. «Ich hab mal ein bisschen herum geforscht, was diese Leute betrifft, die den Typen ausgeliefert haben. Weil du ja auch meintest, das wären andere Leute mit Kräften gewesen.» Ich nicke. «Also, ich bin da auf so ein Forum im Netz gestoßen, wo jemand geschrieben hat, dass das wohl früher `ne Art Vereinigung für so etwas wie Superhelden war.» Sie macht Gesten mit der Hand. «Da haben sich ein paar Leute zusammengeschlossen, um gemeinsam gegen den Piraten und den Gnom anzugehen. Nachdem Theodore verschwunden ist, haben sie sich aber wohl aufgelöst.»

Mit hochgezogenen Augenbrauen schaue ich sie an. «Und das stand da einfach mal so in `nem Forum mitten im Internet, wo es jeder sehen kann?» Sie nickt. «Pff. Von wegen Geheimhaltung.»

«Warte, ich muss mich korrigieren. Also das ist so ein Forum für Superheldengeschichten und jemand hat diese erzählt. Ich weiß nicht, ob die wahr ist, aber das passt eben alles verdammt gut auf die Story, die wir kennen. Ich vermute also einfach, dass einer von denen das als `ne Art FanFiction getarnt hat, um seine Geschichte zu erzählen.»

Ich drücke meine Kippe aus und schweige, weil Allie wieder kommt. Je weniger sie weiß, desto besser für sie. Und so lange sie zumindest vom Gnom noch keine Ahnung hat, können wir sie vielleicht irgendwie vor dem schützen, was noch kommen könnte. Immerhin ist sie ja schon voll in die Teleportationsgeschichte eingeweiht und weiß, dass mein Großvater im Kampf mit einem anderen Genträger gestorben ist.

«Bitte schön», flötet sie und stellt uns unsere Getränke hin. «Der Whiskey geht auf's Haus. Aber bloß kein Wort an Rupert, klar?» Wir fistbumpen grinsend mit ihr.

«Aye. Für `nen gratis Whisky schweig ich wie ein Grab.»

«Ich hab übrigens schon um eins Schichtende», wendet sie sich Cora zu. «Kann ich dann nochmal vorbei kommen?»

«Klar», grinst Cora.

«Darf ich auch vorbei kommen?» Beide schauen mich an, dann zuckt Cora mit den Schultern. «Von mir aus immer.»

«Bis später!» Allie winkt mir zu und verschwindet wieder. Das nehme ich mal als Zustimmung. Yes!

«Na ja, jedenfalls hab ich mal den User angeschrieben, der die Geschichte gepostet hat. In der Hoffnung, dass sich dahinter einer aus dieser ehemaligen Vereinigung verbirgt. Und keine Sorge, ich hab das total diskret angestellt, falls da

179

einfach nur ein stinknormaler Mensch dahinter steckt wie ich. Sobald ich `ne Antwort habe, geb ich dir Bescheid. Vielleicht wissen die ja mehr zu diesem ominösen Suizidfall.»

«Hoffentlich», seufze ich und stoße mit Cora an, um den Whisky zu exen. Den brauche ich gerade. Danach lernen wir wieder Text für meinen Dreh.

Kapitel 22

Ob ihr es glaubt oder nicht, aber Cora, Allie und ich haben tatsächlich die halbe Nacht nur in Coras Einraumbude gehockt, Gras geraucht und übers Teleportieren und Sex geredet. Zustande kam aber keiner. Zumindest nicht mit mir. Ich bin irgendwann einfach weg genickt und als ich aufgewacht bin, lagen die zwei schlafend und nackt im Bett. Hab also das Beste verpasst.

Ich haue ziemlich früh ab, noch bevor die Zwei wach werden und hole meine Sporttasche von zu Hause ab. Ziemlich praktisch dieses Teleportieren. So hab ich innerhalb von zwei Sekunden drei Kilometer Weg gespart. Ich packe also schnell meine Sporttasche, grüße unterwegs Chloe die gerade Wäsche aufhängt - darunter auch meinen orangenen Anzug. Wissend wirft sie mir ein Grinsen zu und ich lege meinen Finger auf die Lippen. Immer noch grinsend macht sie es mir nach und legt ihre Hand aufs Herz.

«Danke Chloe!», rufe ich ihr zu, während ich die Haustür verlasse. Zum Fight Club jogge ich lieber. Für die Ausdauer und weil ich nicht weiß, ob mich nicht doch jemand sehen könnte.

Im Club angekommen, geht es auch sofort wieder ans Training. Ich schwitze mir gefühlte zwei Kilo aus dem Leib und bin froh, wieder trainiert zu sein. Sonst würde mich der

Muskelkater umbringen. Jetzt wo ich weiß, was für ein kranker Psycho dieser Theodore Gayish ist, bin ich noch motivierter, fit und kampfbereit zu werden. Ich bleibe zwei Stunden länger als geplant und sacke irgendwann völlig erschöpft zusammen. Ich muss mir erstmal etwas zu trinken kaufen, sonst dehydriere ich. Meine Flasche ist schon seit über einer Stunde leer.

Am Getränkeautomaten treffe ich Jeremy, der seine Einheit gerade erst begonnnen hat.

«Hey Alter!» Wir grüßen uns mit einem Handschlag. «Fit biste», stellt Jer fest. «Gefällt mir, dein Kampfgeist.»

«Aye.» Mehr kriege ich gerade nicht raus. Ich muss erstmal runter kommen und meine Kehle befeuchten. Das Wasser fühlt sich an wie eine goldene Quelle. Überragend und großartig. Auch wenn die Hälfte außen an mir herunter läuft. Das genieße ich sogar. Mir ist so brüh heiß.

«Sag mal, Jer», setze ich schließlich an, als er seine Flasche zu schraubt und mich fragend anblickt. «Du kannst nicht zufällig Stockkampf? Mit ´nem Bo und so?»

Verdutzt sieht er mich an. «Nee, kann ich leider nicht mit dienen.» Einen Moment sieht er mich nachdenklich an, dann grinst er. «Wieder ein Casting?» Erst bin ich verwirrt, aber dann nicke ich schnell. Natürlich. Das war ja meine Ausrede beim letzten Mal.

«Ja, genau!»

Jeremy lacht laut auf und klopft mir mit seiner riesigen Pranke auf die Schulter. «Du bist echt der Hammer. Für diese Übermotivation geb ich dir `n Tipp. Ein Freund von mir hat `nen Cousin, der sowas macht. Richtig in einem Dojo und so. Ich werde mal für dich nachhaken.»

«Danke, mann. Du rettest mir gerade das Leben», lache ich und er ahnt nicht mal, wie ernst ich das meine.

«Hats denn mit der letzten Rolle geklappt?» Ich schüttle den Kopf. «Ah. Tut mir leid, mann. Irgendwann klappt`s sicher. Hängst dich da ja schließlich ganz schön rein.»

Nachdem ich geduscht habe und gehen will, hält Jeremy mich nochmal auf und steckt mir einen handgeschriebenen Zettel mit einer Nummer und einem Namen darauf zu.

«Das ist der Cousin von meinem Freund, von dem ich erzählt habe. Allen», klärt er mich auf. «Ich ruf nachher gleich an und erzähl von dir. Kannst dich also heute Abend noch bei ihm melden.»

«Aye, danke. Bist der Beste, man!»

Kapitel 23

Ihr habt ja nun übrigens schon zwei meiner irren Ex-Affären kennen gelernt. Jean und Wanja. Wobei Wanja eher die Irre von beiden ist und Jean die... ich nenne es mal die Dumme.

Tja, dann dürft ihr nun die Dritte im Bunde kennen lernen. Die Psychobraut:

Amanda Ruthless. Und ja, sie heißt wirklich so. Kein Scherz.

Jedenfalls ist sie eine meiner älteren Ladies. Nur weil ich erst Mitte zwanzig bin, heißt das ja nicht, dass ich mich auf Mädels in meinem Alter beschränken muss. Nein. Ich stehe auch auf erfahrene Bräute. Wie Amanda. Wallendes feuerrotes Haar - garantiert gefärbt -, einen Hintern wie J-Lo und einen Augenaufschlag wie Marylin Monroe. Trotz ihrer Ende 30 sieht sieht sie keine Minute älter aus als ich. Ein Traum von einer Frau. Dass sie bereits verheiratet war, hat sie nicht gestört, mich also auch nicht.

Lasst mich kurz erzählen, was für eine Art Mensch sie ist, bevor ihr sie gleich persönlich kennen lernt. Das könnte sonst euren Eindruck einschränken.

Sie war die Frau zwischen Wanja und Jean. Vor ungefähr einem Jahr lernte ich sie kennen, als ich einen Abend lang allein in einer Bar unterwegs war. Dieses Mal nicht im Killer, sondern im Fraters'.

Sie saß mit ein paar Armeefreunden neben mir am Tisch und hat einen Gin nach dem anderen gekippt. Dass sie von der Armee waren, war nicht schwer zu erkennen. Manche hatten sich nicht mal die Mühe gemacht, ihre Tarnhose zu Hause zu lassen und es ging ständig um irgendwelche alten Geschichten bei der Ausbildung. Wie ich mit hörte, haben sie Amanda aber erst später im Auslandseinsatz kennen gelernt.

Aye. Richtig. Amanda war nämlich früher bei der Armee. Bevor sie auf Grund unehrenhaften Verhaltens vom Dienst entlassen wurde. Das haben sie am Nachbartisch auch erzählt und wie ihr mich schon kennt, hat mich das natürlich überhaupt erst scharf auf Amanda gemacht. Nachdem ich also aus Langeweile ihre halbe Armeegeschichte kannte, die sie mit den Männern erlebt hat, lag mein Hauptaugenmerk des Abends bei Amanda. Als sie allein an die Bar ging, sprach ich sie an. Wir flirteten munter herum und sie war sofort sehr offen und kam mit an meinen Tisch. Sie erzählte mir gleich, dass sie verheiratet ist, dass das aber nicht schlimm und eine offene Ehe sei, dass sie von der Armee entlassen wurde, weil sie zwei Mal versucht hat, eine Waffe mit zu schmuggeln und deshalb nach ihrer Dienstentlassung drei Jahre im Knast gesessen hätte. Eigentlich waren es fünf, aber auf Grund guter Führung durfte sie eher raus. Sie suchte sich einen neuen Job als Verkäuferin in einer Boutique, lernte da ihren späteren Mann kennen, der dort Kunde war und alles war wieder tip top.

Nach unserem ersten Sex fühlte sie sich mir anscheinend so nahe - vielleicht war auch der viele Alkohol daran schuld - dass sie mir von ihrem Kriegseinsatz berichtete. Sie hat Kameraden und Kameradinnen sterben sehen und all die Menschen, die da draußen einen brutalen, sinnlosen Tod sterben mussten. Das hat sie sehr mitgenommen. Rührende Geschichte. Habe ich ja aber vom Nachbartisch des Abends schon mitbekommen. Aber ihre persönlichen Traumata wollte ich eigentlich gar nicht so genau wissen. Das hat ein bisschen die Stimmung ruiniert. Danach hat sie auch nie mehr darüber gesprochen. Ganz ehrlich gesagt, ging das mit uns beiden auch nicht so lange wie mit Jean und Wanja. Um genau zu sein hielt unsere Fick-Beziehung einen ganzen Monat. Wie sich nämlich herausstellte, hatte sie mir doch nicht sofort alles erzählt. Das merkte ich dann an unserem gefühlt zehnten Abend miteinander.

Wir küssten uns wild in einem schäbigen Motelzimmer, rissen uns die Klamotten vom Leib und dann meinte sie, sie wolle etwas ausprobieren auf dass sie ganz sehr steht, sich aber mit ihrem Mann noch nicht getraut hat. Ein paar Minuten später wusste ich weshalb und beneidete ihn.

«Gut», hab ich vorher aber naiver Weise gesagt. «Leg los, ich bin offen für alles.» Die Aussage habe ich drei Minuten später bereut. Sie holte Handschellen aus ihrer Handtasche, fesselte meine Hände damit ans Bett und bis dahin fand ich alles super gut. Aber dann zog sie eine Knarre aus ihrer Handtasche. «Oh, eine Spielzeugwaffe. Nice!», hab ich gewitzelt. Dann hat sie mir die Kugeln gezeigt, sie entsichert und ist grinsend auf mich gestiegen.

«Nicht ganz», hat sie gegrinst und da hab ich das erste - und zum Glück bisher letzte Mal - dieses irre Glitzern in ihren Augen gesehen. Amanda stieg auf mich drauf und begann, mich zu reiten wie eine wildgewordene Amazone. Die entsicherte Waffe an meine Schläfe geheftet. Die ganze Zeit über. Zwar habe ich ihr gesagt, dass ich da jetzt doch absolut gar nicht drauf stehe und wir die Sache mit der Knarre auch einfach lassen können. Aber als sich ihr Finger am Abzug der Waffe etwas fester zog, hab ich sofort die Klappe gehalten. Ich wollte dann doch noch etwas länger leben.

«Ich stehe auf den Nervenkitzel», hat sie in mein Ohr geflüstert und ich bin fast gestorben vor Angst. Dass ich an dem Abend nicht gekommen bin, ist vielleicht irgendwie nachvollziehbar. Amandas Orgasmus war dafür umso heftiger. Mein nicht vorhandener Orgasmus hat sie auch ziemlich kalt gelassen. Hätte ich damals schon teleportieren können, ich wäre sowas von abgehauen, als sie mir das Ding an die Schläfe gelegt hat.

Ich habe echt ein Händchen für Psychos. Eigentlich sollte es mir eine Lehre sein und ich sollte die Finger von längerfristigen Sex-Affären lassen. Aber ich falle einfach immer wieder von Neuem darauf rein.

Jedenfalls wollte ich dann abhauen, aber sie hat mich noch die halbe Nacht am Bett angekettet gelassen, mit der Waffe in der Hand an mir herumgespielt. Ich konnte nichts anderes angucken als diese Waffe. Als sie mir dann eröffnete, dass sie gerade ihre vier Jahre lange Ehe für mich beendet hatte, die übrigens gar nicht offen war, um endlich mit mir zusammen sein zu können, war der Abend vollends für mich gelaufen. Ich wartete brav ab, bis sie mich von den Handschellen befreit hat, schlief geheuchelt friedlich neben ihr ein, wartete dabei jedoch eigentlich nur angstvoll darauf, dass sie endlich eingeschlafen war. Damit ich flüchten konnte ohne befürchten zu müssen, dass sie mich dafür abknallt. Zum Glück wusste sie weder meinen vollen Namen noch meine Adresse.

Sofort nach dieser Aktion bin ich zur Polizei gerannt und wollte sie dafür anzeigen. Aber wie das so ist, wenn man als Mann erzählt, dass man von einer Frau sexuell misshandelt und bedroht wurde: Es glaubt einem keiner. Im Ernst. Ich wurde sogar ausgelacht! Ich hätte mich doch selbst auf das Sexabenteuer mit ihr eingelassen und solle nicht herum heulen, weil sie mit einer Spielzeugwaffe herumgefuchtelt hat. In dem Moment hab ich es bereut, die Waffe nicht als

188

Beweismittel mitgenommen zu haben, aber Amanda ist damit in der Hand eingeschlafen und ich wollte sie um Himmels Willen auf keinen Fall aufwecken! So viel also zu meiner Anzeige und der Polizei. Dein Freund und Helfer. Glücklicherweise bin ich Amanda danach aber nieder wieder zufällig begegnet. Bis jetzt...

Ganz ahnungslos und unschuldig sitze ich auf einer Parkbank, ziehe mir eine Kippe rein und lerne dabei ein bisschen Text für den Dreh am nächsten Tag. Eigentlich sitzt er schon. Aber da ich endlich mal eine ordentliche Rolle habe, will ich da morgen überzeugen. Das könnte vielleicht eine Chance für mich sein. Vielleicht ist ja diese Produzentin mit ihren Scout-Fähigkeiten wieder da und will mich danach für was Großes vorschlagen.

Und plötzlich höre ich eine mir nicht ganz unbekannte Stimme.

«Ich glaub`s nicht! Der Puddingtyp?» Seufzend hebe ich einen Mundwinkel an und drehe mich um, um meinen dummen Puddipreme Spruch zu sagen oder von mir aus ein Foto mit der Dame zu machen, da erstarre ich. Das lange feuerrote Haare ist etwas kürzer, aber ansonsten sieht Amanda aus wie vor knapp einem Jahr. Umwerfend. Aber so heiß sie auch aussieht, ich will nie wieder in ihre Fänge geraten.

«Hallo Jasper», säuselt sie süßlich und lächelt mich an. Das Lächeln verschwindet aber, während ich sie immer noch fassungslos anstarre und ernsthaft meine Augen reibe.

Ich glaub ich träume!

«Amanda», stammle ich und bin selbst fassungslos darüber, wie unfähig ich gerade bin, irgendetwas zu tun oder etwas Schlagfertiges zu sagen. Die Stadt ist groß genug, dass ich einfach darauf gesetzt habe, ihr nie wieder über den Weg zu laufen. Aber unverhofft kommt natürlich oft.

«Schön dich zu sehen, Jasper!» Ihr Gesicht sagt mittlerweile aber etwas ganz anderes. Sowie ihr Tonfall und ihre ganze Haltung. Die Hände hat sie nun vor der Brust verschränkt und ihre Stirn ist so stark gerunzelt, dass ihre Augenbrauen ein durchgehendes V bilden.

«Du bist einfach abgehauen», zischt sie jetzt. Ich nicke. Erschießen kann sie mich hier ja nicht. Es ist hellster Tag. Mitten in der Öffentlichkeit. Hinter meiner Bank liegt der Stadtpark, vor ihr reihen sich Trödel- und Fressbuden aneinander. Rechts von mir geht es zur Hauptstraße und links ist ein großer Kinderspielplatz, der zum Park gehört. «Und hast mich mit deinem Balg sitzen lassen!»

Okay. Jetzt finde ich meine Sprache wieder.

«Bitte was?», frage ich fassungslos. Jetzt dreht sie durch. Wieder.

«Du hast ganz richtig gehört, Jasper, du hast mir ein Baby gemacht und mich dann sitzen lassen. Aber ich konnte dich nicht finden! Ich hab meinem Mann dann erzählt, dass es von ihm wäre. Aber ich weiß, dass es deins ist. Es hat deine Augen, deine Haare...» Sie fuchtelt mit der Hand vor meinem Gesicht herum und ich befürchte fast, dass sie mir gleich die Augen aussticht.

«Ihr seid wieder zusammen?», frage ich überrascht und hebe eine Augenbraue hoch.

«Nein. Und dafür wirst du bezahlen. Du hast mein ganzes Leben kaputt gemacht!»

«Hey, hey!» Ich schlage mein Textbuch zu und hebe die Hand in einer beruhigenden Geste.

«Ich hab gar nichts gemacht, außer dir ein paar unvergessliche Abend zu bescheren und für dein krankes Spiel her zu halten!»

Sie lacht hoch auf und legt ihren Kopf in den Nacken.

«Du!» Nun bohrt sie ihren langen, dunkelgrün lackierten Fingernagel in meine Brust und kommt mit ihrem Kopf so nahe, dass ich ihren Atem riechen kann. Wie es scheint gab es vorhin Zwiebeln. «Du hast mich betört, angemacht, mich dazu gebracht mich in dich zu verlieben und für dich meinen Mann zu verlassen, einen Bastard in meinen Uterus gelegt und mich dann einfach sitzen gelassen!»

Ich deute mit einer Hand eine Zähne Putz Bewegung an und fange mir Eine ein. Wow. Was für ein Hieb.

«Ich benutze immer Kondome, mann.»

«Tja, das eine Mal mit mir nicht!»

«Welche Augenfarbe hat denn dein Ex-Mann?», frage ich, während ich mir die Wange reibe. Das zwiebelt sogar ein bisschen. Amanda scheint für einen Moment verwirrt.

«Blau. Wieso, was-» Leider besinnt sie sich wieder und scheuert mir noch eine. «Nur weil ihr die gleiche Augenfarbe habt, heißt das nicht, dass es nicht dein Bastard ist. Du wirst dafür aufkommen! Wenn du mir nicht freiwillig mindestens 700PD Zuzahlung im Monat gibst, dann gehe ich vor Gericht. Und da wirst du richtig blechen müssen!»

700PD? Hat die den Arsch offen? Wo soll ich das denn her nehmen? Als ich ihre Worte nochmal durchgehe, hebe ich meinen Mundwinkel.

«Okay. Dann ziehen wir vor Gericht.» Ich bin mir nämlich ziemlich sicher, dass das Kind nicht von mir ist. Denn ich benutze wirklich immer Kondome. Immer immer! Und ich will einfach nicht glauben, dass dieses Eine ein Loch hatte. Außerdem hätte Amanda mich schon längst gefunden, wenn es ihr wirklich wichtig und sie sich sicher gewesen wäre.

Amanda sieht mich entgeistert an und lässt die Hände sinken. Vermutlich hat sie mit dieser Antwort nicht gerechnet.

«Warum-», stottert sie.

«Weil man dort einen Vaterschaftstest machen wird und der wird negativ für mich ausfallen. Und dann darfst du die Kosten für den Prozess übernehmen. Außerdem» Jetzt schleicht sich ein selbstgefälliges Grinsen auf mein Gesicht «kann ich denen dann erzählen, dass du mich vergewaltigt und währenddessen mit einer entsicherten Waffe bedroht hast.» Das hat die Polizei zwar damals schon nicht interessiert, muss sie ja aber nicht wissen.

«Das-- ich hab nicht- das ist gelogen! Du wolltest es auch!»

«Ich wollte Sex mit dir. Von mir aus auch gefesselt. Aber alles danach ist Vergewaltigung. Erpressung.» Ich zucke mit meinen Schultern. Amanda ist nun gar nicht mehr so selbstsicher wie noch vor fünf Minuten. Gechillt schlage ich mein Textbuch wieder auf und drücke meine Kippe aus, die während unserer Diskussion von alleine herunter gebrannt ist. Mist. Zünde ich mir halt eine Neue an.

Aus den Augenwinkeln sehe ich, wie Amanda ausholt um mir vermutlich erneut eine zu scheuern. Dann besinnt sie sich jedoch anders, verspricht mir, dass das noch ein Nachspiel haben wird und marschiert davon. Als ich ihr grinsend hinterher schaue, sehe ich ein paar Menschen, die sie und mich anstarren.

«Was? Noch nie streitende Ex-Affären gesehen?», frage ich belustigt und schüttle den Kopf. Dann widme ich mich aber lieber wieder meinem Text. Morgen früh geht es nämlich los.

Kapitel 24

Auf dem Weg zum Dreh fällt mir Jeremys Zettel wieder in die Hand. Also wähle ich gleich mal durch und habe sofort Glück. Es wird nach einmal Tuten abgehoben und der Cousin von Jers Kumpel meldet sich zu Wort. Er wurde bereits informiert und ist bereit, mir zunächst einmal alle Grundzüge beizubringen. Gratis kann er es leider nicht anbieten, aber weil ich ein Freund von Jer bin, bekomme ich einen Sonderpreis. Ob das passt, will er wissen. Im Kopf gehe ich kurz meine Ersparnisse durch. Ein paar PD in meiner Kleingelddose, ein bisschen weniger in der Hose von vorgestern, in der Schreibtischschublade liegt noch etwas Kleingeld herum. Und irgendwo im Haus haben Mum und Dad sicher etwas liegen lassen. Ich sage also, dass es perfekt passt und verabrede mich sofort für den nächsten Tag mit ihm. Als ich auflege sehe ich schon das Set.

Die Straßen sind abgesperrt und überall rennen Leute mit Headsets und Funkgeräten herum. Weiter hinten entdecke ich einen riesigen Cateringwagen, an dem sich ein paar Leute bedienen.

Man wollte mich abholen lassen. Vom Fahrer oder mit einem Taxi. Aber ich habe abgelehnt. Abholen wäre zwar schon ganz cool, aber so konnte ich unterwegs noch in Ruhe eine Rauchen und in der ein oder anderen Gasse das

Teleportieren mit Gegenständen üben. Bin extra nie weiter als zwei Meter weg portiert. Musste trotzdem jedes Mal zurück, um mein Zeug aufzuheben.

Als ich mich durch den Absperrzaun quetschen will, kommt sofort jemand angerannt und erzählt mir, ich dürfe hier nicht durch. Das ist fürs heute Filmset, ich solle doch bitte Verständnis haben. Ich meinerseits erkläre ihm, dass er bitte Verständnis haben soll, wenn sein Boss ihn zusammen faltet, weil er einen der Schauspieler nicht ans Set gelassen hat. Etwas verdutzt schaut er mich an, bittet mich, einen Moment zu warten und rennt wieder fort.

Mit den Händen in den Hosentaschen warte ich also und freue mich schon auf das Catering. Hab zwar gefrühstückt, aber trotzdem riesigen Hunger. Der Typ redet mit jemanden, zeigt von Weitem auf mich und kommt kurz darauf wieder zurück. Jetzt hat er eine Liste dabei.

«Der Name bitte.»

«Jasper Black.»

Stirnrunzelnd fliegt sein Blick über die Liste. «Ich hab hier nur einen Jasper White, sorry.»

«Ja, das bin ich», seufze ich genervt. «Black ist mein Künstlername. Das kriegen die einfach nie gebacken.» Ich ziehe meinen Ausweis vor, um mich auszuweisen und er lässt mich endlich rein.

«Entschuldigung nochmal. Ich wusste nicht, dass du zu Fuß kommst. Meine Info war irgendwie, dass alle Schauspieler gebracht werden. Du musst in einer viertel Stunde in der Maske sein. Solange kannst du dich gern noch an unserem Cateringwagen bedienen. Wenn du noch fragen hast, dann frag nach Trini. Sie ist die Regiassistenz und kümmert sich um eure Wünsche und Anregungen.» Ich nicke. Er verschwindet. Wünsche. Ich wüsste da schon einen, denke ich grinsend. Wenn sie nicht so jung wäre.

Alles in allem läuft der Dreh ziemlich gut für mich. Es sind zwar viele gestresste Leute am Set, aber dennoch freundlich. Die Talentscout-Frau ist nicht da. Aber meine Leistung scheint auch so zu überzeugen. Nachdem ich abgedreht bin, kommt nämlich Trini zu mir. Ob ich dann und dann Zeit hätte, da wäre ein Casting für eine größere Rolle in einem neuen Blockbuster. Die Rolle hätte ich eigentlich schon sicher, sie wollten mich nur nochmal darin sehen und ich solle mir mal eine Agentur suchen, damit die Abwicklungen einfacher laufen. Sie verspricht, mir die Woche noch das neue Skript zu kommen zu lassen, damit ich fit für das Casting bin und dass wir dort dann alles weitere klären.

Mit einem fetten Grinsen verlasse ich am späten Nachmittag das Set. Endlich läuft es an.

Als ich daheim ankomme, kommt mir gerade Mum entgegen, die ungalant zwei große Taschen und zwei Koffer hinter sich aus der Haustür zerrt. Ihr Gesicht ist zu einer hässlichen Grimasse verzogen und sie wirkt ziemlich genervt. Sicher wegen der ganzen Taschen.

«Verreist du?», frage ich und schaue ihr belustigt dabei zu, wie sie sich abmüht. Sie würdigt mich keines Blickes und holpert den Koffer hinter sich die Vortreppe hinunter.

«Ich ziehe aus», verkündet sie. Etwas überrascht hebe ich die Augenbrauen. Nicht, dass ich das nicht gut heißen würde, aber es überrascht mich einfach. Nach so vielen Jahren hat sie jetzt doch nachgegeben. Aber war da nicht auch neulich so ein Gespräch zwischen meinen Eltern, in dem sie so etwas hat fallen lassen?

«Heute muss mein Glückstag sein!», grinse ich und gehe die Treppe zur Haustür hinauf, nachdem Mum es endlich auf den Bürgersteig geschafft hat.

Gekonnt übergeht sie meine Aussage. «Du solltest alle meine Nummern aus deinem Handy löschen. Mobil, Arbeit. Ich möchte nämlich nichts mehr von euch hören.»

«Keine Sorge», grinse ich. «Ich hatte nie `ne Nummer von dir gespeichert.»

Ich bleibe in der Haustür stehen und sehe wie ein Taxi vor fährt. Der Fahrer steigt aus, hilft Mum dabei, ihre Taschen zu verstauen, dann schaut sie doch noch einmal zu mir.

«Was guckst du so? Noch einen letzten Wunsch oder was?»

«Ich will nur sicher gehen, dass du auch wirklich abhaust.» Ich zwinkere ihr zu und sie stampft wütend mit dem Fuß auf. Der Taxifahrer wirft uns leicht verwirrte blicke zu. Ich winke ihm lächelnd. «Bringen Sie sie schön weit weg von hier, aye?», trage ich ihm auf, dann steigt er ein. Als auch Mum einsteigt, zieht sie ihre Sonnenbrille auf.

«Ich hoffe er erwischt euch. Alle beide. Dann seht ihr, was ihr davon habt.» Mit diesen Worten schlägt sie die Tür hinter sich zu und ich schaue dem Taxi hinterher, bis es um die nächste Ecke biegt. Ich kann es kaum fassen. Mum- nein, Karen! Karen ist endlich weg.

Kapitel 25

Dad hingegen war alles andere als begeistert darüber, dass Mum fort war. Eigentlich wollte ich ihm gut zu reden, dass es das beste ist, was ihm geschehen konnte, aber er sieht so fertig aus, dass ich es doch lieber erstmal bleiben lasse. Ich glaube sogar, dass er geweint hat.

Stattdessen lege ich ihm also nur meine Hand auf die Schulter, welche ich ein wenig drücke und lasse ihn vorerst allein. Von meinen Schauspiel-News erzähle ich ihm auch erst später. Vielleicht muntert ihn das nachher irgendwie auf. Dass sein Sohn doch keine ganz so große Niete ist.

Als ich auf meinem Zimmer ankomme, piept mein Handy. WhatsApp Nachricht von Cora. Die Person aus dem Superhelden FanFiction Forum hat sich tatsächlich zurück gemeldet. Es ist eine Frau und sie heißt Wendy. Die beiden haben ein bisschen getextet und wollen sich morgen treffen. Ich muss natürlich mitkommen. Anbei Ort und Uhrzeit. Passt zum Glück genau so, dass es sich nicht mit meinen geplanten Trainingseinheiten überschneidet. Ich schaffe es sogar noch vorher zu duschen.

Am nächsten Vormittag betrete ich das DoJo von Jeremys Kumpel Allen. Wie sich heraus stellt, trainiert er nicht nur dort, es ist sogar sein eigenes. Perfekt. Ich lerne also bei einem

Meister seines Fachs. Kurz klären wir, dass das für ein Filmcasting ist, ich aber auch so nichts dagegen hätte, das privat ein bisschen drauf zu haben. So weiß Allen, auf was er sich mit mir konzentrieren muss. Er erklärt mir, dass er so gut es geht versuchen wird, mir in der Einheit heute und morgen die Grundzüge des Bojutsu beizubringen. Das sei natürlich lange nicht in so kurzer Zeit machbar, aber zumindest für das Casting sollte es erstmal reichen. Und vielleicht stelle ich mich ja gut an. Kurz bin ich versucht ihm zu erklären, dass es eigentlich gar kein Casting gibt. Lasse es aber doch gut sein.

Die erste viertel Stunde ist furchtbar trocken. Er erzählt mir im Schnelldurchlauf etwas zur Geschichte, zum Gleichgewicht und so weiter. Geduldig höre ich zu und bin voll dabei, bis es dann endlich an die ersten Übungen geht. Ganze drei Stunden hat er heute mit mir eingeplant und zumindest für dieses Mal habe ich das Geld zusammen gekratzt. Was morgen angeht, werde ich wohl Cora anpumpen müssen. Dad will ich in seinem aktuellen Zustand lieber nicht fragen.

Als ich heute morgen zum Frühstück in die Küche gekommen bin, saß er ganz allein am Tisch und hat seinen Kaffee angestarrt. Chloe kam dazu und verriet mir, dass er die ganze Nacht so dort gesessen habe und sich partout nicht ins Bett bringen lassen wollte am Vorabend. Und seit Karen weg ist, habe sie ihn auch nicht mehr reden hören. Chloe hat ihm Frühstück vorgesetzt, doch auch das hat er nicht angerührt.

Schließlich habe ich mich doch mal zu ihm gesetzt und ihm erklärt, dass er jetzt viel besser ohne sie dran sei und dass Chloe und ich uns um ihn kümmern werden. Wenn er seinen Geldhahn etwas lockerer macht, könnte ich ihm ein paar nette, geschulte Pflegekräfte besorgen und damit könnten wir auch Chloe entlasten. Ich hab ihm versprochen, dass wir die Woche mal einen richtig schönen Männerabend machen und ich ihn mit ins Killer nehme. Er hat weder geantwortet noch reagiert. Erst als ich resigniert die Küche verließ, kam ein leises «Danke» von ihm. Immerhin.

Da ich glücklicherweise schon einmal ein bisschen was mit Stockkampf gemacht habe, ist Allen sehr zufrieden mit mir für den Anfang und lobt meine Fertigkeit. Dass ich generell trainiere merke man auch, da ich recht schnelle Reflexe und eine gute Technik habe. Das geht runter wie Öl. Aber ausnahmsweise nehme ich mir mal keine Zeit dafür, mir was darauf einzubilden. Die Uhr tickt und ich muss fit werden.

Nach den drei Stunden bin ich fix und fertig. Das ist sogar noch viel anstrengender als mein restliches Training.

Zu Hause übe ich wieder, Gegenstände mit mir mit zu teleportieren und weise das erste Mal einen richtigen Erfolg auf. Dass das so viel schwerer sein würde als Klamotten hätte ich gar nicht gedacht, aber es scheint, je schwerer der Gegenstand, desto schwerer ist das Mitnehmen. Das könnte erklären, warum die Klamotten schneller gingen.

Mein Portemonnaie allerdings ist leider auch nie sonderlich schwer. Besonders nachdem ich vorhin Allen auszahlen musste. Vielleicht ist das der Grund dafür, dass dies der erste Gegenstand ist, den ich bei mir behalte. Und er bleibt sogar mit komplettem Inhalt in meiner Tasche. Ich probiere es gleich nochmal und nochmal und nochmal. Und eine Stunde später schaffe ich auch Schlüssel und Handy. Das ist auch für den Anfang erstmal das Wichtigste. Ich werde mir nur noch etwas einfallen lassen müssen, wo ich das Zeug hinstecke, sobald ich wieder in diesem orangenen Kondom unterwegs bin. Da ich aber auch noch einen Halter für meinen Bo brauche, werde ich das vielleicht irgendwie kombinieren. Heute kam übrigens eine Mail mit der Info, dass mein Bo morgen eintreffen wird. Es kribbelt schon in meinen Fingern vor Vorfreude.

Allerdings muss ich dann auch erstmal weiter. Meine Verabredung mit Cora und dieser Wendy aus dem Forum steht schließlich noch an.

Verabredet sind wir in unserem Stammcafé dem Stiles`. Cora hat sich einen großen Tisch hinten in der Ecke ausgesucht. Etwas abgeschirmt vom Rest der Besucher. Sehr gut. Da werden uns die Leute nicht komisch angucken, wenn wir von Superkräften reden.

Zum Gruß hebe ich meine Hand und schiebe mir einen Stuhl zurecht.

Cora hat nicht nur diese Wendy mitgebracht. Es sitzen noch drei weitere Personen dabei. Eine etwas ältere Frau links neben ihr. Das Haar wird schon von ein paar grauen Strähnen durchzogen und sie ist recht klein. Ich schätze sie Mitte Fünfzig, dafür sieht sieht sie aber noch ganz fit aus. Fitter als Karen. Neben ihr sitzt die andere Frau. Ein paar Jahre jünger, aber nicht viele. Das verraten ihre Falten und eine einzige graue Strähne. Ansonsten hätte ich sie auf höchstens 20 geschätzt bei dem Aufzug. Sie sieht aus wie jemand, der früher ein Streber und Kugscheißer war. Das Gesicht macht es irgendwie. Dazu ein strenger, dunkelhaariger Pferdeschwanz, der von einer dicken grauen Strähne durchzogen wird, eine eckige Brille mit richtig dicken Gläsern und ein pinkes Shirt auf dem *Bazinga!* steht. Irgendwie tippe ich darauf, dass es sich bei ihr um Wendy handelt. Sie sieht aus wie jemand, der gerne FanFictions schreibt. Auch wenn sie eigentlich aus dem Alter raus sein müsste.

Zu Coras Rechten sitzen zwei Männer. Ich kann beide nicht richtig einschätzen vom Alter her, ordne sie aber irgendwo zwischen den beiden Frauen ein. Einer von ihn ist hager, hat eine Glatze und sieht eigentlich sehr gemütlich aus. Der andere ist nicht viel größer, blond und sehr muskulös gebaut. Sieht aus wie ein Pumper.

Cora stellt mir den Pumper als Marten vor, den Schlacks als Ronan, die kleine Frau als Ruby und wie ich vermutet hatte Fräulein Pferdeschwanz als Wendy.

«Darf ich präsentieren?» Mit einer hoheitsvollen Geste, die mich etwas grinsen lässt, deutet Cora auf mich. «Der neue Feind des Gnoms und Nachfolger von Moving Bill: Jasper White!»

Wir nicken uns alle höflich zu und ich mustere jeden einzelnen von ihnen. Abgesehen von diesem Pumpertypen, Marten, sieht keiner von ihnen auch nur ansatzweise aus wie ein Superheld.

Dabei fällt es mir aber auch unheimlich schwer mir vorzustellen, dass die Vier damals alle noch recht jung waren. Jünger als ich jetzt.

«Mehr gibt`s von euch nicht?», frage ich etwas verwirrt. Nur vier Mann für einen Superheldenclub erscheinen mir recht wenig.

«Wir sind übrig», antwortet Marten knapp.

«Ja, genau wir sind sozusagen die Singles», antwortet Wendy und macht Anführungszeichen bei ihrem letzten Wort.

«Das soll heißen, der Rest hat mittlerweile Familie und wollte einen eventuell erneuten Kampf gegen den Gnom nicht riskieren», klärt Ronan mich lächelnd auf.

«Oder wohnen bereits sehr weit weg von hier.», fügt Ruby hinzu.

«Oder sind tot», meint Marten knapp.

Ich nicke. Cora zündet sich eine Kippe an. Marten, Ruby und ich nehmen auch eine. Nachdem ich den Qualm das erste Mal ausgepustet habe, wedelt Wendy ihn demonstrativ weg und verzieht das Gesicht. Die geht mir jetzt schon auf den Sack.

«Und wer sagt mir jetzt, dass ihr wirklich die *Guten* seid?», hake ich nach und mustere einem nach dem anderen. Ruby ergreift das Wort.

«Beweisen können wir es dir leider nicht, aber...» Sie kramt in ihrer Hosentasche und zieht ein zerknittertes Bild hervor. Ich beuge mich darüber. Darauf zu sehen ist eine Gruppe von Leuten, die erstaunlicherweise keine Superheldenkostüme tragen. Mein Blick schweift über das Bild und ich entdecke eine jüngere Version von Ruby und auch Wendy. Diese sieht genauso aus wie jetzt, nur ohne Falten und die graue Strähne fehlt. Außerdem glaube ich Ronan zu erkennen, damals hatte er noch Haare. Daneben steht Marten. Um dessen Schulter liegt der Arm meines Großvaters. Ich habe ihn nie kennen gelernt, aber ich kenne ihn von Fotos und auf manchen von denen sah er genauso aus. Sieht mir nach einem Gruppenfoto aus. Alle strahlen in die Kamera, manche umarmen sich. Im Hintergrund ist ein hellblauer Banner zu erkennen, auf dem ΣΓΔ in schwarzen Lettern prangt. Sigma Gamma Delta. Ruby hat Recht. Der beste Beweis ist das nicht, aber mir bleibt gerade wohl nicht so viel anderes übrig, als ihnen erstmal zu vertrauen, wenn wir irgendwie weiter kommen wollen.

Ich schiebe das Foto also wortlos wieder zurück über den Tisch.

«Wir haben gehört, der Gnom lebt noch?», bringt Ruby das Gespräch in Gange. Ich nicke und fange an zu erzählen, was wir bisher wissen. Was leider nicht viel ist. Dass Theodore meiner Mum eine Botschaft an die Arbeit geschickt hat inklusive des Fotos, dass er von sich gemacht hat. Mit dem Datum vom letzten Monat. Beides habe ich mir vorhin nach dem Duschen zu Hause noch aus Dads Schublade geklaut und mitgebracht. Ich lege die beiden Dinge auf den Tisch und erzähle außerdem, wie weit ich mit meinen Kräften bin. Dass ich fleißig trainiere, um ihm gegenüber zu treten und dass wir einigermaßen wissen, wie er einzuschätzen ist, nachdem wir die alten Artikel über ihn gelesen haben.

«Wir wissen weder wann es los geht, noch wo oder ob er irgendwie Helfer hat», ergänzt Cora.

Ruby betrachtet das Bild eingehend, auf dem Theodore in seinem Dress zu sehen ist und nickt vor sich hin.

«Das ist ganz eindeutig Theodore. Ich würde ihn unter Tausenden wieder erkennen.»

Marten reißt das Bild an sich und betrachtet es nun ebenfalls sehr intensiv.

«Ich denke du wirst warten müssen, bis er sich wieder meldet. Die Masche mit der Nachricht wirkt ganz wie sein Vater. Er bestimmt, wann und wo er zuschlägt. Es könnte schon heute Abend sein. Vielleicht aber auch erst in in zwei Wochen, einem Monat», erklärt Ruby. «Es ist also vollkommen richtig, dass du so viel trainierst. Du musst jederzeit gewappnet sein.»

«Na toll. Jetzt fühl ich mich gar nicht unter Druck gesetzt», murmle ich. Ich muss den Umgang mit dem Bo eindeutig noch mehr üben sowie das Teleportieren von Gegenständen und mir außerdem noch etwas einfallen zu lassen, um das Zeug mit mir an diesem Anzug herum zu schleppen.

«Ich acker wie ein Schwein», erkläre ich.

«Schweine ackern nicht.» Wendy rollt mit den Augen. Ich würde sie gern unterm Tisch treten. Aber ein Blick von Cora hält mich erstmal davon ab.

«Könnt ihr mir irgendetwas über euren Verein erzählen? Wer seid ihr? Gab`s euch nur wegen Theodore und seinem Dad? Und ward ihr nicht verdammt jung damals?»

«Wir sind nicht direkt ein Verein. Aber ich war schon ganz schön jung damals, ja» Wendy Gelapp hilft mir nicht sonderlich weiter. Ich konzentriere mich lieber auf den Rest.

«Wir waren eine Studentenverbindung. Oder besser gesagt: Haben uns gleichzeitig als eine getarnt», beginnt Ruby.

«Studentenverbindung?», lacht Cora anscheinend beeindruckt. Na ja.

«Genau. Sigma Gamma Beta. Der Superhelden Geheimbund. Ruby hat sie damals gegründet», erklärt Ronan.

«In diese Verbindung kamen nur Genträger herein, deren Kraft bereits ausgebrochen war und der bereit war, uns in unserem Kampf zu unterstützen», fährt Ruby fort. «Unter uns Genträgern hat sich das damals ziemlich schnell herumgesprochen, sodass unsere Verbindung sehr schnell gewachsen ist. Wir waren eine sehr durchwachsene Gruppe. Die Jüngsten waren 17, die Ältesten sogar über dreißig und haben sich extra dafür an der Parondon University für Kurse eingeschrieben. Wir haben gemeinsam trainiert, unsere Fähigkeiten ausgebaut und manchmal sogar aus Versehen ins Krankenhaus befördert. Wir wollten etwas tun gegen diesen Piraten. Und später gegen den Gnom. Dein Großvater war übrigens auch ein Mitglied unserer Verbindung. Er war so etwas wie der Hausvater. Er war ja schon um einiges älter als wir. Er ist eines Tages einfach ohne uns in den Kampf gegen den Piraten gezogen, weil er uns ins Herz geschlossen hatte und nicht wollte, dass der Pirat uns vielleicht erwischt und tötet.» Sie lächelt. «Er war ein guter Mensch und musste dafür leider selbst sein Leben lassen. Danach schworen wir uns, solange weiter zu machen, bis wir seinen Rache wütigen Sohn still gelegt haben. Und so war es. Nachdem wir ihn gemeinsam gefasst und ausgeliefert hatten, lösten wir uns auf. Die Älteren traten aus der Verbindung aus, machten Platz für neue Menschen, welche ohne Fähigkeiten, und so vermischten sich alle nach und nach, bis Sigma Gamma Beta eine ganz normale Verbindung wurde.»

«Als Cora mir erzählt hat, dass der Gnom wieder da ist, hab ich sofort versucht alle wieder zusammen zu trommeln, aber die Drei waren die einzigen, die so spontan bereit auf ein neues Abenteuer waren», erklärt Wendy.

Eine der Kellnerinnen kommt kurz vorbei und bringt uns unsere Getränke. Wendy isst außerdem ein Stück Kuchen und Cora und ich bekommen wieder unsere Cookies, statt der Amaretti.

«Und was sind eure Kräfte?», melde ich mich wieder zu Wort.

«Ich kann Feuerbälle schießen!», erklärt Wendy sofort, tut so als würde sie welche verschießen und unterlegt diese mit einem kleinen Piu-Piu-Soundtrack. Cora neben ihr schaut zu mir und verdreht grinsend die Augen. Ich stimme mit ihr überein, aber Feuerbälle schießen ist schon irgendwie cool.

«Ich kann mich unsichtbar machen und bin in dieser Zeit unverwundbar. Das funktioniert aber nur eingeschränkt. Solange ich die Luft anhalten kann», fährt Ruby fort.

«Das ist ja mies», murmle ich Stirn runzelnd und sie nickt.

«Man lernt damit umzugehen», sagt sie lächelnd.

«Ronan hier ist ein richtiger Hulk. Er ist super stark und kann mehrere Tonnen heben!», plappert Wendy selbstgefällig weiter. Das erstaunt mich etwas. Solche starken Superkräfte hätte ich eher dem Pumper Marten zu getraut, aber nicht dem hageren Schlacks mit Glatze.

«Und Marten-»

«Kann mit Milch umgehen», unterbricht Marten Wendy knapp und tonlos.

Cora und ich schauen erst uns verwundert an, dann Marten.

«Wie genau stell ich mir das vor? Du schleuderst... Milch durch die Gegend?», frage ich. Marten zuckt kurz mit seinem Mundwinkel, dann schaut er wieder grimmig drein.

«Ich beherrsche laktosehaltige Nahrungsmittel. Ich kann also die meiste Milch durch die Gegend fliegen lassen. Ja.»

«Klingt öde», gibt Cora zu und verzieht das Gesicht, während sie an ihrer Kippe zieht.

«Ich kann aber wirklich alles kontrollieren, worin Laktose enthalten ist. Euch zum Beispiel.» Er sieht von mir zu Cora. «In eurem Latte Macchiato ist Milch drin. Die ist jetzt in eurem Magen, nachdem ihr sie getrunken habt. Ich könnte euch also mit einem Handgriff den Atem nehmen, indem ich die Milch wieder hoch kommen lasse. Oder euch mit einem schönen Durchfall auf die Toilette schicken.» Er grinst etwas fies. Cora und ich schauen uns erstaunt an. Dann pfeife ich durch die Zähne.

«Wow. Krass. Das ist doch cool.» Marten nickt einmal kräftig.

«Feuerbälle sind aber auch ziemlich cool», wirft Wendy so ziemlich wie nebenbei ein. Ich kann mich nicht beherrschen und trete sie unterm Tisch.

«Au!»

«Sorry, mein Fuß hat gezuckt», sage ich ironisch und drücke meine Kippe aus. Cora grinst mich breit an.

«Wenn du mehr von Theodore hörst, dass lass es uns wissen», schaltet Ruby sich wieder ein. «Wir können aktuell nicht viel tun, da wir weder wissen wo er sich aufhält, noch was genau er plant, um dich anzugreifen. Aber was wir können, ist Unterstützen. Wenn er kommt, werden wir bereit sein und mit dir kämpfen. Für Moving Bill.»

«Für Moving Bill!», ruft Wendy und reckt ihre Faust in die Luft. Marten schaut gelangweilt zu ihr herüber. Mich beschleicht der Eindruck, dass er auch etwas genervt ist von ihr.

Kapitel 26

Das Treffen an sich war nur halb so aufschlussreich wie erhofft, da die Gammas keine wirklich neuen Infos für uns parat hatten. Aber dass sie uns ihre Hilfe angeboten haben, nimmt mir einiges an Last ab. Denn sollte der Gnom tatsächlich Helfer haben, dann wäre es nicht verkehrt Unterstützung zu bekommen. Alleine würde ich ihn und seine eventuellen Gehilfen niemals besiegen können. Wenn ich denn generell überhaupt eine Chance habe.

Wieder zu Hause mache ich mich dann bereit für meine nächste Tour durch Parondon. Ich hatte eine Eingebung und online eine Seite gefunden, auf der es Halterungen für Bos gibt, die man entweder an seine Klamotte annähen oder mit Trägern aufsetzen kann wie einen Rucksack. Ich habe mich für das letzte entschieden. In Schwarz. Damit es zur Maske passt. Und mit Expressversand, damit ich hoffentlich gleich morgen meinen Bo dort hinein stecken kann. Dabei fällt mir auf, dass ich *meinen* Bo auch mal wieder wo rein stecken könnte. Vielleicht reiße ich nachher noch eine im Killer auf. Oder lieber wo anders. Meistens sind die Frauen im Killer vergeben oder Angestellte. Oder sie wollen mich tatsächlich ganz einfach gar nicht. Verstehe ich nicht.

Ich schlüpfe in meinen Anzug, lege die Maske an und teleportiere mich fort. Heute ist der Typ mit dem gefakten Gras dran. Da werde ich nicht so gemein sein. Und hoffentlich schneller und diskreter. Denn ich will ja nicht wieder auf dem Titelblatt landen.

Ich habe ihn vor Kurzem ausspioniert, um festzustellen, ob er noch am gleichen Fleck dealt, wo er es mit uns gemacht hat. Und tatsächlich. Zwei Abende nacheinander hatte er immer um die gleich Zeit am gleichen Ort einen Deal. Dummer Dealer. Aber gut für mich.

Ich ziehe mich aus einer Papiertonne heraus in der ich gelandet bin und schaue um die Ecke. Da die Glocken noch nicht geläutet haben, habe ich wohl noch ein paar Minuten Zeit. Oder einfach nur Pech. Denn weit und breit ist niemand zu sehen.

Ich teleportiere mich auf einen Fenstersims in der Nähe, um den Ort im Blick zu haben. Beine baumelnd halte ich meinen knurrenden Magen. Ich hätte vorher noch etwas Essen sollen.

Eine gefühlte Ewigkeit sitze ich sinnlos herum, ohne das etwas passiert und will gerade schon wieder verschwinden, da entdecke ich einen Jungen auf der Straße, der sich nervös umschaut. Scheint wohl sein erster Deal zu sein. Ja, das macht der Kerl gerne. Neulinge ran holen, die am besten keine Ahnung haben was echtes Gras ist. Tja. Bei uns hat er sich vertan. Leider war er nur schon weg als wir es bemerkten. Wie immer schwor ich mir später irgendwann mal Rache. Ein

Glück dass das jetzt alles wirklich funktioniert. Als hätte ich es geahnt.

Auf der anderen Seite der Straße kommt dem Jungen ein Mann entgegen. Er hat einen riesigen, dunklen Lockenkopf, beinahe wie ein Afro, und trotz der anbrechenden Dunkelheit eine Sonnebrille auf. Ich lasse die Zwei ihren Deal machen und konzentriere mich auf Lockenköpfchen, der schnell wieder dorthin verschwindet, wo er her kam. Dann löse ich mich in Luft auf und teleportiere mich direkt hinter ihn. Ganz leise. Das ist übrigens super an diesem Anzug. Das ist als würde man Socken tragen und wenn es nicht gerade geregnet hat, macht man quasi keine Geräusche. Ich muss mir nur noch etwas für den Winter überlegen. Aber ich will ja eh einen neuen Anzug.

So leise ich kann folge ich ihm, die Hände hinterm Rücken verschränkt. Erstmal abchecken, dass er keine Bodyguards in der Gegend hat. Als er alleine in ein Auto steigt, sehe ich die Luft als rein an und tauche auf seinem Rücksitz wieder auf. Anstatt los zu fahren, packt er sein Butterbrot aus und ich rolle mit den Augen. Ich greife mit den Händen blitzschnell um die Kopfstütze drum herum und packe ihn im Würgegriff. Er lässt das Brot samt Papier auf seinen Schoß fallen und keucht. Ich sehe wie er versucht im Rückspiegel einen Blick auf mich zu erhaschen, aber ich sitze in seinem toten Winkel.

«Du hast da was, was mir gehört!», zische ich in sein Ohr.

«Ich hab nichts getan, ich hab nichts getan. Wirklich!»,
jammert er in einer ziemlich hohen Tonlage und hält die Arme
nach oben. «Wirklich! Bitte lass mich los!» Was für ein
Jammerlappen.

«Gerne. Sobald du mir gibst, was mir gehört.»

«Ich weiß nicht, wovon du redest. Bitte. Ich hab nichts
getan!»

Ich verdrehe die Augen, weil er sich wiederholt und lügt.

«Ich hätte gerne mein Geld zurück», sage ich gespielt
freundlich. «Und bevor du jetzt wieder lügst, lass mich dich
wissen, dass ich bei jeder Lüge fester zu drücken werde.»

«Ich weiß nicht, welches Geld du meinst!», jetzt heult er
schon fast. Meine Fresse.

«Hmm, na gut. Das lasse ich durchgehen. Fairer Weise
sollte ich dich aufklären. Also pass auf: Das Gute an deiner
Aktion war, dass ich jetzt immer erst schön alles abchecke,
was man mir verkauft. Das schlechte daran... mmh, lass mich
überlegen.» Ich spiele mit meiner Stimme als müsse ich
ernsthaft nachdenken. Dann beuge ich mich ganz dicht an
sein Ohr und zische: «Dass du mir hundert PD aus der
Tasche gezogen hast. Für Gras. Ich rede nicht von dem
Weed, dass einen High macht. Nope. Ich meine das Gras, das
die Kühe auf der Weide fressen! Getrocknet und Gepaart mit
ein paar zerkrümelten, getrockneten Kräutern.» Ich werde
wieder sauer als ich daran zurück denke, wie wir uns Joints

drehen wollen und feststellen, dass das stinknormales Gras und Kräuter sind. Natürlich. Ein bisschen waren wir selbst daran schuld. Man schaut vorher einfach nach, bevor man die Katze im Sack kauft. Allerdings ändert das nichts an der Sache, dass er uns beschissen hat und mein Geld weg war.

Lockenköpfchen sagt nichts, anscheinend denkt er stark nach, wie er ohne Verluste und blaue Flecken am Hals wieder hier raus kommt. Seinen schnellen Atem höre ich aber ganz deutlich.

«Oh, ich ergänze: Wenn du mir zu lange brauchst mit antworten, dann drücke ich auch zu.»

«Ich hab dein Geld nicht!», ruft er panisch.

«Oh, das war clever. Keine Lüge», lache ich. Denn sicher hat er exakt mein Geld schon ausgegeben. «Aber das lasse ich dieses Mal nicht durchgehen.» Ich drücke fester zu und er röchelt etwas. «Raus damit. Hundert Piepen, mann.»

Ich sehe wie er seine Hand in seine Hosentasche schiebt. Kurz ergreift mich die Angst, dass er dort eine Knarre stecken haben könnte. Aber nach einem schnellen Blick auf die Hosentasche stelle ich erleichtert fest, dass die Hose dort viel zu eng anliegt, als das dort eine stecken könnte.

Er friemelt mit seinen fettigen Finger ein paar Scheinchen heraus und reicht sie mir. Ich nehme nur eine Hand von seinem Hals, um das Geld entgegen zu nehmen und zu zählen.

«Oh. Schade. Reicht leider nicht.» Ich drücke wieder fester zu. Ich frage mich, wie sehr man zu drücken kann, bevor es gefährlich für ihn wird. Hm. Ich werde mich später mal erkundigen. Jetzt passe ich einfach auf. Ich will ihn ja schließlich nicht erwürgen. Das hat er nun auch wieder nicht verdient.

«Mehr hab ich nicht.» Ich drücke wieder fester zu. «Wirklich!» Und nochmal fester. Reine Spekulation.

«Du hast gerade einen Deal abgeschlossen. Ich hab`s gesehen. Also her mit der Kohle.»

Sein Atem geht immer noch heftig und mit zittrigen Fingern holt er noch mehr aus der Hosentasche, bis ich schließlich hundert PD zusammen habe. Ich lasse etwas lockerer, aber nicht los.

«Na also, geht doch!», rufe ich erfreut auf und schiebe mir das Geld in den Anzug, wo es dank des Latex` bombenfest sitzt. Zum Glück habe ich das Teleportieren mit kleineren Sachen jetzt schon ganz gut drauf. Mit der freien Hand greife ich in Lockenköpfchens Schoß und kralle mir das halb eingepackte Butterbrot, in das er Gott sei Dank noch nicht rein gebissen hat.

«Oh, danke. Nett von dir», bedanke ich mich grinsend dafür, lasse ihn los und verschwinde im gleichen Moment.

Nicht weit weg von seinem Auto lasse ich mich wieder auf einem Fenstersims nieder, um das Brot zu verspeisen. Ob ihr es glaubt oder nicht, es hat den Weg hier her heile überstanden und ist nicht verloren gegangen. Das Geld übrigens auch. Ich werde besser. Yes!

Essend und Beine baumelnd blicke hinüber zum Auto und schaue amüsiert zu, wie Löckchen sich panisch umsieht und sich wahrscheinlich unsicher ist, ob er gerade einen Trip schiebt. Dann startet er nervös das Auto. Das merke ich daran, dass er es zwei Mal absaufen lässt. Als er fort fährt, mache auch ich mich auf den Heimweg.

Kapitel 27

Als es am nächsten Tag an der Tür klingelt, springe ich sofort in Shorts aus dem Bett und die Treppe hinunter.

«Ist für mich!», rufe ich Chloe zu, die gerade die Post entgegen nimmt.

«Das ist ja ein riesiges Paket!», sagt sie erstaunt und reicht es mir lachend weiter. «Fast so groß wie du! Hast du dir eine Schrotflinte bestellt?»

«Fast», grinse ich und nehme auch das andere, kleinere Päckchen entgegen. Das muss die Halterung sein. Der Expressversand hat sich also gelohnt.

Ich eile auf mein Zimmer, packe alles aus und probiere sofort, ob das alles so klappt, wie ich es mir vorstelle. Halterung sitzt, Bo liegt super in der Hand und sitzt fest in der Halterung. Das fließende heraus Ziehen muss ich noch etwas üben, aber das gelingt mir auch recht schnell, nachdem ich ein paar Mal meine Nachttischlampe auf den Boden gefegt habe.

Aufgeregt wie ein Schuljunge eile ich ins Zimmer meines Vaters. Da er nicht unten war, muss er hier sein und Karen noch hinterher trauern.

«Schluss mit dem Rumgeheule, Dad!», sage ich entschlossen, als ich sein Zimmer betrete und bäume mich in Peter Pan Pose vor ihm auf. Die Beine breit, die Hände in die Hüften gestemmt.

«Ich erzähle dir jetzt ein paar schöne Dinge, du lässt dir helfen, heute Abend gehen wir nackte, tanzende Frauen angucken und dann hörst du auf zu schmollen.» Er dreht seinen Kopf zu mir und schaut mich traurig an. «Mein Gott, Dad!», sage ich genervt. Dieser Blick gibt mir echt das Letzte. «Jetzt schau mich nicht mit diesem hohlen Blick an. Sorry, aber Karen ist eine Fotze. Sie hat dich scheiße behandelt, sie hat mich scheiße behandelt und dich Jahre lang betrogen. Und jetzt komm mir nicht mit», ich ahme ihn übertrieben nach, «aber sie war für mich da, nachdem mein Vater starb!» Ich sehe ihn wieder ernster an und rede normal weiter. «Das ändert nämlich nichts daran, was für ein Mensch sie ist. Ich habe eh nie verstanden, was du an der findest. Das einzig Nette von ihr war, dir als Gefäß zu dienen, damit du mich erzeugen konntest. Mich, deine echte Familie. Okay? Ich bin vielleicht nicht der fleißigste Sohn der Welt und auch nicht immer der smarteste, aber mir bedeutest du wenigstens etwas. Auch wenn ich dich manchmal für einen Waschlappen halte.» Das entlockt ihm tatsächlich ein kleines Grinsen. «Deshalb will ich auch, dass du es gut hast. Leider fehlt mir manchmal die nötige Empathie und Zeit, um mich persönlich rund um die Uhr um dich zu kümmern und das Geld, um es andere machen zu lassen. Also locker bitte endlich deine Taschen und lass mich wenigstens Geld für *dich* ausgeben. Für ordentliches Pflegepersonal, das sich angemessen um dich kümmert. Nette Edelprostituierte, die dich bespaßen und endlich wieder Mann sein lassen. Dröhn dich mit Weed zu und lass los. Verzock dein Geld im Casino und verdreifache es. Hauptsache du lebst endlich wieder. Und wenn du deinen Sitz im Büro eh bald abgibst, na dann hast du dazu demnächst auch genug Zeit dafür!» Ich beende meinen Monolog mit in die Luft gespreizten Händen und sehe meinen Vater herausfordernd an.

Einen Moment lang schaut er mich einfach nur an und ich kann nicht ganz herauslesen, was der Blick bedeutet. Aber dann lacht er sein alte-Männer-Lachen und nickt. «Okay.»

«Okay?», frage ich etwas überrumpelt und lasse meine Hände wieder sinken.

«Ja, okay. Gib das Geld für mich aus. Besorg mir Kippen, Nutten, Weed und Personal. Ja, verdammt. Ja!» Er lacht und ich lache mit. Aber anders als er. Eher verwirrt.

«So einfach war das? Hätte ich das mal eher gewusst.» Grinsend schüttle ich den Kopf. «So und jetzt pass auf, wie toll dein nichsnutziger Sohn eigentlich ist.» Ich ziehe den Stock aus seiner Halterung. Leider wird es dieser typische Vorführreffekt und ich muss zwei Mal dran rucken, damit es klappt. «Kann ich flüssiger», sage ich abwinkend und präsentiere meinen Bo.

«Und ich hab mich schon gefragt, was du da so Teures mit meinem Panazon Konto gekauft hast», lacht Dad. «Gute Wahl. Schick. Gefällt mir.»

«Im Ernst?» Dad überrascht mich heute ganz schön.

«Na klar. Kannst du damit denn schon umgehen?»

«Ich nehme seit gestern Stunden bei einem Bojutsu Lehrmeister. Für drei Stunden Training bin ich ganz okay. Hab nachher nochmal drei Stunden und will verlängern, sobald ich es mir leisten kann. Und ich hab noch eine gute Nachricht. Ich war letztens auf einem Dreh und ich hab denen so gut gefallen, dass ich jetzt `ne größere Rolle in einem Blockbuster angeboten bekommen habe. Da guckste, was?», grinse ich.

Dad rollt in seinem Rollstuhl auf mich zu und klopft mir auf den Oberarm. Höher kommt er nicht. «Ich bin wirklich stolz auf dich mein Junge. Dass du dein Leben so in die Hand nimmst, deine Karriere voran treibst. Ganz besonders aber, dass du den Mumm hast, den ich nicht hatte und deinen Großvater rächst. Pass nur bloß gut auf dich auf. Ich brauch dich noch.» Er grinst. «Alleine im Stripclub sitzen ist nämlich ein bisschen langweilig.»

Den Nachmittag verbringe ich wieder mit viel Training. Erst übe ich eine dreiviertel Stunde Gegenstände zu portieren und es gelingt mir immer besser. Nach nur ein paar Übungen, behalte ich den Bo und die Halterung problemlos bei mir, schaffe es später sogar Bücher, einen Stuhl und sogar eine Hantel mit zu teleportieren. Die Hantel ist mir aber sofort nach der Landung zwischen die Füße gefallen. Das muss ich nochmal üben. Aber ich blicke dem immer positiver entgegen.

Danach geht es zwei einhalb Stunden in den Fight Club, wo ich mich wieder von Jeremy vermöbeln lasse. Dieses Mal halte ich mich aber weitaus besser und kassiere dafür wieder Lob und Respekt von den Jungs. Und damit ich nicht zu spät zu meinen drei Stunden Bojutsu komme, teleportiere ich dorthin. Dad hat mir sogar das Geld dafür zu gesteckt, bevor ich gegangen bin.

Ihr könnt euch vorstellen, dass ich am Abend ziemlich gerädert bin. Sechs Stunden Training am Stück gehen eben nicht ganz spurlos an einem vorbei. Dafür fühle ich mich fantastisch. Jeder Fortschritt lässt mein Ego und meine Zuversicht steigern. Und ich denke, dass mein nächstes nächtliches Opfer schon Rudy sein könnte.

Ich beschließe nach Hause zu laufen. Etwas frische, wenn auch warme, Luft zu tanken ist sicher nicht verkehrt. Und um von meinem Adrenalinstoß, gepaart mit Erschöpfung - ja, das geht - runter zu kommen. Da klingelt mein Handy. Es ist Cora.

«Cora, hey!», rufe ich übermotiviert ins Telefon.

«Du bist ja gut drauf!», lacht sie.

«Aber sowas von! Ich hab den ganzen Tag trainiert, ich fühl mich wie Karate Kid.»

Cora lacht wieder. «Du, pass auf, ich hab News. Du hast mir doch von Amanda erzählt, `ne? Das mit dem Baby und so. Ganz zufällig stand sie heute im Supermarkt vor mir an der Kasse. Da hab ich gleich mal die Gelegenheit genutzt, um sie auf ihr Baby anzusprechen, dass sie nicht dabei hatte. Sie hat natürlich stocksteif behauptet, das wäre bei ihrem Ex. Wie der Zufall aber spielt, ist ihr Ex mittlerweile der Freund einer Freundin meiner Cousine und von der weiß ich, dass er gar kein Kind hat.»

«Ich wusste es!»

«Also entweder hat sie ihr Kind vor dem Einkaufen irgendwo abgegeben oder sie hat gar keins und wollte dich nur um dein Geld erpressen, weil sie blank ist. Würde auch Sinn ergeben, immerhin wollte sie dann ja doch nicht mehr vor`s Gericht. Ja, ja. Dumm. Einfach nur dumm.» Ich stimmt ihr zu. «Treffen wir uns gleich noch im Killer?»

«Du kannst gern kommen, aber ich gehe heute mit meinem Dad hin», antworte ich grinsend. «Männerabend.»

«Wie das?» Sie klingt überrascht. «Erzähl!»

«Erzähl ich dir morgen, ja? Ich bin jetzt da und muss noch schnell unter die Dusche springen. Sonst rennt Gigi weg, wenn sie mich riecht.»

Cora lacht. «In Ordnung, dann sehen wir uns morgen. Bis dann.»

«Bin wieder da!», brülle ich in den leeren Hausflur hinein

Ich schmeiße meine Trainingsklamotten in die Wäsche und dusche mich erstmal richtig ordentlich ab. Ich bin mir gerade ein Handtuch um die Hüften und schüttle ein paar Wassertropfen aus meinem zotteligen Haar, da höre ich Chloe kreischen. Mit einem Satz bin ich im Flur und blicke mich um.

«Chloe?» Instinktiv schaue ich zur Treppe. Zwar habe ich nichts Poltern gehört, aber das schließt nicht aus, dass sie die Treppe hinter gefallen sein könnte. Aber dort ist sie nicht.

«Chloe!?», rufe ich nochmal und jetzt höre ich sie schluchzen.

«Jasper», höre ich ihre zittrige Stimme. Es kommt vom Ende des Flurs. Aus dem Zimmer meines Vaters. Vielleicht ist er aus dem Rollstuhl gefallen. Ich renne rüber so schnell ich kann. Und da sehe ich ihn. Mein Vater. Auf dem Bett. Den Rollstuhl akkurat daneben abgestellt. Neben Dad auf dem Bett liegen sämtliche Schachteln seiner Medikamente. Alle leer. Daneben ein Zettel.

Und mein Vater? Leblos. Wahnsinnig schnell stehe ich am Bett und fühle seinen Puls.

«Nein, Dad, nein. Komm!», flüstere ich hektisch vor mich hin. Ich kann nichts fühlen. «Nein Dad, bitte. Tu mir das nicht an. Bitte!», presse ich zwischen meinen Zähnen hervor. Aber es ist sinnlos. Der Puls ist tot. Mein Dad ist tot. Hilflos sacke ich vor dem Bett auf die Knie, lege meinen Kopf aufs Bett und falte die Arme darüber zusammen.

Ich weiß ehrlich nicht mehr, wann ich das letzte Mal geweint habe. Aber fortan wird es dieser Moment sein.

Kapitel 28

Überall wimmelt es von Polizisten und Sanitätern, die meinen Dad auf einer Trage heraus bringen. Blaulicht blitzt durch die Fenster rein und Chloe sitzt weinend neben mir. Mit einer zittrigen Hand ziehe ich an meiner Beruhigungskippe, den anderen Arm habe ich um Chloe gelegt.

Ich sitze immer noch nur im Handtuch da und versuche, meinen Körper unter Kontrolle zu bringen. Unfassbar. Habe ich heute Vormittag etwas nicht mitbekommen? Ein Zeichen übersehen? Hat er mir nur etwas vorgemacht? Hatte er es vorhin schon geplant? Oder ist plötzlich eine Synapse bei ihm gerissen und er hat gesagt: So, jetzt aber!

Ich bin hin und her gerissen. Ich wäre so gerne wütend auf ihn. Stinksauer. Möchte seine Leiche auf der Trage beschimpfen, die an mir vorbei getragen wird. Aber ich kann einfach nicht. Ich kann einfach nicht sauer sein. Alles was ich fühle ist Schmerz. Schmerz, dass er mir genommen wurde. Ausgerechnet jetzt, wo wir wieder so etwas wie eine Vater-Sohn-Beziehung aufgebaut haben in den letzten Monaten.

Unentwegt schüttle ich den Kopf und rauche die Kippe wahnsinnig schnell auf. Am liebsten würde ich mir noch eine anstecken, aber ich will Chloe nicht zu sehr voll qualmen.

Die Polizei hat unsere Personalien aufgenommen und ich hab dabei eine alte Bekannte wieder getroffen. Groß. Bullig. Mich geringschätzig musternd.

«Na? Dieses Mal wenigstens noch das Handtuch geschafft?», hat Tyrel mich trocken begrüßt. Am liebsten hätte ich ihr dafür eine gelangt, aber da überall um uns herum ihre Kollegen zu Gange waren, habe ich es gelassen. Sie hat allerdings wohl selbst gemerkt, dass das gerade unangebracht war und entschuldigt sich immerhin.

«Mr Black?», spricht sie mich jetzt wieder an. Ich bin zu fertig, um großartig begeistert fest zu stellen, dass sie sich das ernsthaft notiert hat beim letzten Mal. Ich nicke nur. «So schnell sieht man sich also wieder. Waren Sie schon beim Arzt?» An der Art wie sie klingt, höre ich, dass sie die Antwort eh schon weiß. Ich schüttle trotzdem meinen Kopf. «Na gut. Sie dürfen jetzt den Brief lesen», fährt sie nach einer kurzen Pause fort. Sie reicht mit das eingetütete Blatt, das neben meinem Vater auf dem Bett gelegen hat und schaut mich bedauernd an. Es wurde ausgedruckt. Da Dads Schreibhand gelähmt wurde, hat er seitdem fast ausschließlich mit dem Computer getippt.

Chloe schluchzt weiter neben mir. Ist aber so höflich sich wo anders hin zu setzen und mir diesen Moment zu lassen. Den irgendwie letzten Moment mit meinem Vater.

Lieber Jasper,

es tut mir leid, dass ich so von dir gehe. Du musst mich für einen Feigling halten. Hast du schon immer getan. Aber ich weiß, dass ich es nicht ohne deine Mutter schaffen werde. Dass sie mich verlassen hat, macht mir zu schaffen und ich danke dir dafür, dass du mein Sohn warst. Es tut mir Leid, dass ich dir nie sagen konnte, wie stolz ich auf dich war.

Dein Vater Larry.

Ich lese ihn nochmal durch. Unfassbar. Karen war so eine elendige Lügnerin und Hure und hat meinen Dad verseucht. So sehr, dass er sich das Leben nimmt, kaum dass sie zwei Tage fort ist. Mein ganzer Hass, den ich vorhin noch für meinen Vater empfinden wollte, lenkt sich um auf Karen. Am liebsten würde ich auch ihr Leben zerstören. Sie wusste immer, wie schwach Dad war. Vor allem im Bezug auf sie. Wütend reiche ich Tyrel den Brief zurück. Dabei reiße ich meine Hand so schnell herum, dass ich damit gegen ihren wabbeligen Bauch knalle.

«Haben Sie das Zeichen gesehen?», fragt sie mich. Ich hebe meinen Kopf.

«Hä? Welches Zeichen?»

Sie hält mir den Brief in der Tüte wieder vor die Nase und malt mit dem Finger einen Kreis um den Text herum. Das habe ich übersehen. Hinter dem Text ist ein ganz schwaches

Wasserzeichen. Schwarz weiß. Ich muss ganz genau hinsehen, um es zu erkennen.

«Irgendein Firmenlogo?», mutmaße ich.

«Das haben wir auch vermutet. Ist es das ihres Vaters? Ein anderes, dass sie kennen?»

Es kommt mir tatsächlich bekannt vor. Irgendwo habe ich es schon mal gesehen. Ein Kreis mit einem Blitz drin. Ja, das ist es. Verdammt. Na klar. Das war auf dem Foto. Von Theodore, welches er Karen geschickt hat. Darauf trägt er eine Maske in Form eines Blitzes, der von oben nach unten geht. Einmal über die Nase, von Stirn bis Kinn. Die Wangen liegen frei, sodass man seine Narbe sehen konnte.

Ich versuche mir nichts anmerken zu lassen und schüttle den Kopf. «Nichts.»

«Dachte ich mir.» Seufzend bringt sie die Tüte zu den anderen vermeintlichen Beweismitteln und unterhält sich mit einem Kollegen.

In der Zeit schiele ich zum Schubfach des Nachtschrankes. Bis vor Kurzem hatten dort die Nachricht und das Foto von Theodore drin gelegen. Zum Glück hab ich es neulich heraus genommen für die Gammas. Sonst hätte Tyrel sofort Verbindung zu dem Logo auf Dads Abschiedsbrief hergestellt und dann wäre es kompliziert geworden.

Die Polizei entlässt Chloe und ich schicke sie Heim. Sie soll sich ausruhen so lange sie will, ich rufe sie an, soweit ich weiß, wie es weiter geht. Wir umarmen uns, dann verlässt sie das Zimmer. Zeitgleich kommt Cora herein. Ich habe sie gleich als nächstes nach der Polizei und dem Notruf angerufen. Sie eilt auf mich zu und fällt mir um den Hals.

«Oh mein Gott, Jasper. Es tut mir so Leid. So Leid!» Cora vergräbt ihr Gesicht in meinem Hals und so stehen wir eine gefühlte Ewigkeit da. Ich immer noch im Handtuch. Nach und nach verschwinden die Leute um uns herum. Tyrel hält mir noch irgendetwas hin, dass ich unterschreiben muss. Dann ist Dads Zimmer leer.

Kapitel 29

Cora hat die Nacht bei mir verbracht. Und nein, wir hatten keinen Sex. Unpassender geht es schließlich nicht. Stattdessen haben wir Arm in Arm da gelegen und ich habe ihr von dem Wasserzeichen erzählt. Außerdem ist mir erst im Nachhinein richtig bewusst geworden, dass ich früher etwas hätte merken müssen. «Schade, dass ich dir nicht mehr sagen konnte, wie stolz ich auf dich bin.» Denn das hatte er mir erst an diesem Morgen gesagt. Wenn dieser Brief tatsächlich vom Gnom kommt, dann war er zu dem Zeitpunkt nicht auf dem neusten Stand. Und es wirft eine neue Information in den Raum: Irgendwie hat er mit dem Tod meines Vaters zu tun. Und je länger ich darüber nachdenke, desto sicherer bin ich mir, dass es kein Suizid war.

Erst Joe. Jetzt mein Dad. In letzter Zeit gab es eindeutig zu viele Todesfälle in meinem näheren Umkreis. Und zumindest für den letzten Tod weiß ich jetzt, wen ich dafür bluten lassen kann.

Die nächsten Tage trainiere ich wie ein Besessener. Noch härter als zuvor und Allen schiebt ein paar Extrastunden mit mir ein. Er ist so kulant und stellt sie mir in Rechnung. So bleibt mir etwas Zeit, das Geld für die Stunden aufzutreiben.

Ich rede weniger als zuvor beim Training, damit ich voll konzentriert bin. Nachts hüpfe ich mit dem Bo und meinem

Handy, dass ich, wie das Geld letztens, einfach in meinen Anzug klemme, durch ganz Parondon. Von Dach zu Dach, zu Fenstersims, zu Papiermülltonne, Telefonzelle, und schleppe immer wieder meine Hanteln mit.

Nach einem besonders harten Trainingstag, sitze ich erschöpft im Killer und schaue mir an wie Gigi und irgendeine Neue, die ich nicht kenne, erotisch an der Stange herum tanzen. Die Neue flirtet mit mir, was ich nicht erwidere. Ich bin zu müde und außerdem ist es ihr Job. Nicht ihr Vergnügen.

Ich stecke mir eine Kippe an und drehe mich zu Allie, die mir gerade meinen dritten Whisky bringt.

«Ich hab dich lang nicht gesehen», sagt sie lächelnd. «Cora hat mir das mit der Trennung deiner Eltern und deinem Vater erzählt. Das tut mir wirklich unheimlich Leid…» Ich nicke nur und brumme etwas. «Wenn ich dich irgendwie aufmuntern kann, dann sag Bescheid, ja?» Ich wiederhole meine Antwort von eben. Sie wirft mir noch einen Blick zu, dann bedient sie den Tisch neben mir. Stumm und ins Leere starrend, rauche ich vor mich hin. Irgendwann setzt sich Cora dazu und schweigt mit mir.

«Hey», grüßt sie mich irgendwann. «Hab mir schon gedacht, dass ich dich hier finde. Ich hoffe es ist okay, dass ich das mit deinem Vater den Gammas erzählt habe.»

«Hm?» Ich hebe den Kopf und schaue sie an. Ach ja. Die Gammas. Diese angeblichen Superhelden. Die hab ich schon fast wieder vergessen.

«Passt. Hatte selbst keinen Kopf für.»

«Dachte ich mir», antwortet sie verständnisvoll und zieht mir die zerdrückte Kippenschachtel aus der Arschtasche, um sich eine zu schnorren. «Hast du Feuer?» Stumm reiche ich ihr mein Feuerzeug.

«Ich werde diesen Kerl töten», sage ich schließlich nach einer weiteren Weile.

«Ganz sicher?»

«M-hm. Grandpa ist wegen seines Dads gestorben. Mein Dad durch ihn. Ist alles verdient.»

«Dann ziehst du jetzt also das gleiche Ding ab wie er, hm?»

Ich muss einen kurzen Moment lang nachdenken, was sie damit meint. Aber dann merke ich, dass Theodore und ich mehr oder weniger in einer ähnlichen Situation stecken. Also nicke ich.

«Aber das ist irgendwie anders», wende ich ein. Ich will nicht auf einer Stufe mit so einem Psycho stehen. «Ich bin nicht so krank und durchgeknallt wie er.» Ich will nicht behaupten, dass ich immer der Netteste bin. Siehe Wendall, Löckchen oder meine irren Ex-Affären, die ich einfach hab sitzen lassen. Aber uns trennen Welten. Ach was, ganze

Galaxien. «Und wenn ich jemanden umbringe, dann weil er es verdient hat. Der hat nicht nur meinen Dad gekillt, sondern auch zig andere Menschen. Dem muss man doch Einhalt gebieten, oder?» Ich drücke meine Kippe aus und exe den Whiskey. «Und? Heute wieder mit Allie unterwegs?», wechsle ich das Thema. Cora grinst wieder und nickt.

«Sie hat in einer halben Stunde Schichtende, dann gehen wir noch zu ihr.»

«Ist das jetzt eigentlich was Ernstes mit euch?»

Immer noch grinsend zuckt sie mit den Schultern.

«Vielleicht. Ich überleg's mir noch.»

Früh am nächsten Morgen weckt mich die Türklingel. Erst warte ich, dass Chloe aufmacht, aber dann fällt mir ein, dass ich sie mehr oder weniger in den Urlaub geschickt habe. Also mühe ich mich hoch und schlurfe in Boxershorts die Treppe hinunter. Völlig verpennt öffne ich einem Mann im Anzug und mit Aktenkoffer in der Hand die Tür. Er stellt sich vor als Barry Gallagher. Der Notar, bei dem mein Vater sein Testament gemacht hat.

Barry weist sich aus und ich bringe ihn ins Wohnzimmer, biete ihm sogar ein Glas Wasser an. Dann verschwinde ich kurz, um mir was über zu ziehen. Als ich drei Minuten später angezogen vor ihm sitze, teilt er mir mit, dass mein Vater dieses Testament vor gar nicht so langer Zeit erst aufgesetzt hat. Alleine und in Unkenntnis meiner Mum. Dad ist wohl doch irgendwie schon eher ein bisschen zur Vernunft bekommen.

Barry Gallagher verliest mir meine Erbschaft, was die Vollmacht für Dads Sparkonto, inklusive des gesamten Vermögens beinhaltet sowie das Haus und seine Firmenanteile. Kurz bin ich etwas geflasht, weil ich damit nicht gerechnet habe. Ich hab ehrlich gesagt nicht mal einen Gedanken an eine eventuelle Erbschaft verschwendet oder dass mein Vater so etwas aufgesetzt haben könnte.

Ich frage was *vor gar nicht so langer Zeit* heißt und als Barry mir sagt, dass es vor ungefähr einem Monat war, frage ich mich, ob mein Vater irgendetwas geahnt hat. Immerhin hatte der Gnom es auf ihn abgesehen. Wieder werde ich sauer, zügle mich aber. Der Notar kann nichts dafür. Der händigt mir jetzt ein paar Papiere aus, mit denen ich zum offiziellen Besitzer meiner Erbtümer werde und ich muss unterschreiben, dass ich die wirklich bekommen habe. Bevor er geht spricht er mir nochmal sein Beileid aus.

Geflasht sitze ich vor den Papieren. Der Wahnsinn. Diese paar Blätter hier vor meiner Nase machen mich gerade zu einem reichen Mann. Ich kann es noch nicht ganz fassen. Und das allerbeste daran ist, dass er Mum nichts vermacht hat. Nicht einen Cent. Nicht einmal ein paar Ohrringe oder sowas. Mein Vater muss sich einfach rechtzeitig besonnen haben, was Karen angeht. Oder er wusste, dass sie es irgendwie auch alleine schafft. Sie wusste sich schließlich schon immer durchzusetzen. Sonst hätte Dad sein Testament nicht so rigoros festgelegt. Ob sie einen Ehevertrag abgeschlossen haben, der das ermöglicht?

Ich habe ihr übrigens noch nichts von Dads Tod erzählt. Aber vielleicht sollte ich es tun. Ich google also die Nummer ihrer Arbeit und mache meinen Anruf bei ihr.

Gleich danach rufe ich den Bestatter an. Der Besuch von Barry hat mir klar gemacht, dass ich noch so einiges zu regeln habe, was meinen Vater angeht. Und der hat verdammt nochmal eine anständige Beerdigung verdient.

Kapitel 30

Am Abend ist es dann soweit. Mein Rachefeldzug gegen Rudy und seinen Bodyguard beginnt. Jetzt fühle ich mich alle Male fit genug, gegen die Beiden anzutreten und sie so richtig zu Brei zu schlagen. Cora hat mir gezeigt, wo der Typ wohnt. Er hat sein eigenes Haus als Dealing Position gewählt. Alle paar Abende gibt er eine Feier mit ausgewählten Gästen. Die Kunden, die als nächstes eine Lieferung erwarteten. Als schicke Soirée hat er es getarnt, damit die Nachbarn nicht misstrauisch werden. Dort wird dann vertickt. Cora war auch mehrmals dort, bevor sie zu Noel wechselte. Deshalb kennt sie den Ort. Schön, dass wir so dumme Dealer in Parondon haben, die sich immer in Sicherheit wiegen bei dem was sie tun. Cora hat durch Kontakte heraus gefunden, dass die nächste Party heute statt finden würde. Deshalb habe ich mir spontan diesen Tag heraus gesucht. Damit ich auch ganz sicher alle beide gemeinsam bei ihm zu Hause erwische. Rudy *und* seinen Leibwächter. Die Party soll um neun starten, also werde ich schon gegen sieben aufschlagen. Da kann mich keiner stören und jeder wird ihre zerschundenen Gesichter sehen können.

Zunächst aber habe ich allerdings beschlossen einen Umweg einzuschlagen. Den orangenen Latexoverall - der übrigens ganz schön zwickt, dank meiner neu erworbenen Muskeln - voll gestopft mit meinem zusammen gesammelten Material, teleportiere ich mich vor Al Jacksons Hintertür im Garten. Ihr erinnert euch? Dads Freund und Firmenmitbegründer. Schnell blicke ich mich nach neugierigen Nachbarn um, aber es ist keiner draußen oder am Fenster.

Durch die Fensterscheiben hindurch sehe ich eine hübsche Brünette. Daneben die hübsche Teenagertochter, die aussieht wie ihre Mutter, nur in jung. Und einen desinteressierten Jungen, der auf seinem Nintendo DS zockt. So eine hübsche Familie und ich muss sie jetzt leider kaputt machen. Weiter hinten entdecke ich einen Haarschopf auf dem Sessel. Im Fernseher dahinter läuft Baseball.

«Schatz, Essen ist fertig», höre ich die Stimme der Brünetten durch das angekippte Fenster hindurch. Al erhebt sich aus dem Sessel, nimmt aber die Fernbedienung mit an den Tisch. Ich gehe außer Sichtweite und ziehe ein Bündel zwischen meiner Brust und meinem Dress hervor. Darin befinden sich zwei Briefe. Einen nehme ich, den anderen stecke ich zurück. In dem in meiner Hand, befinden sich einige der Fotos, die ich von ihm und Karen in ihrem ehemaligen Schlafzimmer heimlich geschossen habe. Ich wusste, dass sie irgendwann mal noch nützlich sein würden. Neben den Fotos liegt eine Postkarte mit Dads Firmenlogo mit im Umschlag. Damit Al auch ganz sicher drauf kommt, wer ihm hier gleich das Leben ruiniert. Glücklicherweise hat die Hintertür in der Küche eine Katzenklappe, so dass ich den Umschlag dadurch hinein befördern kann. Gleich darauf teleportiere ich mich auf das Dach. Sicherlich werden sie gleich Ausschau nach dem Absender halten und ich will mich bedeckt halten. Durch das gekippte Fenster höre ich aber augenblicklich die Reaktion. Die Info sitzt. Volle Breitseite. Auf ein langes Schweigen folgt das Unwetter. Seine Frau schreit und heult abwechselnd, schickt die Kinder aufs Zimmer und die dumpfen Geräusche ordne ich einem Trommeln auf seine Brust oder sogar auf eine Wand zu. Al ist so dumm und behauptet, er wisse nicht, wo die Fotos herkommen. Die müsse jemand gefälscht haben. Das reicht mir, ich ziehe weiter. So leid es mir für die Familie tut. Aber Al Jackson hat seinen Beitrag geleistet, meine Familie zu Grunde zu richten. Jetzt leiste ich meinen Beitrag.

Das gleiche ziehe ich mit Karens Boss, Titus Kent, und seiner Familie ab. Die Reaktion fällt ähnlich aus. Nur das seine Frau immer wieder brüllt: «Ich wusste es, ich habe es die ganze Zeit geahnt!»

Jetzt wird es aber Zeit für mich, mich auf mein eigentliches Ziel für heute Abend zu konzentrieren. Karen lasse ich aus. Dadurch, dass ich sie habe auffliegen lassen, wird sie noch genug Stress bekommen. Ihre Familie ist schon kaputt. Und vom Erbe sieht sie keinen müden Penny. Mehr fiel mir beim besten Willen nicht ein, was ich noch hätte nachhelfen können.

Also lande ich kurz darauf in einem Baum in Rudys Garten. Glücklicherweise ist Sommer und der Baum so dicht, dass nicht mal mein knalliges Dress durch blitzt.

Ich schiebe einen Ast soweit zur Seite, dass ich ein Stück des Gartens und seines Hauses sehen kann. Geht ihm ganz schön gut so als Dealer. Ich bin mir ja sicher, dass er nicht nur Koks vertickt.

Unten im Eingangsbereich brennt schon Licht, obwohl es noch nicht mal dämmert, aber dort sehe ich niemanden. Sorgsam checke ich die Gegend ab und erhasche einen Schatten in einem der oberen Zimmer. Als der Schatten größer wird, nimmt er Gestalt an. Das ist Rudy. Diese Hackfresse erkenne ich unter allen Dealern ganz Parondons wieder. Sein Gesicht ist zwar leider nicht mal so hässlich, wenn er den Mund geschlossen hat. Aber sobald er ihn öffnet, entblößt er seine hässliche Pferdefresse.

Rudy probiert einen Kummerbund an. Bestimmt für nachher. Sein Bodyguard ist nicht mit im Zimmer. Ob er vielleicht noch gar nicht da ist? Aber dann höre ich ein Geräusch und die Haustür öffnet sich. Der Hühne von Leibwächter tritt vor die Tür und zündet sich eine Kippe an. Klasse. Jetzt will ich auch eine. Ich schüttle den Gedanken ab und durchsuche die Gegend nach einem weiteren Bodyguard. Aber soweit ich weiß, hat er nur diesen einen. Ich freue mich ein bisschen, dass sie getrennt sind. Beide auf einmal wäre ganz schön hart geworden. Aber vielleicht wäre es auch die beste Übung für den Gnom gewesen. Wer weiß.

Der riesenhafte Kerl läuft vor der Haustür herum und blickt auf die Straße. Ich atme tief ein und verschwinde vom Baum. Kurz danach tauche ich hinter ihm wieder auf. Showtime.

Ich beuge mich vorsichtig an sein Ohr ran. «Buh!», sage ich leise grinsend. Seine Reflexe sind wahnsinnig schnell. Aber durch mein vieles Training bin ich schneller und schon wieder verpufft als seine Faust auf mich zu schnellt.

Jetzt stehe ich drei Meter vor ihm und zücke meiner Meinung nach total elegant meinen Bo. Der Hühne wirft seine

Kippe wütend auf die gepflasterte Terrasse und prescht auf mich zu. Ich teleportiere mich hinter ihn, ehe er bei mir ankommt und verpasse ihm einen gezielten Schlag von hinten zwischen die Beine. Unter Schmerzen aufjaulend, sackt er kurz zusammen. Den Moment nutze ich aus, um ihm einen ordentlichen Kick zwischen die Rippen zu versetzen, dann verschwinde ich vorsichtshalber wieder. Vom Zaun aus sehe ich zu, wie rasend schnell er sich erholt und wieder aufrappelt. Eier aus Stahl. Mann, mann.

Mit einem wütenden Aufschrei stürzt er auf mich zu und fort bin ich. Das muss ihn rasend machen, denke ich belustigt.

«Huhu», ich winke ihm von der anderen Seite aus zu und renne mit dem Bo in der Hand auf ihn los. Er kommt mir entgegen, aber ich teleportiere mich kurz vor ihm weg und tauche in der Luft über ihm wieder auf.

«Du hast meiner besten Freundin weh getan!», rufe ich, während ich auf ihn hinab sause, aber er weicht mir gerade noch aus und versetzt mir dieses Mal einen Treffer gegen die Brust. Etwas benommen taumle ich zurück und löse mich wieder auf, bevor noch ein Schlag folgen kann.

«Puh, der saß», grinse ich schief. Er dreht sich zu mir um und rast wieder wütend auf mich zu. «Aber ich war noch nicht fertig», erkläre ich ihm, teleportiere mich wieder hinter seinen Rücken und ziehe ihm volle Breitseite eine mit dem Bo über. Ich hab einen bisschen Angst, dass sein Stahlkörper mein hübsches, neues Stöckchen zerbrechen könnte, aber das ist überraschend robust. Gutes Teil. Einen Moment passe ich nicht auf und fange mir eine ein. Dieses Mal auf den Wangenknochen. Mir wird schwindlig und ich taumle kurz über die Wiese, während der Riese seine Ärmel hoch krempelt. Ich bin mir sicher, dass Rudy jeden Moment hier auftaucht, deshalb muss ich mich beeilen. Rudy wird garantiert eine Knarre mitbringen und dann wird es eng für mich. So gut es geht versuche ich mich zu sammeln und beginne mit Blitzteleportation. Habe ich mir gerade ausgedacht das Wort. Nice, hm? Dabei teleportiere ich mich so schnell hin und her, dass er mich kaum zu sehen bekommt. Vor ihn, hinter ihn, links, rechts neben ihn und jedes Mal versetze ich ihm einen Hieb mit dem Bo. Das erste mal merke ich nun, wie erschöpfend es ist, so schnell hintereinander umher zu switchen. Gott sei Dank bin ich mittlerweile recht gut in Form. Sonst wäre ich spätestens jetzt erschöpft zusammen gebrochen. Stattdessen bricht jetzt aber der Bodyguard vor mir zusammen und hält sich das Auge. Ups. Da hab ich wohl aus Versehen voll auf die Zwölf getroffen. Grinsend hole ich aus und stoße ihm die Frontseite des Stocks direkt in seine Eier und bohre noch ein bisschen nach, weil er so schön schreit. «Und deshalb, tue ich jetzt dir weh!», beende ich meine angefangene, kurze Tirade von eben. «War mir ein Vergnügen.»

Ich verbeuge mich gerade, da fliegt krachend die Haustür auf und Rudy hält eine Waffe direkt auf mich gerichtet. Ich versetzte seinem Bodyguard noch einen letzten, nur halb getroffenen Hieb auf den Schädel, bevor er komplett zusammen sackt. Dann verschwinde ich und höre noch einen Schuss. Puh. Na wenn nicht spätestens das die Nachbarn auf den Plan ruft. Gut, dass Rudys Gartenzaun so hoch und undurchsichtig ist. Für seine Drogenpartys. Das kommt mir jetzt zu Gute.

Ich lande also hinter ihm und mache das Gleiche wie mit seinem Bodyguard eben. «Buh!» Grinsend verschwinde ich wieder und schlage ihm kurz darauf von der Seite die Waffe mit dem Stock aus der Hand. Den Moment den er braucht, um mich verdattert anzustarren, wie ich wo anders wieder auftauche, nutze ich, um mit dem Bo die Waffe weiter weg zu stoßen. Damit er nicht sofort wieder dran kommt. Das ist nämlich sein Plan. Kaum hat er sich wieder gefangen, stürzt er auf die Knarre zu. Doch Teleportation sei Dank bin ich wieder schneller und stelle mich zwischen die Beiden. Den Bo quer vor mich gehalten wie einen Limbostab.

«Na, na. Wollen wir das nicht austragen wie richtige Männer, Rudy?»

«Wer bist du?», knurrt er und betrachtet mein knalliges Riesenkondom abwertend.

Grinsend reiche ihm ihm eine Hand. «Gestatten? Microman.» Langsam gefällt mir der Namen. Da er meine Hand ignoriert, lege ich sie wieder an den Bo und schaue ihn neugierig an. «Ich warte noch auf deine Antwort.»

«Wie richtige Männer also, ja?», brummt er und lässt mich nicht aus den Augen. «Dann sollte es aber auch fair bleiben.»

Ich zucke mit den Schultern und stecke meinen Bo weg. Dann hebe ich offen die Hände, um ihm zu zeigen, dass ich nichts mehr in der Hand halte. «Kein Stab, keine Waffe, kein Geflitze. Nur du und ich. Auf Augenhöhe. Und unsere Fäuste.» Kampflustig hebe ich diese vor mein Gesicht und hüpfe umher. Rudy krempelt sich mit Wut verzogener Stirn die Ärmel hoch und boxt sich mit der Faust in die flache Hand.

«Auf drei!», grinse ich. «Eins, zwei-» Dann teleportiere ich hinter ihn und trete ihm richtig schön ins Kreuz, so dass er zu Boden sackt.

«Du Schweinehund! Das nennst du fair?»

Ich tauche vor ihm wieder auf, ziehe ihm mit dem Bo noch eins über und knie mich vor ihn, während er leidet und zur Knarre rüber schielt.

«Nennst du es denn fair, wenn ein böser Mann einen anderen riesengroßen bösen Mann schickt, um eine kleine, wehrlose Frau fast zu Tode zu prügeln?» Ich warte keine Antwort ab, sondern werfe Rudy vollends zu Boden und dresche mit meinen Fäusten auf sein Gesicht ein bis ich Blut sehe. Und noch mehr Blut. Als ich merke, dass er gleich weg nickt, erhebe ich mich und beuge mich über ihn. «Nimm das als Warnung. Wenn du mir je wieder negativ auffällst, dann geht das beim nächsten Mal nicht mehr so glimpflich aus.» Ich teleportiere hinüber zur Waffe, stecke sie mir wieder zwischen Brust und Dress und hüpfe zu ihm zurück. Ich sollte mir vielleicht einen Gürtel besorgen. Dann muss ich nicht immer alles in die Brust stopfen. «Die nehm ich mit, wenns okay ist.» Gerade will ich abhauen, da bremse ich mich. «Ach, das hätte ich doch glatt vergessen!» Ich suche in meinem Anzug nach meinem Handy, das zum Glück unversehrt, aber ein bisschen runter gerutscht ist. Grinsend schalte ich den Selfie-Modus ein und hocke mich neben ihn. «Sag mal Spaghettiii!»

Völlig ausgelassen teleportiere ich in mein Zimmer. Das Blut rauscht lauthals durch meine Adern und ich spüre das Adrenalin kochen. Mann, war das geil. Vor lauter Adrenalin spüre ich nicht mal mehr den leichten Schwindel von Bodyguards Schlag vorhin.

Ich drücke auf Senden, damit Cora das versprochene Selfie mit Rudy bekommt und schäle mich aus dem zu engen Anzug. Ich würde ihn gerne waschen, weil er stinkt. Aber Chloe ist nicht da. Und ich weiß nicht wie man wäscht.

Fröhlich pfeifend lege ich heute mal *The Real Slim Shady* auf uns rappe lauthals mit.

Cora schickt mir sofort eine Nachricht zurück.

Hahaaa, fantastisch! Mein Mikroheld ist gerade zum Makrohelden geworden ;*

Die Postkarte an meiner Fensterscheibe fällt mir erst auf, als ich das Fenster öffnen will. Darauf zu sehen ist Superman in seiner typischen Fliegerpose mit einem strahlenden Grinsen auf dem Gesicht. Darunter steht in krakeliger Handschrift: *Showdown*.

Kapitel 31

«Super geil, echt!», lacht Cora und klatscht mit mir ab, als wir am nächsten Tag im Stiles`sitzen. «Kam heute Morgen gleich bei den Parondon Morning News. Rudy hat behauptet sie seien von zwei Kampfhunden im eigenen Garten überfallen worden. Wer`s glaubt. War ihm bestimmt peinlich, zu zweit von einem einzigen Kerl verprügelt zu werden. Oh und du hast jetzt `ne Portion gratis Koks bei Noel offen.»

«Wieso das?»

«Na, du hast seinem größten Konkurrenten `ne ordentliche Tracht Prügel versetzt, sodass seine Drogenparty gestern ausfallen musste und über zwanzig Kunden leer ausgingen. Noel hat gestern noch gut Umsatz gemacht und er hasst Rudy.» Sie zuckt mit den Schultern und nippt an ihrem Latte. «Er schrieb heute Morgen `ne Rundmail. Wer den Typen kennt soll ihn zu ihm schicken. Er hat sich `ne Runde gratis Koks verdient.» Ich lache etwas schnaufend durch die Nase.

«Ich verzichte.»

«Dachte ich mir», grinst sie. «Ich wollte es dich nur wissen lassen. Aber vielleicht ist er ja so kulant und gibt dir stattdessen lieber Gras.»

«Das wär geil. Es gibt übrigens News», fange ich an und erzähle ihr dann von allem, was sie noch nicht weiß. Nämlich von der Erbschaft, dass die Beerdigung für Ende der kommenden Woche angesetzt ist, dass ich Rudys Knarre hab mitgehen lassen und natürlich von Theodores Nachricht am letzten Abend.

«Es geht also los, hm?» Ernst schaut sie mich an und ich nicke. «Fühlst du dich fit genug?»

«Aye. Ich denke ich bin irgendwie soweit. Er hat sich quasi den richtigen Zeitpunkt ausgesucht. Allerdings wäre es cooler, wenn ich schon Menschen mit mir mit teleportieren könnte. Das würde mir noch einen enormen Vorteil verschaffen. Ich glaube allerdings, dass ich nicht mehr genug Zeit haben werde, das auf die Reihe zu bekommen.»

Schweigend schauen wir aus dem Fenster, wo buntes Treiben herrscht. Ich frage mich, ob irgendeiner dieser Menschen auch Kräfte und auch solche Probleme hat wie ich momentan. Irgendwie bezweifle ich es aber.

«Und weißt du schon, was du mit dem Haus machst? Willst du es behalten?», holt Cora mich aus meinen Gedanken zurück. Ich schüttle den Kopf.

«Ich denke ich werde es verkaufen. So viele tolle Erinnerungen hab ich daran jetzt nicht, dass ich mich dran festhalten muss. Außerdem ist es zu groß für mich allein.»

«Du könntest dort viele legendäre Partys schmeißen», grinst Cora.

Einen Mundwinkel erhoben, schüttle ich wieder den Kopf. «Ich gehe lieber feiern als selbst was zu schmeißen. Solltest du wissen.»

Mein Handy klingelt. Unbekannte Nummer. Ich gehe ran und höre eine aufgeregte Stimme am anderen Ende. Es ist Allie.

«Jasper? Du musst sofort her kommen! Ich wollte gerade das Killer aufschließen und vorbereiten, da haben mich drei maskierte Frauen überrumpelt. Sie wollen mit dir reden. Bitte! Sie lassen mich erst gehen, wenn du kommst, sagen sie.» Allie klingt ängstlich und ich blicke zu Cora. Ich fürchte, es geht los. Maskiert war mein Stichwort.

«Alles in Ordnung?», fragt Cora. Ich nicke. Auf keinen Fall werde ich sie mitnehmen. Dort werde ich sie nicht beschützen können und ich will sie da nicht noch tiefer mit rein hinein ziehen als sowieso schon. Ab jetzt wird es gefährlich.

«Ich komme», spreche ich ins Handy und lege auf. «Das war der Bestatter. Es gibt wohl ein Problem mit dem Grabplatz, den ich für Dad wollte. Ich mach nochmal los.»

Ich lege etwas Kleingeld für meinen Latte auf den Tisch und umarme Cora. «Ich melde mich später, ja?»

Schmollend schaut sie mir hinterher und damit sie keinen Verdacht hegt, verlasse ich auf die ganz herkömmliche Weise und in einem normalen Tempo das Stiles` und teleportiere erst nach Hause, als ich alleine in eine Seitengasse abgebogen bin, wo sie mich vom Fenster aus nicht mehr sehen kann.

Dort lege ich einen Zahn zu. Ich schlüpfe in mein mittlerweile stinkendes, orangenes Dress, lege meinen Bo samt Halterung an, binde mir die Maske über die Augen, einen schwarzen Gürtel um die Hüften und hole tief Luft. Rudys Knarre stecke ich in den Gürtel. Vielleicht bringt sie mir heute was.

Es ist also soweit. Glaube ich. Vielleicht sind es auch nur kostümierte Stripperinnen die nach mir fragen. Irgendetwas lässt mich aber glauben, dass ich da falsch liege. Ich werfe einen letzten Blick auf die Postkarte, die noch am Fenster hängt und teleportiere fort. Ächzend hieve ich mich aus der leeren Papiertonne am Hintereingang und stelle mich aufrecht vor die Tür. Noch einmal atme ich tief durch. Also. Los geht`s.

Wenn ihr jetzt YouTube in der Nähe habt, dann macht euch mal *Fight Music* von Eminem und D12 an und stellt euch vor, wie ich mega cool in Zeitlupe, ganz alleine und smooth in meinem Outfit ins Killer hinein spaziere. Denkt euch meinen Anzug am besten schwarz. Das ist irgendwie ein bisschen seriöser.

In meinem Rücken brennt die Nachmittagssonne und lässt den Boden unter mir flackern. Mein Gesicht sagt euch, dass ich bereit bin dem duchgeknallten Zwerg entgegen zu treten. Ihn umzulegen. Ich betrete den Flur beim Hinterausgang und höre, dass Allie schon leise Musik laufen hat. Mit beiden Händen schlage ich die Flügeltüren zum Barraum nach links und rechts auf.

Vor mir stehen wie beschrieben drei maskierte Frauen. Die heißen Ninja Bräute von ganz vom Anfang, ihr erinnert euch? An ihren Figuren und den langen Haaren, die unter ihren Hauben durchblicken, erkenne ich jede von ihnen sofort. Ihr könnt euch vielleicht vorstellen, dass ich überrascht bin, ausgerechnet diese drei Frauen zu sehen. Gemeinsam!

Links Wanja, die Hände grimmig vor der Brust verschränkt. In der Mitte Jean, in ihren Fängen Allie, die mich ängstlich anblickt. Und rechts Amanda, die Hände lässig in die Hüften gestemmt. Skeptisch betrachten sie mich. Scannen mich mit ihrem Blick von unten bis oben. Amanda fängt an zu lachen.

«Ist das dein Ernst?» Sie nickt zu mir und das erinnert mich wieder daran, dass ich aussehe wie ein Knallbonbon. Wobei ich finde, dass ich durch meinen Bo und den schwarze Gürtel schon optisch etwas raus geholt habe.

«Lass Allie los», fordere ich Jean auf und übergehe Amandas Frage. Wanja nickt Jean zu und diese schleudert Allie von sich. So schnell sie kann sucht Allie Zuflucht hinter der Bar, denn Wanja tritt einen Schritt zur Seite und versperrt ihr den Weg nach draußen. Mist. Jetzt muss ich doch gleichzeitig noch jemanden beschützen. Ich hatte gehofft, sie kann vorher fliehen. Mein Blick wandert durch den Raum.

Alles ist leer, das große Licht ist an. Zwar brennen ein paar rote Röhren im Hintergrund, aber das Ambiente vom Abend fehlt komplett. Vom Gnom ist weit und breit nichts zu sehen.

«Der Gnom schickt uns», erklärt Jean endlich mal. «Wir sollen uns schon mal ein bisschen aufwärmen.» Ein hämisches Grinsen schleicht sich auf ihr Gesicht. Was Wanja und Amanda mit Aufwärmen meinen verstehe ich ja. Aber Jean?

«Du?», lache ich höhnisch. «Du kannst doch nichts.» Das Grinsen schwindet aus ihrem Gesicht und sie sieht etwas beleidigt aus. Volltreffer. Langsam bewegt sie sich rückwärts. Ich mache aber nicht den Fehler ihr verwirrt hinterher zu schauen, sondern blicke zu Wanja und Amanda, die in Kampfposition gehen. Ich mach es ihnen nach. Jemand macht das Licht aus und die roten, sirrenden Röhren gepaart mit Stripmusik im Hintergrund verleihen dem ganzen eine Puff ähnliche Atmosphäre.

Und im nächsten Moment schnellt Wanja schon auf mich zu, um mir einen ihrer berüchtigten Kicks zu versetzen. Rechtzeitig löse ich mich vor ihr auf und teleportiere mich neben Amanda. Diese holt aus, will nach mir schlagen und auch Wanja ist mit einem Satz wieder bei mir. Doch wieder einmal bin ich schneller. Teleportation sei Dank.

«Was hat euch denn so sauer gemacht?», frage ich gespielt überrascht, als ich etwas weiter weg wieder auftauche.

«Armselig, dass du das fragen musst!» Rarw. Wanjas Dialekt macht mich immer noch wahnsinnig. Während ich ihren Kicks ausweiche und dabei Amanda die Waffe aus der Hand kicke, die sie gerade aus ihrem Gürtel zieht, ruft Jean von irgendwo: «Wir wollen dich leiden sehen, Jasper. So wie du uns hast leiden lassen!»

«Hat euch der Gnom zusammen getrommelt oder was?», lache ich fassungslos und kassiere einen Fausthieb von Wanja, die ich kurz aus den Augen gelassen habe, auf der Suche nach Jean.

«Ganz genau!», brummt Wanja und holt wieder aus. Dieses Mal bin ich aber wieder schneller und springe hinter sie. Aus den Augenwinkeln nehme ich wahr, wie Amanda eine weitere Waffe aus einer Halterung an ihrer Wade zieht und auf mich zielt.

«Ich wusste, dass du irre bist!, rufe ich und sie lacht voller Wahnsinn. Sie löst einen Schuss und Wanja und ich springen auseinander, weil wir gerade nebeneinander stehen und versuchen uns gegenseitig in die Magengegend zu treten.

«Er hat uns angeboten Rache an dir zu nehmen. Da konnten wir einfach nicht nein sagen!», ruft Amanda.

«Also bitte!», schaltet Jean sich wieder von irgendwo empört ein. «Als ob ich ihn angefasst hätte, wenn der Boss es nicht befohlen hätte.» Wieder suche ich schnell die Gegend ab, finde Jean aber einfach nicht. Ob sie sich unsichtbar machen kann? Wieder ein Schuss. Ich höre ihn nur und scheine noch rechtzeitig fort zu teleportieren, denn ich kann nichts spüren.

Wanja kommt von links, Amanda von rechts auf mich zu. «Heiß seht ihr aus!», raune ich ihnen zu als sie nahe genug sind, ziehe im gleichen Moment meinen Bo hervor und verpasse beiden damit einen ordentlichen Kinnhaken. Beide gehen zu Boden, ich verschwinde und suche wieder nach Jean.

«Was soll der Scheiß, Jean, huh? Fühlst du dich so verletzt, dass du nicht mal zu deinen Gefühlen stehen kannst?», verhöhne ich sie und da entdecke ich etwas. Einen baumelnden Fuß schräg über mir. Sie sitzt auf einem Balken unter der Decke und schaut verächtlich auf mich hinab. Mehr Zeit bleibt mir aber nicht, denn zumindest Wanja hat sich von meinem Kinnhaken erholt und setzt mit einem lauten Kampfschrei auf mich zu. Ich bin zu langsam und spüre noch wie ihr Fuß mich tritt, während ich mich auflöse. Kacke, kacke. Es fühlt sich ganz so an, als sei sie noch kräftiger geworden. Hat sie im Knast trainiert? Hustend tauche ich am anderen

Ende des Raumes wieder auf und höre, wie Amanda wieder eine ihrer Waffen entsichert.

«Deine Selbstverliebtheit ist echt zum Kotzen!», ruft Jean von oben. «Ich hab dich einzig und allein gefickt, weil der Boss es so wollte. Ich sollte dich observieren.»

«Das hast du dann wohl verkackt!», rufe ich und wehre Wanja mit meinem Bo ab. Echt hart die Frau. Rudy und sein Bodyguard würden sich in Grund und Boden schämen, wenn sie wüssten, wie sehr sie gegen Wanja abstinken.

«Nur weil du so absolut unfähig bist, irgendwelche Gefühle zu entwickeln!», ruft Jean zornig.

Ein lauter Kraftsschrei von Amanda lässt mich bemerken, dass sie gerade mit einem Stuhl nach mir ausholt. Da ich wieder eingekesselt bin, teleportiere ich weg. Dieses Mal sitze ich neben Jean auf dem Balken und stecke meinen Bo zurück in die Halterung.

«Weil du eine Nervensäge bist», zische ich ihr ins Gesicht.

«Deinetwegen hat der Gnom mich von meinem Auftrag abgezogen und die da rekrutiert!» Wütend zeigt sie auf Amanda runter, die mit Wanja unter uns steht und zu überlegen scheinen, wie sie zu uns hoch gelangen. Jean klingt nicht sehr begeistert von ihnen. Sicherlich haben Amanda und Wanja ihr die Gunst des Gnoms genommen, in dem sie dazu kamen. Hübscher, besser trainiert, echte Rachegelüste. Da

Jean nur auf Amanda gezeigt hat, frage ich mich allerdings seit wann Wanja im Team ist.

Mit einem kurze Stoß schubse ich Jean, die direkt hinunter fällt.

Ich zucke mit den Schultern. «Das ist dafür, dass du mich nur benutzt hast.» Ich zwinkere ihr zu, dann verschwinde ich wieder und tauche hinter den Dreien auf. Sofort fahren Amanda und Wanja herum und wieder erwischt mich ein Fausthieb von Wanja. Dieses Mal in der Seite. Ich krümme mich kurz vor Schmerzen und ducke mich gerade noch so vor einem weiteren Kick von beiden Seiten weg. Die wollen es echt wissen. Ganz schön feige vom Gnom, diese Zwei auf mich anzusetzen. Und irgendwie auch clever. Sicher dachte er sich dabei, ich schlage keine Frauen. Da hat er sich aber verrechnet. Bei diesen hier mache ich nämlich gerne eine Ausnahme.

Ich löse mich auf, schnappe mir einen Stuhl und ziehe ihn Amanda übers Kreuz. Sie geht zu Boden und ich habe erstmal nur noch Wanja vor mir. Na das ist doch mal fair. Grinsend gehe ich in Kampfposition. Sie macht es mir mit grimmigen Blick nach und plötzlich stehen drei Wanjas vor mir.

«What the fuu-», rufe ich überrascht aus und vergesse meine Kampfpose.

Wanja zieht grimmig grinsend die Mundwinkel in die Höhe. «Da guckst du, was?»

Aber hallo. Ich habe gar nicht daran gedacht, dass sie Kräfte haben könnte und hoffe, dass Amanda nicht gleich ein großes Aufbegehren mit einer anderen Kraft haben würde.

Und ehe ich mich versehe, holen auch schon drei sexy Wanjas gleichzeitig aus, um mich zusammen zu schlagen. Ich verpisse mich aus ihrer Mitte, tauche hinter einer wieder auf und ziehe meinen Bo wieder hervor, um ihr den Boden unter den Füßen weg zu schlagen. Es funktioniert zwar, mit einem Sprung ist sie aber schon wieder auf den Beinen. Kacke, drei Wanjas sind eindeutig zu viele und ich ahne ja, dass der Gnom noch kommt. Die Gammas. Jetzt bräuchte ich sie. Und ich Depp habe einfach nicht daran gedacht, sie vorher zu informieren. Und Cora weiß nichts von dieser Sache hier. Fuck.

«Du bist eine fucking Genträgerin?», schaffe ich es endlich, meiner Überraschung Luft zu machen. «Und dann kannst du dich auch noch vervielfachen? Was soll der Kack? Weißt du wie viel heißer der Sex hätte sein können?» Ich ducke mich unter einer Wanja weg und rolle der nächsten davon. «Wir hätten einen Dreier haben können. Ach was, Vierer!»

Alle drei Wanjas schauen mich nur grimmig an und stürmen auf mich zu. Ich weiß mir nicht anders zu helfen und greife nach der Waffe, die in meinem Gürtel steckt. Sofort kriege ich einen Hieb gegen die Schulter, gleichzeitig einen anderen gegen den Oberschenkel, während die dritte Wanja mir die

Knarre aus der Hand tritt. Bevor ich gleich noch Eine kassieren kann, teleportiere ich wieder. Ich muss mich kurz erholen. Nur ganz kurz. Neben mir sehe ich wie Jean Amanda hoch hilft und sie zu Wanja rüber gehen. Ich drehe mich um und stehe den Dreien gegenüber.

Vielleicht erinnert ihr euch an den Anfang. An dieser Stelle sind wir nun ankommen. Die Stühle liegen im Club verteilt. Allie kauert ängstlich hinter der Theke. Und vor mir stehen die drei Frauen, mit denen ich meine längsten Affären hatte. Richtig heiß in schwarzen, hautengen Baumwollanzügen. Und diese ganzen Brüste vor mir. Die machen mich ganz wuschig.

«Du hast keine Chance», grinst Wanja selbstgefällig. Sie ist wieder die einzige Wanja. Ihre Replikationen sind fort.

Hinter mir ertönt ein lautes Klonk. Die Flügeltüren werden wieder aufgestoßen. Ein Typ kommt herein gestapft. Blaues Dress. Und eine Maske, die blitzförmig senkrecht über sein Gesicht verläuft. Der Gnom.

Kapitel 32

Seine Narbe fehlt allerdings. Und für einen Gnom ist er erstaunlich normal groß. Ein Stück größer als ich sogar. Ich bin ein bisschen baff. In seinem Griff hält er Cora, die mich mit großen Augen anstarrt. Ich kann nicht anders als mit genauso großen Augen zurück zu starren. Wie kommt sie hierher? Woher weiß sie- Fuck. Bestimmt wollte sie Allie besuchen. Oder der Gnom hat sie entführt! Verdammte Kacke! Woher wusste er, wo er sie findet?

Bevor ich ihn dazu auffordern kann, Cora los zu lassen, stößt er sie hinter die Theke, als er Allie dort entdeckt. Er grinst gehässig und Allie nimmt Cora sofort schützend in ihre Arme. Sie verkriechen sich weiter nach hinten, bis ich sie nicht mehr sehen kann. Cora ist halbwegs in Sicherheit. Also wende ich mich dem Gnom zu.

«Theodore? Du bist ja gar kein Gnom», lasse ich meiner Überraschung freien Lauf.

«Und du bist ja gar kein Pudding», äfft er meinen Tonfall nach. Oh mein Gott. Was war das denn? Ich hoffe, er wollte nicht cool oder witzig wirken.

«Wer will schon Gayish heißen? Gnome ist mein Muttername», klärt er mich auf und ich verstehe.

Wie fies und irreführend. Die ganze Zeit dachte ich, er wäre ein Winzling, aber mir wird gerade klar, dass das nie jemand behauptet hat und auf allen Bildern immer nur sein Kopf zu sehen war. Mit der markanten Narbe darauf.

«Wo ist deine Narbe?», frage ich verwirrt.

«Wo ist deine Kürbisschnitzerei?»

Meine Fresse. Ich verdrehe die Augen. «Hast du deshalb so lange gebraucht, mich heraus zu fordern? Damit du dir coole Sprüche überlegen kannst?» Ich setze das Wort *cool* mit meinen Fingern in Anführungszeichen. Der Typ hat tatsächlich einen ordentlich Knall.

«Hast du-», setzt er an doch ich unterbreche ihn.

«Schluss jetzt. Meine Fresse, wie kannst du deinen Mund eigentlich noch zum Kotzen nutzen, wenn du so viel Scheiße laberst? Lass mich dich platt machen. Jetzt. Wir haben da noch eine Rechnung offen.»

«Allerdings.» Jetzt grinst der Gnom fies und kommt langsam in den Raum herein. «Und die werde ich jetzt begleichen.»

Hinter mir höre ich ein merkwürdiges Geräusch und fahre herum, weil ich denke die Mädels nehmen mich jetzt in die Mangel. Aber die stehen nur mit verschränkten Armen da und schauen uns tatenlos zu. Dann fällt mein Blick auf eine der Gogostangen auf der Bühne, die zu schrumpfen beginnt. Was zur-? Mir geht ein Licht auf. Das muss eine der Fähigkeiten des Gnoms sein! Immer habe ich nur daran gedacht, dass er anderen Leuten die Kräfte rauben kann, aber wieder total verdrängt, dass er auch ein paar davon selbst annehmen und anwenden kann. Die Gogostange zerfließt und kommt auf mich zu. Bevor mir das flüssige Metall berühren kann, teleportiere ich fort und lande auf dem Balken, auf dem Jean vorhin gesessen hat. Ich muss mir einen kurzen Überblick verschaffen. Meine Exen stehen immer noch am Rand, jetzt aber wieder in Kampfposition. Und der Gnom feuert gerade-wooow, er feuert gerade das Flüssigmetall auf mich ab!

Reflexartig springe ich vom Balken und verschwinde mitten in der Luft, als er das Metall auf mich umlenkt. Mit einem Satz ist Wanja wieder bei mir und macht einen Roundhousekick, der meine Nasenspitze nur knapp verfehlt. Es kommt mir vor wie in Zeitlupe.

«Oh, wie fair. Vier gegen Einen», höhne ich als ich einem weiteren Schlag Wanjas Ausweiche und damit zufällig auch dem umherfliegenden Flüssigmetall entgehe. Ich entdecke Amanda wieder mit einer Waffe in der Hand, umringt von zwei weiteren Wanjas.

«Sechs gegen einen», grinst sie mich an. Fuck.

«Ich habe nie behauptet, fair zu spielen!», lacht der Gnom, der eigentlich kein Gnom ist. Ich fluche, weil ich weiß, dass ich der Situation ganz und gar nicht gewachsen bin, aber ich werde mich nicht kampflos ergeben. Also ziehe ich meinen Bo, teleportiere mich mitten zwischen die Frauen und mache einen Rundumschlag, den ich zuletzt mit Allen geübt habe.

Der sitzt. Amanda geht zu Boden und zwei Wanjas verschwinden. Den Vorteil nutze ich kurz, um die übrig gebliebene Wanja umzuhauen. Jean ist schon wieder nicht zu sehen. Bevor ich Wanja treffen kann, packt mich etwas von hinten und reißt mich von den Füßen in die Höhe. Das flüssige Metall hat mich erwischt. Es bildet eine Art hohen Sockel, in dem ich wie in einem Thron fest sitze, weil sich das Metall um meinen Körper schlingt, und es verfestigt sich wieder. Als ich versuche zu teleportieren, habe ich Schwierigkeiten. Es fühlt sich an als würde mich das Metall festhalten. Wenn ich mich hier nur irgendwie lockern könnte. Es muss albern aussehen, wie ich hier herum zapple wie ein Goldfisch, aber ich muss hier raus. Sonst bin ich gleich verloren.

Theodore Gayish - ja ich benutze extra diesen Nachnamen, weil ich gerade wieder stinksauer bin - lacht aus voller Kehle und Amanda und Jean stimmen mit ein. Wanja ist zu grimmig zum Lachen.

Den Bo immer noch in der Hand haltend, schaffe ich es irgendwie, mich am Metall abzudrücken und nach oben hinweg aus seinen Klauen heraus zu schieben, sodass ich mich wieder lösen kann. Ich versuche meine Kräfte zu sammeln und blitzteleportiere wieder. Aus dem Metall heraus, zu Wanja, zu Amanda, zu Jean, hinter den Gnom, auf den Balken, zurück zu meinen irren Exen. Und jedes Mal hole ich mit dem Bo aus. Fast jedes Mal davon treffe ich. Das ziehe ich so lange durch, bis davon ich völlig erschöpft bin. Aber ich habe zumindest Amanda wieder außer Gefecht gesetzt, ihre Waffe weg geschleudert und die zwei Wanjas, die gerade wieder aufgetaucht sind, sind erstmal wieder fort. Nur der Gnom sieht aus als käme er gerade frisch vom Peeling. Kein Kratzer, nicht einmal ein blauer Fleck. Dabei habe ich ihn ganz sicher getroffen! Das muss irgendeine Superkraft sein, vermute ich. Sogar seine Narbe fehlt, bilde ich mir ein.

Trotzdem scheint er den Schmerz zu spüren. Die kurze Zeit, in der die anderen stöhnen und der Gnom sein Metall wieder verformt, nutze ich, um mich zu sammeln. Dann portiere ich wieder in die Luft, direkt über den Gnom, hole mit dem Bo aus und ziehe ihm volle Breitseite eine über den Schädel. Das Metall zerfällt in der Luft und landet im festen Zustand wieder auf dem Boden. Ich ziehe noch zwei Mal nach, höre die Mädels hinter mir stöhnen und nutze den Moment, um auf Theodore drauf zu springen und seinen Hals mit meinem Bo zu fixieren. Ich hoffe, dass er nicht super stark ist oder so etwas und mich gleich fort schleudert. Aber ich habe wohl ausnahmsweise mal Glück.

«Nur wir zwei», raune ich ihm zu und ramme den Bo fester an seine Kehle. «*Das* ist Fairness. Und jetzt, wirst du dafür büßen, dass du meinen Vater getötet hast.»

Der Gnom lacht leise.

«Deinen Daddy-Poo habe ich nie auch nur angefasst.»

«Lüg nicht!», zische ich wütend und boxe ihm ins Gesicht, da er seine Hände schon wieder bewegt, um das Metall zu formen. Er spuckt etwas Blut aus, aber sein Gesicht ist immer noch weich und heile wie ein Babypopo. Ein weiteres Lachen entrinnt seiner Kehle.

«Ausnahmsweise sage ich die absolute Wahrheit.»

«Aber das war kein Suizid!», rufe ich verzweifelt. Mehr zu mir als zu ihm.

«War es in der Tat nicht», meldet sich eine der Frauenstimmen. Wanja und Amanda stehen nun hinter dem Gnom, so dass sie mich anblicken können. Ihr Atem geht so schwer, dass ihre Schultern sich stark heben und senken. Jean sitzt wieder auf dem Balken schräg über uns. Aber keine der Drei hat gesprochen. Von der Bar her nehme ich eine Bewegung wahr. Allie und Cora stehen dort. Die Barkeeperin hat meine beste Freundin fest im Griff und grinst diabolisch.

«Ich war es.»

Kapitel 33

Völlig baff starre ich die hübsche Frau an, die Cora im Würgegriff fest hält. Cora steht die Angst ins Gesicht geschrieben und ich meine sogar, eine Träne in ihren Augen blitzen zu sehen. Kein Wunder. Sie und Allie sind sich in den letzten Wochen sehr nahe gekommen und jetzt entpuppt sich ihre Affäre als genauso psycho wie meine hier anwesenden Exen.

«Was soll der Scheiß? Wollt ihr mich nur alle verarschen?», rufe ich wütend aus und will auf den Gnom einprügeln, da hebt es mich ohne Vorwarnung mit vollem Karacho vom Körper des Gnoms herunter und ich schleudere gegen die nächste Wand. Dabei reißt es mir den Bo aus der Hand.

Unter höllischen Schmerzen im Rücken sacke ich an der Wand herunter zu Boden und bleibe sitzen. Der erste Schmerzmoment erlaubt es mir nicht, sofort aufzustehen. Ich sehe wie Allie ihre Hand wieder sinken lässt und mich gehässig angrinst. Ich kombiniere. Ich fliege wie aus unsichtbarer Hand gegen die Wand, Allie hat ihre Hände auf mich gerichtet, mit denen sie theoretisch nichts anstellen könnte. Sieht wohl ganz so aus als hätte auch sie eine dieser Fähigkeiten. So eine hinterfotzige Schlampe. Schleimt sich in unser Leben ein, verführt meine beste Freundin und wozu das alles? Um mich auszuspionieren! Sie hat es definitiv weit aus besser drauf als Jean. Jetzt werde ich so richtig sauer. Der Gnom rappelt sich wieder auf, kommt mit einem Grinsen im Gesicht auf mich zu und schiebt eine Masse flüssigen Metalls vor sich her.

«Die gute Allie hat fantastische Arbeit geleistet, nicht wahr?», grinst er, während ich die Zähne zusammen beiße und versuche, mich wieder aufzurichten. So müssen sich alte Menschen fühlen, wenn sie vom Sessel aufstehen.

«Erst deinen Freund Joe, dann deinen Dad. Ich brauchte nicht einen Finger selbst krumm machen.»

Mein Blick schießt Wut entbrannt zu Allie hinüber. Sie hat auch Joe auf dem Gewissen?

«Ach Daddy», winkt sie bescheiden ab. Daddy? Ich glaub ich bin im falschen Film. «So sehr ich es liebe, wenn du mich lobst», sie kichert wie ein kleines Mädchen, «den Orden hat sich leider, leider Jean verdient.»

Von irgendwo oben erklingt ein Lachen.

«Danke Allie!» Das war Jean. Ich taste nach meinem Bo, erinnere mich dann aber, dass er mir beim Flug gegen die Wand entrissen wurde. Ich will mich teleportieren, doch Allie ist schneller und schleudert mich erneut gegen die Wand. Wieder sinke ich zu Boden. So benommen wie ich gerade bin, bringe ich einfach nicht die nötige Kraft zum Teleportieren auf.

«Aber ohne dich hätte ich das nicht geschafft», gibt Jean zu. «Hättest du ihm nicht die volle Dröhnung Koks in die Nase geschossen, wäre er nicht so leichte Beute gewesen.»

Vor meinem geistigen Auge spielt sich die Szene ab, wie Joe diesen merkwürdigen Tanz vollführt, den wir völlig besoffen und stoned nachgeahmt haben. Das Zucken mit dem Kopf. Die angebliche Mücke, die ihm in die Nase geflogen ist. Allie muss ihre Kraft genutzt haben. So ein verdammtes Miststück!

«Ja, er war so fuuurchtbar öde und steif», sagt Allie übertrieben gelangweilt, während Cora in ihrem Griff wild herum zappelt. Unterdessen erreicht mich Theodores Metallmasse und ringt mich ein, wie schon zuvor in der Luft. Nur dass ich dieses Mal kein Hilfsmittel mehr zur Verfügung habe, um mich zu befreien. Ich bin gefangen.

«Mir kam es jedenfalls sehr gelegen», fährt Jean frech fort. «Nachdem ich dank Jasper meinen Auftrag los und er bei der Party so mies zu mir war, war ich wirklich, wirklich sauer. Aber ihn durfte ich ja leider nicht umbringen!» Sie seufzt theatralisch. «Und wen entdecke ich da? Joe.» Sie lacht hoch auf. «Vollgedröhnt bis zum geht nicht mehr liegt er da neben diesem Swimmingpool in der Wiese und weiß nicht mehr wo oben und unten ist. Weil alle anderen um uns herum genauso stoned waren, war es ein Leichtes für mich, seinen Kopf unter Wasser zu drücken, bis er aufhört zu zappeln.» Grinsend zuckt sie mit ihren Schultern. Erneut packt mich Wut. Hass. Auf Allie, weil sie uns so verarscht, Joe Drogen untergejubelt und meinen Dad auf dem Gewissen hat. Jean, weil sie nicht weniger irre ist als der Rest und Joe den Todesstoß gegeben hat und sich jetzt auch noch daran aufgeilt.

Diese Wut und dieser Hass lassen mich wieder etwas Kraft sammeln und den Schmerz kurz vergessen. Aber das Metall hält mich so fest, dass meine Kraft nicht zum Teleportieren reicht. Fuck. Warum hat mir niemand gesagt, dass meine Fähigkeit auch durch Einengung eingeschränkt werden kann? Ahnt doch keiner. Im Nächsten Moment steht auch schon Wanja neben mir und verpasst mir eine zwischen die Augen, sodass ich wieder aufhöre zu strampeln. Alles dreht sich.

«Oh, wenn wir gerade dabei sind zu erzählen, wie wir töten, dann will ich auch!», ruft Allie fröhlich, die meine beste Freundin immer noch fest im Griff hat. «Das mit deinem Papi war total einfach!», lacht sie. «Dank dieses Dummerchens hier», sie deutet auf Cora, «wusste ich ja wo Jasper wohnt und konnte euch so ausspionieren und die Nachrichten vorbeibringen. Und dank meiner tollen Fähigkeiten ließ sich das Fenster ganz einfach öffnen. Und dann der Rollstuhl, aus dem er nicht raus konnte. Hach, es war eigentlich fast schon zu einfach!» Sie winkt ab. «Also lasse ich ihn auf sein Bettchen schweben, setzte mich auf ihn drauf, die Arme mit meinen Knien fixiert und lasse ihm alle, alle seine Tabletten mit Vollgas in den Rachen fliegen. Wie er gezappelt hat, wie ein halbseitig gelähmter Spast.» Wieder lacht sie, während sie mir zu zwinkert und die Wut kocht so sehr in mir, dass mein gesamter Körper kribbelt. Ich fange wieder an zu zappeln, um mich irgendwie zu befreien, aber Wanja hält mich mit einem Tritt gegen die Brust wieder in Schach. «Es war so köstlich mit anzusehen! Hat auch gar nicht so lange gedauert bis sein Herzschlag aussetzte. Kein Wunder, bei den ganzen Pillen.» Am liebsten würde ich ihr ihr dämlichen Grinsen aus der Fresse schlagen. «Und den Abschiedsgruß konnte ich mir natürlich nicht verkneifen.» Allie lacht amüsiert auf und ich brülle laut auf vor Zorn.

«Du hinterhältige Mistfotze! Warte nur bis ich hier raus bin, dann werde ich dir deine wunderschöne Visage unkenntlich prügeln!» Ich spucke, aber es fliegt nicht weit. Stattdessen treffe ich mein Bein. Ich meine von Wanja so etwas wie ein verächtliches Schnauben zu hören.

Der Gnom steht mittlerweile direkt vor mir und grinst mindestens genauso blöd wie seine Tochter. Bah. Es schüttelt mich überall. Seine Tochter! Das muss alles ein ganz furchtbar schlechter Witz sein. Überhaupt ergibt das alles gar keinen Sinn. Hat mein Vater nicht erzählt, dass immer nur die gleichen Kräfte weiter vererbt werden können und keine Neuen erzeugt? Es sei denn ihre Mutter hat ein Telekinese-Gen. Hm.

«So. Jetzt wird es aber Zeit. Ich werde dir jetzt mal deine Kraft rauben. Halt still.»

Der Gnom streckt seine Hand aus und ich winde mich in dem Metall hin und her. Der Schmerz am Rücken ist schwächer geworden, aber immer noch da. Ich muss Zeit schinden!

«Warum kann deine Tochter das nicht machen?» Voller Verachtung schleudere ich ihm diese Worte entgegen. «Müsste sie nicht eigentlich auch deine Kräfte haben?» Hat sie vielleicht sogar, schallt es in mir. Wenn auch sie mehrere Kräfte behalten kann…

«Sie ist nicht meine leibliche Tochter», erklärt Theodore aber bereitwillig.

«Er hat mich von der Straße aufgelesen und groß gezogen wie seine eigene Tochter», fällt Allie mit ein und lächelt den Gnom an. «Danke dafür, Daddy!» Sie macht einen Kussmund. Der Gnom grinst ihr schleimig zu. Mir wird schlecht.

«Wi-der-lich!», sage ich und verziehe angeekelt mein Gesicht. Theodore legt seine Hand an meinen Hals. Kacke. Mehr Zeit, mehr Zeit! Vielleicht komme ich doch noch hier raus. Wenn ich nur mehr Zeit habe!

«Noch einen letzten Wunsch?», fragt er höhnisch. «Eine neue Frisur zum Beispiel?»

«Du würdest mir jetzt einen Friseur her kommen lassen?», frage ich gespielt überrascht. Er schüttelt verwirrt den Kopf.

Aber mir fällt ein vermeintlicher letzter Wunsch ein. Danach würde er hoffentlich eine Weile zu erzählen haben. Und ich Zeit.

«Erzähl mir doch, wie du deinen Tod vorgetäuscht hast und wo deine Narbe hin ist. Das würde mich nämlich echt brennend interessieren.» Es interessiert mich tatsächlich. Auch wenn ich die Story gerade in diesem Moment eigentlich eher weniger gern hören würde. Viel lieber möchte ich hier raus. Mehrmals versuche ich zu teleportieren, aber dieses verdammte Höllenzeug lässt mich einfach nicht los. Es fühlt sich sogar so an, als würde es sich bei jedem Versuch fester um meinen Körper schließen.

«Das ist dein letzter Wunsch?», fragt er überrascht und lacht ungläubig. «Traurig für deine kleine Freundin dort drüben. Aber in Ordnung. Ich bin ja nicht so.» Vorerst lässt er seine Hand wieder sinken und legt den Kopf schief, als müsse er überlegen, wo er anfangen soll. Ich schiele zu Wanja hinüber, die immer noch wie eine Wache neben mir hockt und aufpasst, dass ich keinen Scheiß mache. Mist. Meine einzige Chance ist es wohl, mich irgendwie von hier fort zu teleportieren. Ich bleibe also ganz ruhig sitzen, damit Wanja mich nicht wieder schlägt und ich in Ruhe Kräfte sammeln kann.

«Es war einer dieser schrecklich langweiligen Tage in der Psychiatrie, an denen die Zeit einfach nicht verstreichen wollte. Als hätte jemand seinen Finger auf den Zeiger einer Uhr gelegt, damit sie nicht weiter tickt.» Er lacht als hätte er einen Witz gemacht. Sein Humor erschließt sich mir nicht. «An diesem Tag habe ich endlich, endlich meine Kräfte erlangt. Das habe ich einfach gespürt, im ganzen Körper! Da war dieses Kribbeln in mir, wie bei einer großen Vorfreude. Wie diese Aufregung, wenn man als Kind kurz vor dem Geburtstag steht oder eingeschult wird. Oder wenn man kurz vor einem Orgasmus steht."

«Ich bezweifle sehr stark, dass du weißt, wie sich so etwas anfühlt!», schnaube ich. Er straft mich mit einem eingeschnappten Gesichtsausdruck und fährt fort.

«Dank meines Vaters wusste ich natürlich, wie man unsere Kraft anwendet und damit umgeht. Er hat mich gut vorbereitet. Es war nur so schade, dass mir meine Fähigkeit dort drinnen einfach nichts nützen wollte. Bis der neue Nachtwächter anfing in Saint Jeppers zu arbeiten.» Er macht eine theatralische Pause. «Das war so wundervoll, denn er war überraschenderweise auch ein Genträger. Als wollte mich das Schicksal entschädigen für den Aufenthalt in der Psychiatrie. Ich habe ihn nachts hin und wieder mit seinen Kräften üben sehen. Wie er erst eine Büroklammer verformte, später einen Nagel und sogar einen Schlüssel. Also habe ich ihn irgendwann an meine Essensluke gelockt. Ich hätte ja soo einen hunger habe ich gejammert. Er war neu und leicht zu beeinflussen. Er beugte sich zu mir hinunter und damit hatte ich ihn. Ich packte ihm am Hals, saugte seine Kräfte auf und huch!... Auf einmal war er tot.» Er grinst süffisant. Von oben pfeift Jean gratulierend durch die Finger. So wie der Gnom das erzählt, klingt es wie eine lustige Anekdote, die man auf Firmenfeiern zum Besten gibt. «In unserer Abteilung gab es nur einen Nachtwächter, deshalb hatte ich die ganze Nacht Zeit, mit meinen neuen Kräften zu üben. Das Metall zu beherrschen. In den frühen Morgenstunden hatte ich den Dreh dann soweit raus, dass ich das Metall um die Luke herum soweit verformen konnte, dass ich hinaus klettern konnte. Mein Plan war, ihn gegen mich einzutauschen, aber es sah einfach nicht nach Selbstmord aus. Außerdem fehlte die Narbe und dann das Gesicht, ach herrje!» Dramatisch schwingt er seine Arme durch die Luft. Ich verdrehe die Augen und versuche weiter, mich auf das Teleportieren zu konzentrieren. Zwischendurch bilde ich mir ein, dass ich mich ein paar Millimeter bewegt hätte, finde mich dennoch jedes Mal an der gleichen Stelle wieder. «Aber ich hatte ja noch eine Haarnadel. Die habe ich einer netten Schwester geschickt entwendet, als ich ihr Komplimente für ihre Frisur machte. Hat sie gar nicht bemerkt, das Dummerchen.» Er lacht höhnisch. «Eigentlich wollte ich damit nachts heimlich das Schloss knacken, das hat nur leider nicht so gut funktioniert, wie ich es mir vorgestellt hatte. Aber nun ja, dann hat sie sich eben später bezahlt gemacht. Es hat zwar ewig gedauert, aber ich habe damit ein bisschen das Gesicht des Wärters verziert. Ach, was lüge ich? Verstümmelt.»

«Großartig, Daddy!», ruft Allie begeistert von der Theke her hinüber. Der Gnom lacht kurz irre auf und weidet sich daran. Ich bewege mich immer noch keinen Millimeter fort.

«Sein Gesicht war kaum wieder zu erkennen, er hätte jeder andere sein können. Praktische kleine Waffen tragen diese Frauen mit sich herum... Oh, wo war ich? Ach richtig, es musste ja noch nach einem Suizid aussehen. Nun, da er schon einen geschwollenen Hals durch mein Würgen hatte, habe ich seinen frischen, toten Hals einfach so lange bearbeitet bis er ganz blau war, habe ihn in meine Zelle gesteckt und das Metall wieder zurück geformt.»

Fuck. Warum konnte er seine Kraft so schnell beherrschen und ich hab Wochen gebraucht? Das ist echt unfair. Aber vielleicht ist das auch von Kraft zu Kraft unterschiedlich.

«Und genauso bin ich hinaus spaziert. Türschloss geschmolzen und zurück geformt. Ich bin untergetaucht, habe meinen Namen gewechselt und musste leider feststellen, dass dein Daddy-Poo seine Fähigkeiten verloren hat. Aber zum Glück hatte er ja dich, ich musste nur warten bis sich deine Kräfte zeigen. Und die Zeit habe ich gründlich genutzt. Kräfte zusammen gesammelt, Allie von der Straße aufgelesen und zu meiner kleinen Gehilfin heran gezogen. Weitere Helfer gesucht, die noch eine Rechnung mit dir offen haben und dich natürlich ausspionieren lassen.» Theodore zuckt mit den Schultern. «Tada. Das war's.»

«Und deine Narbe?», erinnere ich ihn und bin kurz davor aufzugeben, mich hier noch fort teleportieren zu können. Ich werde elendig verrecken. Es hätte mir egal sein können. Ich hab keine Familie mehr. Aber da ist noch diese Aussicht auf diese tolle neue Rolle in dem Blockbuster und viel wichtiger: Cora. Ich kann sie einfach nicht alleine mit diesen Psychos hier zurück lassen. Ich reiße mich also nochmal zusammen und gebe mir alle Mühe. Als würde Wanja etwas ahnen, rammt sie mir ihren Ellenbogen gegen den Kopf. Knapp an der Schläfe vorbei. Verdammt. Mir wird schon wieder schwindlig.

«Ach, das war ganz einfach.» Theodore macht eine weg wischende Geste. «Da war eine Frau mit Heilerkräften, die hab ich mir einfach genommen, damit meine Narbe beseitigt und die Kräfte erstmal behalten. Ich dachte mir für heute wäre das eine ganz nette Sache.» Er lacht dröhnend. Mein Schädel brummt. Ich versuche einen Blick auf Cora zu erhaschen, die sich nicht mehr in Allies Griff wehrt. Sie sieht schlaff aus. Scheint ganz so als hätte sie aufgegeben. Meine arme Cora.

Der Gnom fährt sich mit der Hand über das babyweiche Gesicht. «Du hast vielleicht schon gemerkt, dass ich immer fantastisch aussehe, egal wie oft du mich triffst, was?» Er grinst. «Vielleicht sollte ich auch anfangen Werbung zu machen? Für... Pflegeprodukte?» Irre grinsend schaut er mich an und lacht wieder. «Jetzt hab ich aber mehr als genug erzählt. Dein Wunsch ist erfüllt», beschließt er plötzlich wieder ernst und legt seine Hand zurück an meinen Hals. Ich spüre sofort wie er anfängt zuzudrücken und in mir tut sich ein Gefühl auf, als müsse ich mich übergeben. Etwas kriecht mir die Speiseröhre hinauf und verlässt langsam meinen Mund. Es sieht aus wie ein roter Schleier. Halb durchsichtig. Ich würge und es fühlt sich an wie ein langes, dickes Tuch das mir heraus gezogen wird. Mir kommt etwas Kotze hoch, die ich nicht mal runter schlucken kann. Es ist widerlich. Außerdem schmecke ich Blut, von dem ich wenig später ein paar Tropfen heraus würge.

«Eine kleine Überraschung habe ich aber noch für dich, bevor du gehen musst. Schließlich warst du einer meiner besten Kunden.» Der Gnom grinst mich süffisant an. Ich kann mich kaum noch konzentrieren, da mit steigender Übelkeit auch meine Kraft immer mehr schwindet und mir schwindliger wird. Theodore zieht seine Maske vom Gesicht und grinst mich breit an. «Tataaa!», sagt er leise und ich erkenne Rupert in ihm. Den Besitzer des Killers. Dann spüre ich, wie sich alles dreht. Ich würge ein letztes Mal Kotze und Blut hoch und verliere mein Bewusstsein. Mein Leben.

«Goodbye, Pumpkin Pie.»

Na klasse. Dieser dämliche Spruch wird also das Letzte sein, was ich höre, bevor ich erbärmlich aus dem Leben trete...

Kapitel 34

Alles um mich herum ist schwarz. Ich erkenne absolut gar nichts. Ich spüre nur die Schmerzen. Mein Rücken tut von oben bis unten weh. Mein Hals fühlt sich an als hätte ich die letzten Stunden gekotzt. Ich bekomme schlecht Luft und jeder Atemzug zieht ein Ziepen hinter sich her. In der Brust ist auch irgendein Schmerz. Aber den spüre ich kaum, denn die anderen Schmerzen überwiegen. Vor allem die am Hals. Mein rechtes Auge pocht. Aber auch das ist nicht mal halb so schlimm wie der Hals.

Langsam höre ich auch wieder etwas. Stühle werden gerückt. Dumpfe Geräusche. Ähnlich wie Klopfen. Ein lauter werdendes Klopfen und Schaben. Dann mischen sich Stimmen dazu. Erst leise und undeutlich, dann immer lauter und klarer. Es klingt wie Kampfschreie. Einer rennt nahe an mir vorbei. Jemand anderes lacht hell und irre.

Es dauert einen Moment bis ich zu mir komme und die Augen blinzelnd öffne. Und noch einen Augenblick länger, bis ich checke wo ich bin. Ich liege im Killer, halb hinter der Bar auf dem Boden. Durch die Theke habe ich nur eingeschränkte Sicht. Ab und zu tritt mal ein Fuß ins Bild oder oberhalb läuft ein Haarschopf vorbei. Mit einem Schlag sind die Geräusche furchtbar laut und als ich Cora bewusstlos neben mir liegen sehe, kommt alles zurück. Der Club, meine Exen, Allie. Der

Gnom, der mir meine Fähigkeit und das Leben aussaugt. Und dann ist alles schwarz. Aber Theodore scheint es nicht geschafft zu haben. Denn ich lebe. Ich lebe! Das checke ich jetzt erst so richtig. Vorhin dachte ich wirklich das war es jetzt. Ganz begeistert schaue ich meine Hände an und muss plötzlich husten von der ruckartigen Bewegung die ich gemacht habe. Scheiße tut das weh.

Ich stämme mich vorsichtig hoch und bleibe erstmal in Deckung, damit nicht sofort auffällt, dass ich noch am Leben bin. Außerdem muss ich mir Übersicht verschaffen. Ich schiele zu einem der Balken hinauf. Von dort aus hätte ich eine gute Sicht. Ich versuche meine Kraft zu sammeln, um zu teleportieren. Aber nichts geschieht. Fuck! Nicht schon wieder. Ich gebe mir wirklich alle Mühe, doch es will einfach nichts passieren. Und ich weiß nicht mal, ob ich einfach zu schwach bin oder es dem Gnom tatsächlich gelungen ist, meine Fähigkeit zu rauben. Kacke.

Ich schiele auf die Spiegelwand an der Bar, wo sich die Flaschen und Gläser aufreihen und versuche mir darüber unauffällig Überblick zu verschaffen. Ich erkenne zwei Wanjas die Feuerbällen ausweichen und sehe, wie Ruby - Ruby? Wo kommt die auf einmal her? - sich in Luft auflöst, während irgendetwas entflammt. Sicher hat sie sich gerade unsichtbar gemacht. Außerdem entdecke ich Jean, die sich hinter einer Säule versteckt. Es wundert mich, dass sie noch lebt bei all dem Chaos hier, wo sie doch gar nichts kann. Ich verstehe immer noch nicht, warum der Gnom ausgerechnet sie auserwählt hat, für ihn zu arbeiten.

Ich bin etwas verwirrt von der Kampfszene, die sich mir bietet. Die Gammas müssen irgendwann während meiner Ohnmacht hier eingetroffen sein. Woher auch immer sie das wussten. Wenigstens bin ich jetzt endlich hundertprozentig sicher, dass sie wirklich die Guten sind.

Bevor Jean mich entdecken kann, sinke ich wieder zu Boden und lehne mit gegen den Flaschenschrank. Nachdenklich blicke ich den Schankhahn an und da kommt mir die zündende Idee. Na klar! Dad hat doch erzählt, Wasser lege Superkräfte lahm. Je nasser, desto besser. Und enthält Bier nicht auch Wasser? Ich bin total begeistert von mir selbst und beuge mich zum Zapfhahn vor. Von den Coyote Ugly Shows weiß ich, dass einer der Zapfhähne eigentlich ein abnehmbarer Zapfschlauch ist. Ich muss nur kurz heraus finden welcher. Als ich ihn habe, probiere ihn ihn kurz aus und lasse gleich mal ein bisschen in meinen Mund fließen. Au. Das Schlucken tut weh. Scheiße.

Was hat der Gnom nur mit meinem Hals angestellt?

Ich stehe auf, suche mir so schnell und gut es geht alle Bösewichte raus, lege den Finger an den Bierauslöser und brülle: «Showdown ihr Motherfucker!»

Fast alle drehen sich zu mir um und starren mich an, als wäre ich ein Geist. Was ich wohl in ihren Augen für den Moment auch sein muss. Ronan und Wendy reagieren am schnellsten und springen weg. Der Rest wird gnadenlos von meinem Bierstrahl getroffen. Am besten erwische ich die Wanjas, die wieder zu einer Person verschmelzen und den Gnom. Letzter beginnt zu grinsen.

«Jean!», ruft er. «Zeig unseren Möchte-Gern-Helden, was du kannst.»

Als hätte er gewusst, was ich mich die ganze Zeit frage. Aber endlich werde ich es erfahren.

Jean tritt grinsend hinter ihrem Versteck hervor, hebt die Arme senkrecht vor sich auf und ich verspüre kurz eine Art Druckwelle. Es braucht einen Moment bis ich schnalle, was gerade geschehen ist. Dann stelle ich fest, dass Wanja und Theodore komplett trocken sind, während Ruby noch nass neben ihnen steht. Fuck. Das ist es also. Darum ist Jean dabei. Sie kann ihren Boss jederzeit wieder kampffähig machen, in dem sie in trocknet. Eine vollkommen dämliche Kraft eigentlich. In dieser Situation wohl aber Gold wert.

Sofort reiße ich den Schlauch herum, ziele mit dem Bierschlauch auf Jean und dann geht alles furchtbar schnell. Es reißt mir den Boden unter den Füßen weg. Der Schlauch fällt dabei aufgrund der Wucht wieder zu Boden und in der gleichen Zeit höre ich wie sich ein Schuss aus Amandas

Knarre löst und einen darauf folgenden entsetzten Aufschrei. Wie ich nach dem Verursacher suche, sehe ich dass Allie diejenige ist, die mich schon wieder in die Luft befördert und mich mit dem Anzug an irgendeinem Nagel befestigt hat, der aus einem der Balken ragt. Dann entdecke ich Ruby. Ihr Gesicht ist blass geworden und die Hand, die sie gerade von der Brust nimmt, rot. Amanda hat sie getroffen. Mitten in die linke Brust. Als hätte das einen Schalter umgelegt, kämpfen alle wieder weiter. Wanja verfielfacht sich wieder. Gegenstände fliegen durch die Gegend, sowie Feuerbälle die hier und da einen Stuhl anzünden, die vor sich hin brennen. Flüssiges Metall rast durch den Raum. Ab und an höre ich einen Schuss. Alles begleitet von Kampfgeschrei. Rudys Waffe habe ich schon länger nicht mehr zu Gesicht bekommen. Sicher hat Amanda sie sich gekrallt.

«Ruby!», brülle ich heiser und höre Allie lachen. Ich zapple wild geworden an meinem provisorischen Haken herum, in der Hoffnung, dass der beschissene Stoff reißt und ich runter falle. Mein Hals brennt die ganze Zeit unaufhörliche und ich huste wieder, was noch mehr schmerzt.

Dieses beknackte Dress kann doch nicht so dermaßen stabil sein, dass es nicht reißt. Ich ahne auch mittlerweile, warum Allie mir diesen Anzug ausgesucht hat. Damit ich auch ja schon lächerlich aussehe. Das ist ihr sehr gut gelungen.

Jetzt will ich den Latexoverall noch dringender los werden, wo mir wieder klar wird, woher ich ihn habe.

Unter mir tobt der Kampf. Ich sehe Marten mit einer der Wanjas kämpfen. Er ist nass. Ich habe auch ihn erwischt. Daneben liegt die tote Ruby über die gerade Wendy drüber springt, als sie einer anderen Wanja ausweicht. Mit ungläubigem Schrecken stelle ich fest, dass Wendy tatsächlich ein Cape trägt. Dann entdecke ich Jean, die sich unter einem Tisch zusammen gekauert hat und pitschnass ist. Yes! Ich hab sie doch noch erwischt!

Direkt unter mir sammelt der Gnom gerade seine Metallmasse zusammen, um sie vermutlich jede Sekunde auf Ronan zu schleudern. Da gibt es endlich einen Ruck und ich falle runter.

Ich versuche den Fall mit Teleportation zu kontrollieren, aber es klappt wieder nicht. Daher lande ich sehr unsanft auf dem Gnom, reiße ihn dadurch aber auch mit mir zu Boden, sodass er seine Attacke nicht ausführen kann.

Neben mir wird der nasse Marten von zwei Wanjas gleichzeitig zu Boden gerissen und bearbeitet, aber ich kann ihm gerade nicht helfen. Denn ich versuche den Moment der Überraschung für mich zu nutzen und prügle auf den Gnom ein. Auch wenn er sich äußerlich wieder heilen kann, so spürt er doch wenigstens die Schmerzen. Überrascht muss ich aber feststellen, dass sein Gesicht tatsächlich anfängt sich zu verfärben, je öfter ich ihn treffe.

Wieder durchfährt meinen Körper ein Ruck. Gleichzeitig, wie der Gnom unter mir im Nichts verschwindet, fliege ich direkt in die nächste Tischgarnitur hinein. Fuck. Wie machen die Leute in den Filmen das nur immer? Die scheinen alle immun gegen Schmerzen zu sein. Dieses Mal waren es aber zum Glück nur Holzstühle, keine massive Wand. Also beiße ich die Zähne zusammen und stehe auf. Auf einem Holzbalken über mir entdecke ich einen nackten Mann. Es dauert kurz bis ich feststelle, dass es Rupert alias Theodore alias der Gnom ist. Ich lache zu ihm hinauf. Autsch. Hals.

«Das sind übrigens die freundlichen, kleinen Nebenwirkungen, wenn man das Teleportieren noch nicht beherrscht.»

Damit ist aber auch klar, dass es ihm tatsächlich gelungen ist, meine Fähigkeit zu stehlen.

Nachdem ich mich mit einem Blick versichert habe, dass Cora immer noch unberührt hinter der Theke liegt, stürze ich mich wieder ins Geschehen. Rücklings springe ich auf eine der Wanjas, die gerade alle drei Ronan bedrängen und nehme sie in den Schwitzkasten. Sie stolpert über Marten, der leblos am Boden liegt und wir fliegen beide auf die Fresse. Ein Feuerball schießt nur knapp über unseren Köpfen hinweg auf Amandas Waffe zu, die diese gerade entsichert, um auf

Wendy zu schießen. Wendy weicht aus und legt Jean frei, die gerade hinter ihr entlang läuft, um nun anscheinend doch das Weite zu suchen. Aber jetzt bricht sie zusammen und Blut tritt aus ihrer Schläfe. Ein weiterer Feuerball fliegt an mir vorbei und erwischt Amandas Haare, die sofort in Flammen aufgehen. Panisch versucht sie es auszuschlagen, aber dabei fängt nur ihr Baumwollanzug an den Ärmeln Feuer und ich höre ihre schrecklichen Schreie. Gerade würde ich sie so gerne löschen, da mir ihre Schreie eine unheimliche Gänsehaut auf den Körper legen. Es ist furchtbar gruselig.

Doch dass ich gerade gebannt dem Geschehen um mich herum zu geschaut habe, rächt sich jetzt. Deshalb komme ich auch nicht dazu, Amanda zu löschen. Denn Wanja hat sich im Gegensatz zu mir wieder aufgerappelt und tritt mir auf die Kehle, die sowieso schon brennt wie sau. Ich greife auf dem Boden liegend mit beiden Händen nach ihrem Fuß und versuche, sie zum Fall zu bringen. Ronan hilft mir, in dem er eine andere Wanja auf meine schleudert. Beide fliegen in den nächsten Tisch, der krachend zerbricht und eine von ihnen löst sich auf.

Ich suche wieder nach dem Gnom der zurück auf dem Boden und immer noch nackt mit der dritten Wanja gegen Ronan kämpft. Wendy ist jetzt mit Allie beschäftigt. Da entdecke ich meinen Bo unter den Trümmern, ziehe ihn hervor und lange Theodore damit eine. Der geht zu Boden und ich setze nochmal nach. Ich weiß mir nicht anders zu helfen, springe trotz aller Nacktheit auf den Gnom drauf und bespucke ihn. Die Bierlache auf dem Boden wurde durch Jeans Druckwelle mit getrocknet, sodass ich gerade einfach keine andere Möglichkeit sehe, ihn zu lähmen. Wenn das überhaupt ausreichen würde. Vermutlich eher nicht.

«Was soll das? Lass das!», flucht er und will nach mir schlagen, aber ich weiche seinen Hieben aus. In dem Moment erscheint mir ein rettender Engel namens Cora und kippt völlig erschöpft aussehend eine Flasche Wasser direkt über uns aus. Ich hab keine Zeit sie zu loben, sondern prügle meinen Feind windelweich, schreie dabei wie ein Irrer und scheiße auf die Schmerzen in meinem Hals, die ich damit erzeuge. Anscheinend hat er seine Heilkraft im Tausch für die Teleportation hergegeben, denn sein Auge ist schon gerötet und geschwollen, er fängt an aus der Nase zu Bluten und sieht generell endlich ziemlich demoliert aus.

«Hier!», ruft Cora. Ich blicke auf und sehe gerade noch wie sie mir meinen Bo rüber wirft, den ich vorhin bei Seite geworfen habe, um den Gnom zu bespringen. Ich fange ihn auf und hebe meine Arme, um auszuholen.

«Das ist für meinen Großvater.» Ich lasse den Bo mit voller Wucht auf seine Stirn herab sausen, der eine Delle und Rötung hinterlässt und hole erneut aus. Etwas Blut tritt aus der Druckstelle aus. «Das für Joe.» Dieses Mal ramme ich den Bo in seine Kehle und er röchelt und spuckt. Ich bin voller Adrenalin und so in Rage, dass ich mich nicht mehr beherrschen kann. Wieder hole ich aus. «Und das ist für meinen Vater!» Jetzt ramme ich ihm den Bo einmal durchs Auge und komme erschreckend tief. Es fühlt sich für einen kurzen Moment so an, als hätte ich die Decke seines Hinterkopfes angestoßen oder sogar durchbrochen? Ich will es nicht wissen.

Erschrocken über mich selbst springe ich von ihm herunter und atme schwer. So gut es auch tut all seinen Frust, seinen Hass und seine Wut los zu lassen, so seltsam ist es doch, einen Mann mit den eigenen Händen zu töten. Ehe ich die Gelegenheit bekomme, darüber nachzudenken was ich gerade getan habe, muss ich mich übergeben. Direkt neben der Leiche des Gnoms. Ich brauche einen Moment, um mich wieder zu sammeln und klare Gedanken zu fassen... Cora!

Kapitel 35

Panisch drehe ich mich nach ihr um. Es sind durch die vielen Wanjas noch zu viele von den Psychos hier im Raum. Aber Cora hat schon eigene Pläne entwickelt. Ich sehe gerade noch, wie sie mit einem Stuhl ausholt und ihn Allie mit vollem Karacho über den Schädel zieht. Diese geht sofort zu Boden und bleibt dort bewusstlos liegen.

«Das hat man davon, wenn man Cora Mosswill verarscht!», schnauft Cora, als sie den Stuhl wieder abstellt und ich kann mir ein Grinsen nicht verkneifen. Das ist mein Mädchen.

Dann eile ich aber Ronan zu Hilfe, der gerade schon wieder von den drei Wanjas umzingelt wird.

«Cora!», rufe ich. «Wasser!» Und dann stürze ich mich auf eine der hübschen Russinnen und versuche sie irgendwie in Schach zu halten, bis Cora mit neuem Wasser kommt und es über meine Wanja kippt. Aber es passiert nichts.

«Mach sie alle nass!», brülle ich unter Anstrengung und Schmerzen und werde auf den Boden geworfen.

Wendy eilt uns zur Hilfe und jeder von uns ist mit einer der Replikationen beschäftigt, bis Cora alle von ihnen nass gemacht und endlich die Echte erwischt hat und die drei deshalb schließlich wieder zu einer Person verschmelzen. Ronan nutzt den Moment, um dieser einen Knockout zu versetzen, damit auch sie endlich zu Boden geht. Ich sehe mich rasch auf dem Schlachtfeld um, ob nicht gleich doch noch irgendwo jemand auftaucht, aber es scheint keiner mehr zu stehen außer Cora, Wendy, Ronan und mir. Dabei entdecke ich auch die zu vielen Leichen und mir wird jetzt erst bewusst, wie viele hier gerade drauf gegangen sind. Leid tut es mir nur um Ruby und Marten.

Der ehemalige Stripclub ist ein wahres Schlachtfeld. Überall tote Menschen, kaputte Stühle, Blut, hier und da brennt etwas vor sich hin. Um die Kleinbrände kümmert sich Wendy. Sie steht schon hinter der Theke und kommt mit einem Feuerlöscher zurück. Ich sehe wie sie ihn unbedarft entsichert und abdrückt. Nach und nach löscht sie alles. Irgendwie passt es zu ihr, dass sie alles löscht, was sie verzapft hat. Endlich sacke ich erschöpft auf dem Boden zusammen. Dann spüre ich zwei schlanke Arme, die sich um meinen Körper legen.

«Du lebst», flüstert Cora mir ins Ohr und als ich zu ihr hoch schiele, sehe ich eine Träne, die aus dem grünen Auge über ihre Wange läuft.

«Klar. Kann dich Freak doch nicht allein zurück lassen», antworte ich heiser und struble ihr grinsend durch das lange, blonde Haar. «Vor allem jetzt, wo du zum Club der irren Ex-Affären gehörst.» Ich lächle sie etwas gequält an und sie tut es mir gleich.

«Wir dachten du bist tot», erklärt Wendy pragmatisch, die mit der leeren Flasche zurück kommt. Ronan hebt gerade Martens und Rubys Leichen auf und schultert sie als wären sie Fliegengewichte.

«Sie verdienen eine anständige Bestattung», wirft er einfach so in den Raum.

Cora und ich rappeln uns auf und gehen zur bewusstlosen Allie und Wanja hinüber.

«Was machen wir mit ihnen?», fragt Cora.

«Umlegen», huste ich gnadenlos.

«Nein!», schreitet Wendy sofort ein und stellt sich zwischen die beiden und mich. Mit hochgezogenen Augenbrauen schaue ich sie an. «Und was schlägt Miss Neunmalklug dann bitte vor?»

«Wir übergeben sie der Polizei.» Ich schnaufe verächtlich über ihre Worte. «Diese Geschichte wird eh niemand glauben. Sie werden sie für verrückt erklären, genau wie den Gnom damals und dann kommen sie für immer in die Irrenanstalt.»

«Ja, genau.» Meine Stimme trieft vor heiserem Sarkasmus und ich fasse mir vorsichtig an den Hals. «Solange bis sie angeblich suizid begehen.» Cora wirft mir einen unsicheren Blick zu.

«Superhelden ermorden nicht mutwillig, wenn sie eine andere Chance haben», belehrt mich Wendy.

«Ich bin aber kein beschissener Superheld, man!»

«Frau!», korrigiert sie mich überflüssigerweise und fährt fort: «Natürlich! Du hast die Welt gerade vor einem der größten Psychos gerettet. Damit bist du automatisch zum Helden geworden. Wie wir. Weil wir dich gerettet haben.»

Mit wehendem Umhang dreht sie sich um und läuft auf den Ausgang zu. Genervt verdrehe ich die Augen.

«Lasst sie uns fesseln, damit sie nicht abhauen, falls sie eher aufwachen», schlägt Ronan gechillt vor. Cora hüpft schnell hinter die Bar und kommt kurz darauf mit einer Rolle Gaffa zurück.

«Hab ich vorhin da hinten entdeckt. Das sollte gehen, was Besseres finden wir auf die Schnelle sicher nicht.»

Also binden wir den beiden die Hände und Füße mit Gaffa fest und verfrachten sie in unterschiedliche Ecken. Außerdem schüttet Cora zur Sicherheit nochmal eine Flasche Wasser über beide. Nach getaner Arbeit drehen wir uns um und folgen Wendy nach draußen. Cora und ich stecken uns erstmal eine Kippe an. Die ist jetzt ganz dringend notwendig, auch wenn es im Hals wie Hölle brennt. Während ich mich noch darüber ärgere, dass wir jetzt diese Nichtsnutze von Polizei holen, um die zwei überlebenden, irren Bräute da drin auszuliefern, erzählt Cora mir aufgeregt von der Zeit, die ich verpasst habe, weil ich ohnmächtig war.

«Das war wie im Film. Du bist gerade ohnmächtig geworden und wir dachten alle du bist tot! Wirklich alle. Der

Gnom hat gelacht wie `n Irrer und auf einmal flog die Tür auf und da standen vier maskierte Menschen und stürzen sich auf die vier anderen. Also Jean hat sich natürlich verkrochen, aber Wanja hat sich dann gleich wieder verdreifacht und dann ging der große Fight los! Ronan hat versucht deine Leiche - also wir dachten ja, du wärst.... - na, er hat jedenfalls versucht dich zu befreien und hinter die Bar gelegt, damit dein Körper keine weiteren Schäden beim Kampf abbekommt und dann wollte ich dich raus schleifen und da kam eine der Wanjas und hat sich mir in den Weg gestellt. Das war richtig krass. Ich hatte total Schiss, dass die ihren Roundhouse Kick anwendet, aber die war viel krasser drauf. Die meinte ich sei hier eh überflüssig und sie verstehe nicht, warum ich überhaupt noch lebe. Vor allem, weil ich sie damals an die Polizei ausgeliefert habe. Und dann greift die sich eins der Limettenmesser von der Theke und will auf mich einstechen. Ich konnte gar nicht so schnell denken wie das alles passierte. Aber dann kam zum Glück Marten und hat ihre Milch wieder hoch kommen lassen. Wusstest du, dass Allie laktoseintolerant ist? Na ja jedenfalls war diese Milchaktion mit Wanja ziemlich eklig, aber hat mir das Leben gerettet.» Cora zuckt mit den Schultern. «Dann hab ich irgendwas gegen den Kopf bekommen und war weg. Scheiße», lacht sie etwas nervös. «Ich glaube ich hatte niemals so viel Angst wie heute da drin.» Sie deutet hinter sich auf das Killer und fällt mir im nächsten Moment um den Hals.

Sie labert irgendetwas von Danke, aber ich kann gar nicht mehr richtig zu hören. Ich verarbeite noch, was sie mir gerade erzählt hat. Unsaft schubse ich sie von mir weg und drehe mich wieder um.

«Hey, wo willst du hin?», ruft Cora und ich höre, wie auch die Schritte der anderen aufhören.

«Ich mach die jetzt platt», antworte ich knapp mit heiserer Stimme und nehme einen tiefen Zug von meiner Kippe. Selbst das Rauchen tut weh. Aber für meine Sucht bleibe ich tapfer. Jemand rennt und packt mich von hinten an der Schulter. Es ist Wendy.

«Jasper, bleib vernünftig! Werde nicht so wie die und stell irgendeinen Unsinn an. Die Polizei wird sich um alles kümmern.»

Mir knallen gerade sämtliche Synapsen durch. «Die Polizei wird `nen Scheiß!», fahre ich sie an und dreh mich zu ihr um. Ich deute auf den Club. «Da drin sitzt eine verfluchte Möderin und die andere hat mich und andere Menschen krankenhausreif geprügelt, hat vermutlich Marten auf dem Gewissen und wollte Cora töten. Ich spaziere hier draußen ganz sicher nicht friedlich umher und hole diese verfickte Parondon Polizei, die nichts, aber auch absolut gar nichts auf die Reihe bekommt. Ich» Dabei deute ich mit einer Hand auf mich »werde dem ganzen Scheiß jetzt ein Ende setzen und den beiden das geben, was sie verdienen.»

Völlig in Rage drehe ich mich um und stapfe zurück zur Eingangstür. Mein Hals brennt wie Hölle und ich verfluche mich gerade, dass ich so viel geredet habe. Ich hätte einfach machen sollen.

«Jasper-», regt sich Wendy auf, wird aber von jemandem unterbrochen. Ronan.

«Lass ihn, Wendy. Lass ihn machen», sagt er ruhig und ich bin ihm dankbar, dass er mir wenigstens diese kleine penetrante Nervensäge vom Hals hält. Die Leichen hatte er mittlerweile in sein Auto verfrachtet. Ich frage mich, wie er diesen Zustand in diesen Klamotten der Polizei erklären will. Vielleicht wird er sie auch einfach wortlos irgendwo verbuddeln. Da sie eh keine Familie mehr haben, würde er so um Rechenschaft drum herum kommen.

Wütend, weil ich eigentlich gar keinen Plan habe, was ich jetzt machen soll, kicke ich eine der Mülltonnen vor der Haupttür um und laufe nervös hin und her. Hoffentlich hat uns noch keiner in diesem Aufzug gesehen und die Bullen gerufen. Aber eigentlich liegt der Club so versteckt, hier wird es erst nachts lebendig.

Ich kicke eine leere Milchschachtel weg und halte inne. Ich blicke von der Schachtel zum Müll und zu meiner Kippe. Dann zucke ich mit den Schultern. Einen Versuch ist es wert.

Die Tonne wieder aufhebend, kralle ich mir irgendeinen zerknüllten Zettel, den ich mit der Glut meiner Kippe anzünde.

Als es ein bisschen brennt, werfe ich ihn in die Mülltonne und sehe zu, wie viel zu langsam der restliche Papiermüll zu verbrennen beginnt. Fuck. Und jetzt? Wie soll ich damit das Haus anzünden? Wütend kicke ich die Tonne wieder um, die ein Stück rollt und ihren lächerlich brennenden Inhalt auf der Straße verteilt.

Eine Hand legt sich auf meine Schulter und ich sehe in Coras bunte Augen.

«Hier», sagt sie. Ich blicke auf ihre Hand, in der sie einen halb vollen Benzinkanister hält. Ich glaube meine Augen beginnen zu strahlen.

«Wo hast du den denn jetzt her gezaubert?»

Cora deutet mit dem Daumen auf die Ecke gegenüber des Clubs. Ihr Auto.

«Musste doch so schnell her rasen wie ich konnte, nachdem Allie auch mich angerufen hatte, dass ich schnell in die Bar kommen soll.» Sie zwinkert mir zu und schraubt den Kanister auf. «Und den hab ich immer dabei. Na mach schon. Bevor jemand aufmerksam wird.»

Im Hintergrund sehe ich Ronan stehen, der Wendy beruhigt und mir zu nickt. Dann drehen sie sich um und gehen. Wendy etwas störrisch. Hoffentlich verpetzt sie mich nicht an die Bullen.

Ich nehme Cora den Benzinkanister aus der Hand und humple nochmal hinein, wo ich hier und da ein bisschen

Benzin verteile. Ich hoffe einfach, dass die brennenden Stühle und Vorhänge den Rest mit anzünden. Und zur Sicherheit gehe ich in die kleine Küche und drehe den Gashahn etwas auf. Sorgfältig, weil der Behälter nur noch halbvoll ist, kippe ich auch etwas über die zwei ohnmächtigen Frauen und ziehe mit dem Rest eine Spur vom Raum des Geschehens, bis hinaus auf die Straße. Cora wartet auf mich und weit und breit ist auch immer noch niemand anderes zu sehen.

«Und jetzt los. Wir müssen hier so schnell wie möglich weg.»

Ich nicke und kippe das restliche Benzin in den leeren Eingangsbereich.

«Warte!» Ich hebe meine Hand und schäle mich aus meinem Outfit heraus. Ich streife den knall orangenen Anzug komplett ab und werfe ihn in die Benzin getränkte Pfütze. Den Gürtel, die Bo Halterung und meinen Schlüssel, den ich mir zwischen die Haut und das Latex geklemmt hatte, nehme ich aber mit. Das brauche ich noch. Hauptsache das Riesenkondom ist endlich weg.

«Weg mit der ganze Scheiße. Weg mit Microman.»

Um den Stripclub ist es mir auch kein bisschen schade. Mittlerweile verbinde ich damit nur noch Negatives. Und jetzt, wo meine Kraft weg ist, brauche ich auch dieses hässliche Bondagekostüm nicht mehr. Vor allem, weil es von Allie ist.

«Und ich Depp hab ernsthaft geglaubt, du trägst Shorts unter deinem Dress» lacht Cora als ich splitterfasernackt vor ihr stehe. Ich zwinkere ihr zu.

«Schade nur um den Bo», sage ich mit wehmütigem Blick zum Killer. Der steckt noch im Kopf des Gnoms. Cora klopft mir auf die Schulter.

«Du bist doch jetzt reich. Na ja. Zumindest hast du jetzt genug Kohle, um dir problemlos einen Neuen zu leisten.»

Wir entfernen uns vom Killer und drehen uns ein paar Meter später wieder um. Ich nehme meine Kippe aus dem Mund und peile den Eingang des Killers an.

«Ich bin kein fucking Superheld!», murmle ich, mit Betonung auf jedem Wort, und werfe den glühenden Stummel auf die Benzinpfütze, die gleich darauf Feuer fängt.

«Und jetzt nichts wie weg hier!», keuche ich heiser, schnappe mir Coras Arm und wir laufen so schnell wir können zu ihrem Auto. Kurz darauf kracht es auch schon gewaltig hinter uns und wir springen hinter ihren Wagen, um eventuell herum fliegenden Gegenständen auszuweichen. Ein Hitzewelle überrollt uns, ein Autospiegel bleibt vor uns liegen und dann steigen wir schnell ein. Ich werfe den Kanister auf die Rückbank und dann fahren wir so lange, bis wir weit genug weg sind. Atemlos fangen wir an zu lachen, als sich unsere Anspannung nach und nach legt.

«Wenn dich jemand dumm anmacht, weil du nackt durch die Gegend fährst, erzähle ich einfach, ich hab dich zusammen geschlagen und nackt auf der Straße gefunden. So wie du aussiehst glaubt mir das jeder auf`s Wort!», lacht Cora.

Ich ziehe einen Mundwinkel nach oben und kämpfe gegen den Schwindel, der mit senkendem Adrenalinspiegel wieder zurück kehrt.

«Und wie erkläre ich den Gürtel und das hier?» Ich halte grinsend die Halterung hoch.

«Das ist alles, was dir die bösen Buben gelassen haben.»

Lachend drücke ich ihr einen Kuss auf die Wange. «Was wäre ich nur ohne dich.»

«Kein Mikroheld.»

Epilog

Ich wette da draußen gibt es noch den ein oder anderen der jetzt noch ganz viele Fragen hat. Hat man euch denn nicht dafür dran gekriegt, dass das Killer in die Luft geflogen ist? Was ist nur aus der armen Chloe geworden? Was macht deine Karriere? Welche ist deine Lieblingsband? Und sind deine Kräfte jetzt echt weg und bist du jetzt endlich mit Cora zusammen? Schläfst du mal mit mir? Bla, bla, bla.

Wenn ihr dazu tatsächlich zählt, dann lest jetzt einfach weiter. Wenn es euch nicht interessiert, dann verabschiede ich mich an dieser Stelle von euch. Haut rein.

Also. Mit der Explosion des Killers wurde alles vernichtet, was uns irgendwie hätte damit in Verbindung bringen können. Alles verbrannt. Die Feuerwehr kam zu spät. Das Killer ist fast bis auf den Grund nieder gebrannt und Allie und Wanja bis auf die Knochen verbrannt. Genauso wie die Leichen des Gnoms, Amandas und Jeans, die wir zurück gelassen haben. Man konnte zwar die Identitäten im Nachhinein anhand der Zähne und Knochen feststellen, man fand allerdings keinen Zusammenhang zwischen diesen Personen und einem möglichen, absichtlichen Tötungsdelikt. Und die Tatsache, dass Theodore Gayisch, ein Totgeglaubter, sich unter den Leichen befand, war unerklärbar. Man stelle diesbezüglich neue Nachforschungen an, vermute aber, dass die Gasleitung einfach nur ein Leck hatte. Wie ich unsere Polizei kenne, wird man diesen Fall aber nicht weiter verfolgen und als Unfall ad acta legen. Glück für uns. Und Ronan hat es anscheinend geschafft, Wendy soweit zu beruhigen, dass sie uns nicht verpetzt hat.

Was meine Schauspielerei angeht, gibt es auch eine Art Happy End. Ich hab meine Rolle im Blockbuster so gut gemeistert, dass ich kurz darauf zwei Angebote für weitere Kinofilme bekam. Einmal hatte ich nur leider keinen Text. Ich war jemand der erschossen wurde. Und der andere Film? Überraschung. Ein Superheldenfilm und ich durfte einen Reporter spielen. Schritt für Schritt komme ich meiner Hollywoodkarriere näher. Es kann nicht mehr lange dauern. Ich verspreche es euch! Haltet mal in nächster Zeit nach dem Namen Jasper Black Ausschau. Notfalls auch Jasper White, falls sie es wieder nicht auf die Reihe kriegen. Oh und Puddipreme wollte einen neuen Spot drehen - dieses Mal für Caramel. Aktuell bin ich also wieder auf sämtlichen Plakaten der Stadt zu sehen und wieder top aktuell bekannt als der Pudding-Typ.

Was meine Kräfte angeht muss ich euch leider enttäuschen. Die sind tatsächlich komplett verschwunden. Manchmal versuche ich es noch, in der heimlichen Hoffnung, dass sie ganz plötzlich wiederkehren. Aber ich glaube eigentlich nicht mehr daran. Ich werde meine Kräfte also begraben müssen. Wie Dad. Oh, ob ihr es glaubt oder nicht, aber Karen ist tatsächlich zur Beerdigung aufgetaucht. Ich konnte aber nicht sehen, ob sie weint. Sie trug eine riesige Sonnebrille und war auch schon weg, bevor irgendwer sie hätte ansprechen können. Sie hat sich aber nochmal gemeldet. Wollte unbedingt das Haus haben und was vom Geld. Es sei ihr Recht gewesen, immerhin habe sie jahrelang an seiner Seite ausgeharrt. Sie gehe damit zum Anwalt, schließe stünde ihr das alles rechtlich zu. Das Schreiben des Notars und der Ehevertrag sind allerdings mehr als eindeutig, deshalb habe ich sie nur angegrinst und ihr einen PD in die Hand gedrückt.

«Leg ihn gut an. Oder kauf dir ein Los am Kiosk», habe ich gesagt und bin gegangen. Seitdem war zum Glück Ruhe. Wir haben uns nicht mehr gesehen.

Und ich muss euch nochmal enttäuschen. Es gibt kein *Cosper* oder *Jara* Pairing. Wir sind weiterhin einfach nur beste Freunde mit Vorzügen. Waren wir immer. Werden wir immer sein. Dafür habe ich eine neue Fickbeziehung. Ja, ich weiß. Ich habe mir nach der Sache mit Amanda, Jean und Wanja geschworen, endlich die Finger von so etwas sein zu lassen und mich auf one night stands zu konzentrieren. Aber ich müsstet Haru einfach mal sehen. Mit ihrem hübschen, typisch asiatisch zierlichen Body und ihren polangen schwarzen Haaren. Und im Bett ist sie eine richtige Granate. Hinreißend!

Oh und ihr solltet erstmal sehen wie sie mit Messern umgehen kann...

Danksagung

Zu aller erst geht mein Dankeschön an Cara und Ali. Ohne euch wäre ich vermutlich nie zu dieser Idee gekommen, ihr habt mir im Geplänkel den Anstoß zu dieser gegeben. Außerdem geht ein riesengroßes Dankeschön natürlich an meinen Mann. Du hast mir geholfen, in die richtige Richtung zu denken und mir immer wieder Ideen und Denkanstöße gegeben, wenn ich irgendwo nicht recht weiter wusste. Ohne dich, wäre microman nicht microman. Ich hab dich lieb.

Und nicht außer Acht zu lassen sind natürlich meine lieben, geduldigen Testleser, die sowohl fleißig Tipp- und Grammatikfehler korrigiert, als auch Gedankenanstöße und ihre ehrliche Kritik zu diesem Buch gegeben haben.

Und ganz zuletzt natürlich an dich, lieber Leser. Ohne dich, wäre dieses Buch nur ein weiteres, ungelesenes Buch im Regal oder eBook-Reader.

Band 2 „microman – fucking superhelden" erscheint voraussichtlich Ende Sommer 2017.